서문문고
15

몽테뉴 수상록

몽 테 뉴 지음
손 석 린 옮김

LES ESSAIS

par

M. E. Montaigne

차 례

수상록

제1권

슬픔에 대하여

　나는 이 감정에서 가장 많이 벗어나 있는 사람 중의 하나이다. 그러나 세상 사람들은 마치 당연한 것처럼 슬픔이란 것에 대해 유별나게 호기심을 가지고 존중한다. 그들은 그것으로 지혜·덕성(德性)·양심을 치장한다. 정말 어리석고 망칙한 장식이 아닐 수 없다. 이탈리아 사람들은 그럴듯하게 슬픔이라는 낱말을 악의(惡意)라는 뜻으로도 상용하였다. 왜냐하면 그것은 언제나 해롭고 미치광스런 것이어서, 스토아 학파는 이것을 언제나 겁많고 비굴한 것이라 하여 그들이 말하는 현자들에게 그 감정을 금하게 하고 있었기 때문이다.

　그러나 이런 이야기가 있다. 페르시아의 왕 캄비세스에게 패하여 포로가 된 이집트의 왕 프삼메니투스는 역시 포로가 된 자기 딸이 노예복을 입고 물을 길어 오기 위해 그의 앞을 지나가는 것을 보았다. 그런데 주위에 있던 그의 친구들이 모두 울부짖는데도 그는 땅바닥을 응시한 채 말없이 꼼짝도 하지 않았다. 그리고 바로 자기 아들이 또다시 죽음의 길로 끌려가는 것을 보고도 여전히 같은 모습을 하고 있었다. 그러나 그의 신하 중의 하나가 포로들 속에 섞여서 끌려가는 것을 보고는 머리를 감싸쥐고 대성통곡을 하더라는 것이다.

이와 같은 예는 최근에 우리나라 황태자 중의 한 분에게서도 볼 수 있을 것 같다. 이 황태자(샤를르 드 규이즈)는 트리멘트(이탈리아의 북부 도시)에 있을 때 자기 집안의 기둥이요 영광인 맏형의 사망 소식을 듣고, 또다시 바로 제2의 희망이던 동생이 사망했다는 소식을 들었다. 그러나 그는 이 충격을 모범적이고도 굳건한 마음으로 버티어 나갔다. 하지만 며칠 뒤 그의 신하 한 사람이 죽자, 이 마지막 충격에는 그만 슬픔을 억제하지 못하고 오열을 터뜨렸다. 때문에 어떤 사람들은 그가 이 마지막 타격에 비로소 마음의 상처를 받은 것이라고 생각할 정도였다.

그러나 사실인즉, 너무나도 깊은 슬픔에 젖어 있던 터에 충격이 덮쳐오자 그만, 그의 참을성의 한계가 무너져 버린 것이다. 만일 이 이야기에 다음 이야기를 첨가하지 않아도 똑같은 판단이 내려졌으리라고 나는 생각한다. 그것은 캄비세스가 프삼메니투스에게, 어째서 그의 아들딸의 불행에는 마음이 격하지 않고 친구의 불행에 대해서는 참지 못했느냐고 묻는 말에, "친구의 불행은 눈물로 마음이 표현되지만, 전자의 두 경우는 마음속을 표현할 모든 한계를 넘었기 때문이오."라고 대답했다는 것이다.

어쩌면 저 고대 화가의 착상도 이러한 경우와 비슷할 것이다. 그는 이피게니아가 희생되는 장면에 참석한 인물들의 슬퍼하는 표정을, 각자가 이 죄없는 아름다운 소녀의 죽음에 대하여 갖는 관심의 정도에 따라 그의 예술의 극치

를 다하여 그렸지만, 그 소녀의 아버지를 그리는 마당에서
는, 이미 최선을 다하여 그렸기 때문에 단지 얼굴을 가리
고 있는 모습밖에 그릴 수가 없었다. 그것은 마치 그 이상
의 슬픔을 표현할 길은 도저히 없음을 말해 주는 것 같다.
바로 이런 이유로 시인들은 저 가련한 어머니 니오베가 아
들 일곱 명을 잃고 연이어 일곱 명의 딸을 다시 잃었을 때,
그 가혹한 참변을 이기지 못해 그만 바위로 변해 버린 것
이라 생각한 것이다.

그녀는 슬픔 때문에 화석(化石)이 되었다.[1]

이것은, 우리의 힘으로는 어떻게 해볼 수 없는 끔찍한
사건에 압도당할 때 우리가 경험하는, 멍청하니 말문이 막
히고 귀가 멍멍하도록 넋을 잃게 될 때의 심정을 묘사한
것이다.

진실로 슬픔이 극도에 달하면 사람의 혼백은 몽땅 뒤엎
어지고, 그 기능의 자유를 잃게 된다. 그것은 우리가 몹시
불길한 소식을 듣고 놀랐을 때, 몸이 얼어붙고 모든 동작
이 오그라붙었다가 눈물과 통곡을 토해 내면 설움이 단번
에 터져나와 묶였던 마음과 몸이 풀려서 편해지는 것과 마
찬가지다.

드디어 슬픔이 겨우 울음에 길을 열어 준다.[2]

---

1) 오비디우스의 《메타모르포세스》 4의 151
2) 베르길리우스의 《아에네이스》1의 151

페르디난드 왕이 헝가리 왕 요하네스의 미망인 때문에 부다 시(市) 근처에서 전쟁을 했을 때의 이야기다. 독일군의 대장 라이삭은 어느 기사의 시체가 실려오는 것을 보았다. 이 기사가 전투에서 아주 용감했던 것을 보았기 때문에 그는 기사의 죽음을 슬퍼했다. 대장은 다른 사람들처럼 그가 누구인지 알고 싶어 그의 갑옷과 투구를 벗겨 보았더니 그것은 바로 자기 아들이었다. 이 광경을 보고 모두 울부짖는데도 대장 자신은 소리도 눈물도 없이 서서, 눈 하나 깜빡이지 않고 아들의 시체를 응시하다가, 마침내는 너무나 충격이 커, 전신이 뻣뻣하게 굳어 버린 채 쓰러지며 그대로 죽어 버렸다.

> 속타는 정도를 말할 수 있는 자는 미지근하게 속태우는 자이다.[3]

라고 애인들은 말하고, 참을 수 없는 사랑의 불길을 다음과 같이 표현하려 한다.

> 가엾은 신세로다! 사랑은 내 감각마저 빼앗는구나.
> 그대를 한번 보자, 레스비아여! 나는 얼이 빠져
> 그대에게 할 말도 나오지 않는구나.
> 혀는 굳으며 미묘한 불길이 사지에 뻗는다.
> 내부의 움직임으로 귀는 울리며, 이중의 어두운 밤으로 광명은 기울어 어두워진다.[4]

---

3) 원문은 이탈리아어. 페트라르카의 〈14행시(十四行詩)〉 137
4) 카롤루스 3의 5

이처럼 격하게 타오르는 흥분의 도가니 속에서는 비탄이나 설복은 소용없는 일이다. 그럴 때는 마음이 심각한 생각에 잠겨 있고, 몸은 사랑에 녹아 흐느적거리기 때문이다.

그리하여 때로는 당치도 않을 때 애인들이 기절하는 수도 있고, 극도의 정열로 기쁨의 절정에서 무감각에 기습을 당하는 경우가 있다. 마음놓고 실컷 맛볼 수 있는 정열은 평범한 정열에 지나지 않는다.

가벼운 슬픔은 말이 많고, 큰 슬픔은 망연자실케 한다.[5]

뜻밖의 쾌락이 불시에 닥쳐와도 역시 우리들은 놀라움에 몸을 떤다.

내가 가까이 갔을 때 트로이 군졸들이 사방에서 내게 쇄도해 옴을 보자, 그녀는 혼비백산, 저승의 환상에 억눌린 듯, 이 광경에 몸은 얼어붙고 체온은 그녀의 골격을 떠나며, 그녀는 실신하여 쓰러졌다가 얼마 후에야 겨우 말문을 열었다.[6]

저 로마의 여인이 칸네(이탈리아의 남부 도시)의 전투에서 살아 돌아온 아들을 보고 기쁜 나머지 놀라 죽은 일이라든가, 너무 좋아서 죽은 소포클레스와 폭군 디오니시오스, 그리고 로마의 원로원이 영광스럽게도 자기를 표창했다는 소식을 듣고 코르시카에서 숨을 거둔 탈바의 이야기

---

5) 세네카의 《히폴루토스》 2의 607
6) 베르길리우스의 《아에네이스》 3의 306

는 제쳐 놓고라도, 지금 이 시대에도 교황 레오 10세가 몹
시 바라던 밀라노 함락의 보도를 듣고 너무 기뻐서 열병에
걸려 죽은 예도 있다. 그리고 인간이 아주 용렬하다는 좋
은 예로, 변증법 학자 디오도로스는 학교에서, 그리고 공
중들 앞에서 남이 제시한 논법을 전개시키지 못했기 때문
에 몹시 수치스러워서 죽은 일 등이 옛 사람들에 의해서
지적되고 있다.7)

　나는 이렇게 심한 감정에 사로잡히지는 않는다. 천성적
으로 감수성이 둔하기 때문이다. 그리고 그것을 날마다 이
성으로 무디게, 두텁게 하고 있다.

〔제2장〕

---

7) 구이차르디니 〈이탈리아사〉 14

나태에 대하여

우리가 보는 바와 같이, 토지가 아무리 풍요하고 비옥하다 하더라도 그대로 놀려 두면 여러 종류의 무익한 잡초들이 무성해진다. 때문에 그것을 우리에게 유익하게 활용하기 위해서는 질서정연하게 무엇이건 씨앗을 뿌려야 하는 것이다. 마찬가지로 여자가 훌륭하고 자연스런 아기를 낳기 위해서는 다른 씨앗을 받아야만 하는 것처럼, 정신에 대하여도 같은 말을 할 수 있다. 만일 정신이 그것을 속박하고 구속하는 그 어떤 것에 몰두하지 않으면, 그것은 이리저리 망막한 상상의 들판을 맥없이 헤매게 된다.

청동 그릇의 물이 흔들려 햇빛이나 달그림자를 반사하면, 광명의 반영(反映)은 사방으로 흩어져서 허공에 날며, 저 높은 벽에 가서 부딪친다.[1]

또한 이런 동요 속에서 정신은 헛된 생각이건 몽상이건 드러내 놓지 않는 것이 없다.

마치 병자의 몽상처럼 그들은 헛된 광상(狂想)을 꾸며낸다.[2]

---

1) 베르길리우스의 《아에네이스》 8의 22
2) 호라티우스 〈시론(詩論)〉 7

뚜렷한 목적을 갖지 않는 영혼은 갈피를 잡지 못한다. 왜냐하면 사람들이 말하는 것처럼 어디에나 있다는 것은 아무 데도 없다는 것과 같기 때문이다.

막시무스여, 어디에나 있는 자는 아무 데도 없는 자이다.[3]

요즈음 나는 되도록 얼마 남지 않은 여생을 평온하게 은 둔 생활을 하는 것 외에는 마음을 쓰지 않기로 결심했다. 그러고 보니, 마음을 이렇게 전적으로 한가롭게 놓아 두고, 자기 일만을 하면서 그 자체에 머물러 조용히 있는 이상으로 정신에 더 좋은 것이 있을 수 없는 것같이 생각된다. 앞으로 나의 정신이 나이를 먹음에 따라서 더 무게가 생기고 더 성숙하여지면 보다 더 쉽게 그것이 이루어지기를 바라는 바이다. 그러나 나는,

무위(無爲)는 항상 방황하는 정신을 낳는다.[4]

는 것을 알며, 정신은 놓아 먹이는 말[馬]처럼 자기 일이라면 남을 위한 일보다 백 배나 더 마음을 쓰는 것이라고 생각한다.

그리고 나는 망상이나 공상이란 괴물이 너무도 빈번히 생겨나기 때문에 그 허망하고 괴상한 꼴을 나중에 실컷 관찰하리라 생각하곤 기록하기 시작하였다. 때가 지나면 나

___

3) 마르티알리스 〈풍자시〉 7의 73
4) 루카누스의 《파르사리아》 4의 704

의 정신이 그것 때문에 자신을 부끄럽게 생각하게 되기를 희망하면서…….

〔제8장〕

거짓말쟁이에 대하여

기억력에 관하여 말하자면, 나보다 더 못한 사람도 없을 것이다. 왜냐하면 나는 내 속에서 기억의 흔적도 찾아보지 못하며, 세상에서 나처럼 기억력이 결핍된 사람도 없으리라 생각하기 때문이다. 나는 다른 모든 점에서도 비천하고 속되다. 그러나 이 기억에 있어서는 특이하다. 매우 드문 인물이어서, 이것으로 능히 명성과 평판을 얻을 만하다고 생각할 정도이다.

그 때문에 피해를 받는다는 필연적인 불편도 물론 있지만—사실 그 필요성을 감안하여 플라톤이 기억을 위대하고 강력한 여신이라 명명한 것은 지당한 일이다.—우리나라에서는 분별없는 사람을 가리켜 그가 기억력이 없다고 말하며, 내가 기억력이 없음을 한탄하면 모두들 내가 자신을 실성한 사람이라고 생각하는 것으로 알고 나를 책망하고 내가 하는 말을 믿으려 하지 않는다. 그들은 기억력과 분별력의 차이를 인정하지 않는다. 이러한 사실은 나의 흥정을 매우 불리하게 만든다. 아니 오히려 그들은 나에게 짐스러운 존재다. 왜냐하면 반대로 탁월한 기억력은 약한 판단력과 결합되기 쉽다는 것을 경험으로 알 수 있기 때문이다. 그리고 그들은 어떤 점에서 나에게 손해를 끼치고 있다. 즉, 나는 그들의 친구가 될 생각 이외에는 없는데 내

결함을 비난하는 말투는 바로 나의 배은망덕을 뜻하는 듯
하다는 점이다. 사람들은 기억력이 약한 나의 우정까지 책
망한다. 그리고 이 타고난 결함을 양심의 결함으로 생각한
다. "저 사람은 이런 부탁, 저런 약속을 잊어버렸다."고 그
들은 말한다. "저 사람은 친구도 잊었다. 그는 나를 위하여
이렇게 말하는 것을, 이렇게 해준다는 것을, 이런 말은 않
겠다는 것을 전혀 생각하지 못한다."고 하는 것이다. 사실
나는 곧잘 잊어버린다. 그러나 나는 친구들이 부탁한 일을
소홀히 다루는 일은 없다. 나의 불행한 결점을 너그러이
보아 주어야지, 그것을 악의라고 생각해서는 되겠는가. 더
구나 악의란 내 기질과는 전혀 상반되는 것인데도 말이다.
나는 어느 정도는 스스로를 위로하고 있다. 이것이 한 병
폐이기는 하지만, 여기서 나는 주로 내게 쉽사리 일어날
수 있는 이것보다도 더 나쁜 병폐, 즉 야심이라는 병폐를
고칠 방안을 찾아낸 것이다. 실제로 기억력이 약하다는 것
은 세상을 사는 데 있어서 참을 수 없는 결함인 것이다. 또
한 자연의 운행(運行)에서 이러한 예를 많이 볼 수 있는
것이지만, 자연은 나에게 있어서 기억력이 둔화됨에 따라
다른 소질을 강화해 주는 수가 많았던 것이다. 그리고 만
의 하나라도 내가 기억력이 좋아서 남의 착상이나 의견이
항상 내 머릿속에 남아 있었다면, 내 정신과 판단력도 세
상 사람들이 하는 식으로 남이 해놓은 성과 위에 잠자며
무기력하게 시들어 갔을 것이다. 왜냐하면 기억의 창고는
창의의 창고보다 더욱 물건이 가득 차 있기 마련이기 때문

이다.

만약 내 기억력이 강했다면 이 소재는 그런 것을 조종해서 사용할 수 있는 내 소질을 일깨우고 내 생각을 거기에 열중시켜 말을 끌어내게 하며, 수다스럽게 떠들어 모든 친구들의 귀를 따갑게 만들었을 것이다. 가련한 일이다. 나는 몇몇 친한 친구들이 보여 준 예에서 이것을 느낀다. 기억이 사물을 있는 그대로 고스란히 그들에게 제공함으로써 그들은 이야기를 너무 멀리 끌어가며 헛된 소재를 잔뜩 덧붙여 놓기 때문에 좋은 이야기를 하다가도 그들은 그 좋은 점을 질식시켜 버린다. 그것이 좋은 이야기가 아닐 때엔, 그들이 기억력 때문에 복 많음을 저주하지 않으면 판단력 때문에 복 없음을 저주하게 된다.

말문이 터지고 나면 그것을 막고 이야기를 중지하기란 어려운 일이다. 말[馬]의 능력은 그 말이 똑바로 정지할 수 있느냐에 달렸다. 분별 있는 사람들 중에도 줄기차게 말하다가 그만 끊고 싶어도 그러지 못하는 것을 나는 본다. 이야기를 끝낼 계기를 찾고 있는 동안 그들은 마치 허약한 사람이 쓰러져 가면서 횡설수설하듯 이야기에 질질 끌려간다. 특히 노인들에겐 지난날의 기억은 남아 있고, 그 말을 되풀이한 것은 잊어버리기 때문에 이런 위험이 더 많은 것이다. 나는 이야기로서는 매우 재미있는 것이 어느 귀족의 입에서 나올 때 권태롭게 느껴지는 경우를 보았다. 그 자리에 있던 거의 전부에겐 백 번도 더 들은 이야기였기 때문이다. 내가 자위하는 두번째 이유는 그 옛사람의 말처럼 남에게서 받은 모욕을 그다지 대수롭게 여기지 않는다는 것이다. 나는 옆에서 대사를 읽어 주는 사람이 필요할 것이다. 마치 다리우스 왕이 아테네 사람으로부터 받은 모욕을 잊지 않으려고 식탁에 앉을 때마다 사동을 시켜 귀에다 대고 세 번 "폐하, 아테네 놈들을 잊지 마십시오." 하고 일러 주게 한 것처럼, 나에게도 그러한 격식이 있어야 할 정도이다. 그래서 내가 보는 장소와 책들은 항상 신선하고 새로운 맛으로 나를 즐겁게 해준다.

자기의 기억력에 자신이 없는 자는 거짓말을 할 생각은 아예 말라는 말은 이유 없는 것은 아니다. 나는 문법학자들이 '거짓을 말하다(dire mensonge)'와 '거짓말하다(mentir)'를 구별하고 있는 것을 잘 안다. 그들은 '거짓을 말하다'라는 것은 그릇된 일을 말하면서 그것이 진실인 줄 생각하는 것이고, 우리 프랑스어가 라틴어에서 받아 온 '거짓말하다'라는 말의 정의는 자기 양심에 반대되는 뜻을 품었기에 이것은 자기가 알고 있는 것과는 반대되는 것을 말하는 경우를 가리킨다.

내가 문제삼고 있는 것은 이런 자들을 말하는 것이다. 그런데 이런 자들은 전부를 만들어 내든가 또는 진실한 근거를 가장하여 변질시키고 있다. 가장하고 변질시킬 경우, 같은 말을 몇 번이고 되풀이하게 되면 아무래도 말문이 막히지 않을 수 없는 법이다. 왜냐하면 이야기는 우선 사실 그대로 인식과 지식을 통하여 기억 속에 들어가 그곳에 뿌리박혀 있기 때문에, 그것이 공상에 떠돌아서 갑자기 생각나므로 아직 확고한 발판도 없고 그곳에 완벽하게 박혀 있지 않은 거짓말을 몰아내며, 처음에 받은 인상이 거짓으로 또는 변질시켜서 말한 부분의 기억을 잊어버리지 않는다는 것은 어려운 일이다.

전적으로 꾸며낸 일에 있어서는 그 거짓과 반대되는 인상이 아무것도 없기 때문에 말이 헛나올 우려가 더 한층 심할 것 같다. 그렇지만 이것도 역시 본시 매인 곳이 없는 허황한 이야기니 굳게 유의해 두지 않으면 기억 속에서 사라지기 쉽다. 또한 처음에 습득된 사정이 몽땅 마음속에 들어가서, 다음에 덧붙여진 거짓의 변질된 부분을 잊지 않게 한다는 것도 쉽지 않다. 그들이 모조리 만들어 낸 거짓에 있어서는, 그 거짓과 모순되는 반대의 인상이 존재하지 않기 때문에 그만큼 말문이 막힐 염려는 없을 것 같다. 그러나 이것도 역시 허황되고 근거가 없기 때문에 기억이 어지간히 확실치 않으면 잊기 쉽다. 나는 간혹 이러한 일을 실제로 보았다.

재미 있는 일은 그들이 당장에 교섭하고 있는 일에 맞춰서, 그리고 윗사람의 비위를 맞춰 주기 위해서, 이렇게밖에는 할 줄 모른다고 일삼아 말하는 자들이 당하는 면구스런 꼴에서 나는 그 증거를 자주 보았다. 왜냐하면 그들이 양심을 속이고 신의를 굽혀 가며 처리하려는 이런 사정들은 여러 변화를 겪기 때문에, 그때 따라서 그들의 말도 이가 맞지 않게 되는 까닭이다. 그래서 똑같은 일을 가지고도 전에는 회색이던 것이 다음에는 누런 빛이 되고, 이 사

람에게는 이 모양, 저 사람에게는 저 모양으로 말했다가
우연히 그들이 들은 바의 반대되는 말을 가지고 따지러 오
면 이 훌륭한 기술은 무슨 꼴이 될 것인가. 뿐만 아니라 그
들은 지각 없이 제 올가미에 자신이 걸리는 일이 너무 자
주 일어난다. 왜냐하면 똑같은 재료를 가지고 그렇게도 여
러 가지로 말해 놓은 것을 무슨 기억으로 모두 둘러맞출
수 있을 것인가. 나는 우리 시대에 이런 훌륭한 기술을 가
졌다는 평판을 부러워하는 사람들을 보았지만, 그것이 명
성이 될지는 모르나 성과는 있을 수 없다는 것을 모르고
하는 말이다.

실로 거짓말을 하는 것은 저주받을 악덕이다. 우리는 오
직 언약을 지켜 감으로써만 인간인 것이며, 서로 얽혀서
살아가는 것이다. 이 거짓말이 가증스럽고 중대하다는 것
을 인정한다면, 우리는 다른 여러 죄악 이상으로 당연히
이런 짓을 화형에 처해야 할 것이다. 나는 사람들이 어린
애들의 죄없는 잘못을 호되게 징계하며, 별로 인상도 결과
도 남기지 않는 철없는 행동을 가지고 그애들을 괴롭히는
것을 자주 본다.

거짓말만은, 그리고 좀 덜하지만 옹고집은 모든 기회에
억눌러서 절대로 하지 못하도록 막아야 할 결함이라고 나
는 생각한다. 이런 것은 아이들과 함께 자라난다. 그리고
일단 혓바닥에 이런 나쁜 버릇이 붙어 버리면, 그것을 없
애기란 정말 어렵다. 그 때문에 원래는 점잖은 사람들에게
이 버릇이 생겨서 비뚤어져 가는 경우를 우리는 보는 수가

있다. 나는 젊은 재단사를 하나 데리고 있는데, 지금까지 그가 진실을 말하는 것을 본 적이 없다. 심지어는 진실을 말해야만 자기에게 유리할 경우에도 못하는 것이었다.

만일 거짓말이 진실처럼 하나의 얼굴밖에 없다면, 우리의 형편은 훨씬 더 나아질 것이다. 그렇다면 거짓말쟁이가 말하는 것을 거꾸로 잡으면 틀림없을 터이니 말이다. 불행히도 진실의 반대는 무수한 얼굴과 무한한 벌판을 가지고 있다.

피타고라스 학파는 선은 확실하고 한정된 것, 악은 무한하고 불확실한 것으로 정의한다. 수많은 길이 목표를 벗어나 어긋나게 지나가고 하나만이 적중한다. 정말이지 나는 뚜렷이 급박한 위험에서 내 몸을 지키기 위하여 뻔뻔스런 거짓말을 엄숙하게 해낼지 자신이 없다.

옛날 교부(敎父, 성 아우구스티누스)는 말이 통하지 않는 인간보다는 마음을 알 수 있는 개와 동반하는 것이 더 낫다고 하였다.[1] '그러므로 사람에 있어서 외국인은 상호간에 인간이 아니다.'[2] 그러나 거짓말은 침묵보다 얼마나 더 사귈 수가 없는 것일까!

프랑스와 1세는 밀라노의 공작인 프란체스코 스포르차의 사절로 웅변술에 이름이 높았던, 프란체스코 타베르나를 다음과 같은 방법으로 궁지에 몰아넣었다고 자랑이 대단했다. 이 프란체스코 타베르나는 중대한 일로 국왕에게

1) ≪신국(神國)≫ 19의 7
2) 플리니우스의 ≪박물지(博物誌)≫ 7의 1

윗사람의 변명을 하기 위하여 파견되어 있었다. 그 중대한
일이란 다음과 같다. 국왕 프랑스와는 최근에 이탈리아에
서 쫓겨와, 수시로 그 나라의 정보를 얻기 위하여 밀라노
공국에 국왕을 대표한 사실상의 사절로 한 귀족을 파견하
고 있었는데, 그는 외면상으로는 개인의 일로 그곳에 와
있는 것처럼 꾸미고 있었다. 그런데 공작은 그때 덴마크
왕의 딸로 로레느 영주의 부인이 된 자기의 조카딸의 결혼
문제를 매듭짓기 위하여 국왕보다는 오히려 이탈리아 황제
에게 더 예속되어 있었기 때문에, 공개적으로 우리나라와
관계를 맺다가는 큰 손해나 보지 않을까 매우 우려하는 중
이었다.

이 절충을 수행하기 위해서는 밀라노의 귀족으로 국왕의
사마직(司馬職)인 메르베이유라는 사람이 안성맞춤으로 생
각되었다. 이 인물은 사절로서의 비밀 신임장과 교서와 또
가장한 외면상의 사무(私務)를 위해 공에게 보내는 여러
편지와 추천장을 가지고 파견되어서 너무 오랫동안 공작의
옆에 머물러 있었기 때문에, 이것을 황제가 어렴풋이 알아
차리게 되어 그 때문에 다음의 사건이 일어났다고 생각된
다. 즉, 어떤 살인 사건이 일어났다는 핑계로 공은 이틀 동
안에 그의 재판을 끝마치고, 어느 날 밤 그를 목잘라 죽였
다. 프란체스코는 이 사건에 관해서 꾸며낸 이야기를 길게
늘어놓으러 왔던 바—왜냐하면 국왕은 이 사건의 해명을
요구하여 모든 기독교 국왕들과 공작 자신에게도 통고문을
보냈던 것이다—국왕은 그것을 아침 알현 때 들어 주었다.

그는 소송 사건의 자기측 근거를 들어 보이며, 그 때문에
여러 가지 그럴 듯한 사실을 조작해 내고, 그의 상전은 우
리가 보낸 사람을 개인으로밖에는 본 일이 없었으며, 자기
의 신하였으며, 밀라노에 일이 있어서 온 것이고, 또 그가
다른 인물로 행세한 일이 없으며, 프랑스 왕가의 신하라는
사실을 전혀 몰랐다고 딱 잡아떼며, 자기도 그를 몰랐으며
더구나 사절이라고는 꿈에도 생각하지 못했다는 것이었다.

이번에는 국왕이 여러 가지 반대되는 사항과 질문으로
그를 추궁하여 온갖 방면으로 공박하다가, 마침내 밤중에
사형을 집행한 점을 들어 그것은 꺼리는 게 있어서 한 짓
이 아니냐고 옥박질렀다. 그러자 이 가련한 자는 당황하여
정직한 체하면서, "폐하께 대단히 송구스러워 이러한 형의
집행을 낮에는 차마 못했습니다."라고 대답했다. 프랑스와
국왕처럼 억센 콧대 앞에 그가 이런 모순된 말로 모면할
수 있었는가는 여러분의 판단에 맡기겠다.

교황 율리우스 2세는 프랑스와 국왕에 대하여 영국 왕을
충동하기 위하여 사절을 보냈다. 영국 왕은 이 사절로부터
자기가 할 일을 다 듣고 나서, 그렇게도 강대한 국왕과의
전쟁 준비의 어려움을 역설하고 곁들여 몇몇 추리를 말하
였다. 그러자 이 사절은 부지중에 자기도 또한 그러한 이야
기를 교황에게 말했노라고 하였다.

영국왕을 재촉하여 즉시 전쟁을 하게 할 목적과는 판이
하게 다른 이 사절의 말을 듣고, 영국 왕은 이 사절이 개인
적으로는 프랑스 편에 기울어 있다고 추리했는데, 그것은

나중에 사실로서 나타났다. 그리고 그의 상전인 교황이 그
일을 알게 되자 그의 재산은 몰수당하고, 자칫하면 목숨까
지 잃을 뻔하였다.3)

〔제9장〕

─────────────
3) 앙리 에티엔느의 ≪헤로도트 변호(辯護)≫ 15의 35

우리의 행복은 죽은 뒤가 아니면 판단할 수 없다

사람은 언제나 마지막 날을 기다려 보아야 하느니라.
죽어서 장례를 지낸 뒤가 아니면, 그 누구도 행복했다고 말
할 수 없느니라.[1]

이것에 대한 크로이소스 왕[2]의 이야기는 어린이들까지
도 알고 있다. 그는 키로스 대왕에게 사로잡혀 사형 선고를
받았으나 형이 집행되는 순간, "오오, 솔론이여! 솔론이
여!" 하고 소리쳤다. 이 이야기가 키로스에게 알려져 무슨
뜻인가 하고 물으니, 크로이소스는 옛날 솔론이 자기에게
한 충고가 이제야 뼈저리도록 진실임을 깨달았노라고 대답
하였다. 그 충고란 '인간은 아무리 운수가 좋아도, 일생의
마지막 날을 보기 전에는 자신이 행복했다고 할 수는 없다.
인간사는 불확실하고 변화무쌍하여 대수롭지 않은 동기로
완전히 형세가 변하는 것이니까…….'[3]라는 것이었다.
또한 아게실라우스는 어떤 사람이, "페르시아 왕은 아주
젊은 몸으로 그처럼 강력한 나라를 지배하게 되었으니 행
복하다."고 말하자 "그건 그렇지만 프리아모스(트로이 전쟁
에서 그리스 군에게 멸망당한 트로이 왕)도 그 나이에는

---

1) 오비디우스의 《메타모르포세스》 3의 135
2) 기원전 6세기의 리디아왕, 부호로 알려짐
3) 헤로도토스 1의 86

불행하지 않았지."4) 하고 대답했다고 한다.

머지않아 저 위대한 알렉산더 대왕의 뒤를 이어받은 마케도니아의 왕들 중에 로마에서 목수가 된 사람, 서기5)가 된 사람도 있으며, 시리아의 폭군들 중에는 크린토스에 가서 교사가 된 사람도 있다.6) 세계의 절반을 정복하고, 그 많은 대군을 이끌었던 최고 사령관(폼페이우스)도 이집트의 보잘것없는 관리들 앞에서 목숨을 애걸하는 가련한 신세가 된 일도 있다. 저 위대한 폼페이우스는 인생의 마지막 대여섯 달을 더 살아 보겠다고 그렇게까지 애를 썼던 것이다.

그리고 우리 아버지들 시대에는, 전 이탈리아를 진동시켰던 제10대 밀라노의 공작 루도비코 스포르차도 로슈의 감옥에서 죽었다. 그것도 10년이나 옥살이를 하다가 죽었으니, 그로서는 정말 억울한 장사를 한 셈이다.7) 기독교 국가에서 가장 위세가 등등했던 왕의 미망인인 미모의 여왕8)도 옥졸의 손에 죽어가지 않았던가.

이러한 예는 얼마든지 있다. 왜냐하면 광풍(狂風)이나 폭풍우는 거만하게 드높이 솟아 있는 건물에 대하여 더욱 맹위를 떨치듯, 하늘 세계에도 이 사바 세계의 위대성을 시기하는 영혼들이 있기 때문이다.

---

4) 플루타르코스 《윤리논집(倫理論集)》 〈스파르타르코스편〉 37
5) 마케도니아 왕 페르세우스의 셋째 아들 알렉산더를 가리킴. 플루타르코스의 《영웅전》 '아네미리우스 파우루스편' 37
6) 디오니우시오스가 디모레온에 쫓겨 크린토스에서 교사가 된 것을 말함.
7) 리차르디니의 《이탈리아사(史)》 212. 사실은 10년이 아닌 7년이었다.
8) 프랑스와 2세의 왕비인 마리 스튜어트. 1587년 2월 18일 처형됨.

이토록 은밀한 힘이 인간의 일을 부수며, 아름다운 속한9)과 끔찍한 도끼를 짓밟으며, 그것을 우롱하며 즐기는 듯하다.10)

그리고 운명은 흔히 우리가 오랜 세월에 걸쳐 세워 놓은 건물을 한 순간에 뒤엎을 수 있다는 것을 보이기 위하여 우리 주위의 마지막 날을 노리고 있는 것같이 생각될 때가 있다. 그리고 우리로 하여금 라벨리우스11)와 더불어 "확실히 나는 내가 살아야 할 날보다 하루를 더 살았다."12)라고 탄식하게 하는 것이다.

그래서 우리는 솔론의 그 훌륭한 충고를 지당한 것으로 받아들일 수 있다. 그러나 그는 철학자로서 운명의 혜택을 입느냐 그렇지 못하냐가 행·불행의 자리를 차지하지 못하며, 위대성이나 권세 따위는 거의 흥미없는 것으로 보는 터이니, 나로서는 그가 더 한층 멀리 내다보며 우리 인생의 행복이 바로 천성을 잘 타고난 정신의 안정과 만족, 조절된 영혼의 결단성과 안고성(安固性)에 달려 있는 만큼, 그 인생극은 최종막의 가장 어려운 대목이 상연되는 것을 보기 전에는 판단할 수 없다고 말하려는 것이 진실인 것 같다.

다른 모든 일에서는 가면을 쓰고 있을 수도 있다. 가령 철학자의 그 아름다운 논법이 우리들에게는 겉치레에 불과하며, 여러 사건들은 우리 생명 자체까지 위협하는 것이

---

9) 束桿.로마 집정관의 권세의 상징.
10) 루크레티우스의 《사물의 본성에 대해서》 5의 1233.
11) 기원전 2세기의 로마의 희극작가.
12) 마크로비우스 《사투르누스의 축제》 2의 7.

아닌 바에야 우리들에게 항상 평정한 모습을 유지할 여유를 줄 수도 있다. 그러나 이 마지막의 죽음과 우리들 사이의 역할에는 아무것도 꾸며댈 건더기가 없다. 똑똑히 프랑스 말로 해야 한다.(누구나 알 수 있는 평이한 말로 해야 한다) 항아리 밑바닥에 있는 좋고 깨끗한 것이 무엇인가를 보여 주어야 한다.

왜냐하면 이때야말로 참다운 소리가 마음속에서 우러나와 가면은 벗겨지고 참모습이 남기에.13)

그러니 우리 생애의 모든 다른 행위는 이 마지막 행위를 시금석(試金石)으로 하여 시험해 봐야 한다. 그날은 중대한 날이다. 다른 모든 날들을 심판하는 날이다. 어느 옛사람14)이 말했듯이 그날은 지나간 나의 모든 세월을 심판하는 날이다. 나는 내 공부의 성과를 시험해 달라고 이 죽음에게 맡긴다. 그때야말로 내 말이 입 끝에서 나온 것인지 마음속에서 나온 것인지 알게 될 것이다.

나는 많은 사람들이 그들의 죽음으로 자신의 일생의 평판을 좋게도 하고 나쁘게도 하는 것을 보았다. 폼페이우스의 장인(丈人)인 스키피오는 훌륭한 죽음으로 그때까지 세상에서 받아 온 좋지 못한 평판을 말끔히 씻어 버렸다. 에피미논다스는 카브리아스와 이피크라테스 및 자기 자신 셋 중에서 누가 제일 훌륭한가라는 질문을 받고, "그것은 죽기

---

13) 루크레티우스의 ≪사물의 본성에 대하여≫ 3의 57.
14) 세네카의 ≪서간(書簡)≫ 102.

전에는 결정할 수 없지."15)라고 답하였다.

정말로 인간 종말의 명예와 위대성을 보지 않고 그 사람을 평가한다면, 그 사람으로부터 많은 것을 약탈하는 셈이 되는 것이다. 하느님은 마음대로 일을 처리하였다. 그러나 우리 시대에 갖은 악덕을 다 저지르고 가장 저주받을, 가장 악명이 높은 세 사람이 올바르게 그리고 모든 면에서 완전하다고 할 수 있을 정도로 태연하게 죽어갔다.

개중에는 용감하고도 다행한 죽음도 있다. 나는 죽음이 어떤 자의 놀랍게 출세하는 발전의 실마리를, 더욱이 그 정상에 다다르려는 순간에 자르는 것을 보았다. 그 최후가 너무도 화려하여 내 생각으로는 패기에 차고 용감한 시도도 그 중단만큼 드높은 점은 없었다고 생각된다. 그는 자기가 바라던 만큼은 아니라 해도 그가 희망하고 기대했던 이상으로 훌륭하고 늠름하게 그곳에 도달했다. 그리고 평생 달음질쳐서 얻으려고 갈망하던 권위와 명성을 도중에서 쓰러지는 바람에 미리 얻어 버린 셈이다.

다른 사람의 생애를 평가할 때, 나는 언제나 그 최후가 어떠했는가를 본다. 또한 내 일생의 노력의 주요한 목적도 마지막이 좋아야 할 것, 즉 평화롭게 조용히 죽어야 한다는 것이다.

〔제19장〕

---

15) 플루타르코스 ≪윤리논집≫ 〈고대 제왕〉 및 〈제황제경귀집〉.

철학을 공부하는 것은 죽음을 공부하는 것

키케로는 철학을 공부하는 것은 죽음에 대비하는 것에
불과하다고 말했다. 그것은 연구와 명상이 우리의 영혼을
우리들 밖으로 끌어내어, 육체와 분리하여 일하게 하는 것
으로, 말하자면 죽음의 연습, 모방과 같은 것이기 때문이
다. 또는 세상의 모든 지혜와 이론은 결국 우리에게 죽음
을 조금도 두려워하지 않도록 가르쳐 준다는 하나의 사실
에 귀착하기 때문이다. 진실로 이성은 시시덕거리며 농담
을 하거나, 아니면 우리의 만족만을 목표로 하고 있거나,
양자 중의 하나임에 틀림없다. 그리고 그 노력은 성서에서
말하는 것처럼[1], 결국 우리에게 편안히 살게 하는 길을 찾
아 주는 일임에 틀림없다. 세상의 모든 의견은, 그 방법은
여러 가지 있겠지만, 쾌락이야말로 우리의 목적이라는 이
하나의 사실에 귀착한다. 그렇지 않다면, 우리는 처음부터
이런 의견을 배척할 것이다. 왜냐하면 그 누가 고통과 불
안을 목표로 하는 자의 말을 들을 것인가.

철학의 여러 학파들간의 의견의 불일치는 말의 다툼이
다. "그렇게 교묘한 우론(愚論)은 걷어치우자."[2] 여기에는
그렇게도 거룩한 일에 합당치 못한 고집과 논쟁이 있다.

---

1) 〈전도서〉 3의 12.
2) 세네카 《서간》 127.

그러나 사람은 어떠한 역할을 해도 항상 그 안에서 자기의
역할을 한다. 그들이 뭐라고 해도, 도덕면에서도 우리들이
지향하는 궁극의 목적은 쾌락인 것이다. 나는 그들에게 그
렇게도 거슬리는 이 말을 귀가 따갑도록 들려 주고 싶다.
그리고 이 말이 그 어떤 최고의 즐거움이라든가 극도의 만
족을 의미한다면, 그것은 다른 어떠한 것보다 더 도덕의
도움을 받아서이다. 이 쾌락은 유쾌하고, 줄기차고, 굳세
고, 씩씩하면 할수록 진실로 쾌락적인 것이다.

　그러니 우리는 힘이라는 낱말에서 (도(道)덕(德)이라는
낱말을 만들었지만3) 그보다 더 적합하고 상냥하며 자연스
러운 쾌락이라는 이름으로 이 (도)덕을 말해야만 할 것이
다. 이보다는 더 천박한 다른 종류의 쾌락이 이 아름다운
이름을 받을 값어치가 있다고 해도, 그것은 특권으로서가
아니라 경쟁으로 얻은 이름이라야 할 것이다.

　나는 이 쾌락이 그 폐단과 장애 때문에 도덕보다는 순수
하지 못하다고 생각한다. 그 맛이 보다 더 순간적이요, 덧
없는 것이며, 무너지기 쉽다는 것 이외에도, 그곳에는 불
면과 단식과 고통과 피와 땀이 뒤따른다. 그 밖에도, 특히
살을 에는 듯한 갖은 괴로움과, 또한 너무나 무거운 고행
과도 비길 만한 포만이 뒤따른다. 그러나 이러한 장애가,
마치 자연계에 있어서 만물이 서로 상반되는 것으로써 활
기를 찾는 것처럼, 그 쾌락에 자극과 양념을 준다고 생각

---

3) 키케로의 〈토스크라눔 논의〉 2의 18에 덕(virtus)은 힘(vis)에서 나왔다
　고 했다.

하면 큰 잘못이다.

또한 우리가 도덕으로 향할 때, 이러한 부속물이나 곤란함이 도덕을 압제하여, 그것을 근엄하고 가까이할 수 없게 만들고 있는 것도 큰 잘못이다. 오히려 쾌락의 경우보다 이러한 장애가 도덕이 주는 거룩하고 완전한 즐거움을 품위 있게 하고, 자극하고, 높여 준다는 것이 훨씬 더 타당하다. 도덕을 사기 위한 비용과 거기서 얻는 소득을 저울질해 보는 자는 그것과 친해질 자격조차 없으며, 실로 그 우아한 맛과 그 소용을 알지 못하는 자이다. 도덕을 찾는 일은 난삽하고 힘들지만, 그것을 누리는 것은 유쾌한 일이라고 우리에게 가르쳐 주는 자들은 "도덕은 언제나 불쾌한 것이다."라고 말하는 것과 조금도 다를 바 없다. 왜냐하면 도대체 어떠한 인간적인 방법으로 이러한 도덕의 향락에 도달할 수 있겠는가.

가장 완전한 사람들조차도 그것을 소유하지 못했으며, 오직 그것을 갈망하고 거기에 접근하는 것만으로 만족했을 뿐이다. 우리가 알 수 있는 모든 쾌락 중에 그것을 추구하는 일 자체가 재미나는 것이다. 이 시도는 그 자체가 그 결과의 중요한 부분이며 이 결과와 같기 때문에, 그것이 목적하는 사물의 소질에 의하여 그 자체의 우아한 아름다움이 느껴진다. 도덕에 빛나는 행운과 복지는, 처음 들어갈 때와 궁극의 막바지까지 그 모든 부속과 언저리를 채운다. 그런데 도덕의 중요한 혜택들 중에는 죽음의 경멸이 있다. 그것은 우리 인생에게 온화한 안정을 제공하고, 순수하고

정다운 맛을 주는 수단이기 때문에 그것 없이는 모든 다른
쾌락이 사라지는 것이다.

그 때문에 모든 규칙도 이 점에 귀착하고 일치한다. 이
러한 규칙은 모두 한결같이 고통이나, 빈곤이나, 기타 사
람이 피할 수 없이 당면하는 재난을 멸시하도록 우리를 가
르쳐 주는 점에서는 일치한다. 이러한 재난은 죽음만큼 필
연적이 아니기 때문에도 그렇고—대부분의 사람들은 평생
가난을 겪지 않고, 개중에는 고통이나 질병을 모른 채 산
사람도 있다. 예컨대 음악가 크세노필로스4)는 병 한번 걸
리지 않고 106년을 살았다—또한 최악의 경우, 우리가 좋
을 때 죽음이 다른 모든 불행에 종지부를 찍을 수 있기 때
문에도 그렇다.

> 우리는 모두 같은 종점으로 밀려간다. 모든 것은, 늦거나 빠
> 르거나 운명의 항아리 속에 뒤섞여서, 제비로 뽑혀 나와 영원한
> 멸망 속에 저승의 배에 실리는 것이다.5)

따라서 죽음이 우리를 위협한다면, 그것은 끊임없는 고
통의 씨앗이 되며, 아무리 해도 그 고통을 덜어 볼 방도는
없는 것이다. 죽음은 어디에서나 온다. 우리가 이상한 나라
에라도 와 있는 것처럼 어리둥절해서 눈을 두리번거리는
것도 당연하다. "그것은 탄탈로스의 바윗돌처럼 항상 우리
머리 위에 매달려 있다."6) 우리나라의 고등법원은 흔히 죄

---

4) 아리스토크세노스의 착오. 크세노필로스는 철학자이다.
5) 호라티우스의 《카리미나》 2의 25.

인을 범행 현장으로 반송하여 형을 집행한다. 반송 도중에
그들을 좋은 집에 재우고 맛있는 음식을 실컷 먹여 보아라.

> 그들에게는 시칠리아의 진미가효(珍味佳肴)도 단맛이 나지
> 않을 것이고, 새 소리나 현금(絃琴)의 악조(樂調)도 그들을 안면
> (安眠)으로 인도하지는 못하리라.[7]

그들이 그런 것을 즐길 수 있다고 생각하는가. 그 여행
의 궁극적 목적이 끊임없이 눈앞에 아른거려, 이 모든 즐
거운 맛을 변질시켜 멋없게 한다고 생각지 않는가.

> 길을 묻고, 날짜를 세고, 인생 노정의 거리를 재어 보며, 다
> 가 올 액운 때문에 번민한다.[8]

우리 생애의 목표는 죽음이다. 이것이 우리가 겨누는 필
연적인 대상이다. 죽음이 우리를 위협하고 있다면, 어찌
우리가 몸을 떨지 않고 한 걸음인들 앞으로 나아갈 수 있
겠는가. 속인의 치료법은 그 죽음을 생각하지 않는 것이
다. 그러나 얼마나 미련해야만 그렇게도 사리를 분간 못하
는 장님이 된단 말인가. 당나귀 꼬리를 고삐삼아 거꾸로
끌고 갈 일이다.[9]

---

6) 키케로 〈선악의 한계〉 1의 18.
7) 호라티우스의 《카르미나》 3의 18~20.
8) 클라우디아누스 〈루피누스를 공박하는 시(詩)〉 2의 137.
9) 어디로 가는지 알지 못하도록 뒷걸음으로 걸어가게 해야 한다는 뜻.

그는 뒤를 바라보며 걸어가려고 한다.10)

그가 이렇게 몇 번이고 함정에 빠진다 해도 놀랄 만한 일은 아니다. 그러한 사람들은 죽음을 말하기만 해도 악마의 이름을 듣는 듯 겁에 질려 성호를 긋는다. 그리고 유언이란 말에 의미가 있다고 해서, 의사가 최후의 선고를 내리기도 전에 유언을 쓸 생각을 한다고 기대하지는 마라. 그러니 바야흐로 때가 되어 그들이 고통과 공포 사이에서 얼마나 정확한 판단으로 유서를 꾸며 놓을 것인지는 뻔한 일이다.

이 죽음이라는 낱말이 그들의 귀에 너무도 거세게 울리고 불길하게 들리기 때문에, 로마 사람들은 그 말을 부드럽게 하고 우곡(迂曲)할 줄 알았다. "그는 죽었다."고 말하는 대신에 "그는 살기를 그쳤다. 그는 삶을 버렸다."라고 한다. 그 말이 삶을 의미하기만 하면 그것이 끝났어도 여기서 위안을 느낀다. 우리가 '고(故) 장 생원(生員)'(feu Maistre)이라고 하는 것도 그런 것에서 차용한 어법이다.

사람들이 흔히 말하듯 아마도 '지불 기한까지 그 돈은 값어치가 있다.'11)이기 때문이리라. 1월을 한 해의 기점으로 하는 현재의 계산법으로 하면,12) 나는 1533년 2월 그믐

---

10) 루크레티우스의 《사물의 본성에 대하여》 4의 473.
11) 죽는다는 생각을 되도록 앞으로 밀어 죽음에 대한 슬픔을 덜어 본다는 뜻.
12) 1563년에 1월을 1년의 정월로 삼기 시작했다. 그 전에는 부활절을 정월 초하루로 했었다.

날 열한 시와 정오 사이에 태어났다. 나는 서른아홉 살을 꼭 보름 전에 보낸 셈이다. 적어도 아직 이만큼은 더 살아야 한다. 그동안에 그렇게 먼 일을 생각하며 속을 썩이는 것도 미친 짓일 것이다. 그러나 어쩌란 말인가. 늙은이도 젊은이도 모두 같은 조건으로 이 세상을 떠난다. 누구나 다 방금 인생에 들어왔는데 하는 식으로 이 세상을 떠나고 만다. 뿐만 아니라 아무리 늙었어도 마투살렘의 나이13)에 다다르지 않는 동안은, 체내에 아직도 20년의 수명이 남아 있다고 생각지 않는 사람은 없다.

더욱이 너는 얼마나 바보스러운가. 도대체 누가 네 수명을 정해 주었단 말인가. 너는 의사들의 말을 듣고 너의 생명을 정해 놓는다. 차라리 현실과 경험에 비추어 생각해 보라. 사물의 범상한 진행으로 보아서, 너는 이미 오래 전부터 특별한 은덕을 입고 살아오고 있다. 너는 인생의 평균의 수명을 넘어섰다. 그 증거로 네가 아는 사람들 중에, 네 나이에 도달한 자보다 그 전에 죽은 사람이 얼마나 더 많은가를 헤아려 보라. 그리고 명성을 얻어 명예로운 일생을 보낸 사람들의 명부를 만들어 보라. 35세 이전에 죽은 사람이 그 이후에 죽은 사람보다 더 많다는 것에 대하여 나는 내기를 걸어도 좋다. 인간으로서의 예수 그리스도를 예로 든다는 것은 충분히 도리에 맞고 또한 경건한 일이지만, 그 그리스도도 서른셋에 세상을 뜨셨다. 가장 위대한 인물로, 단순한 인간이던 알렉산더도 역시 그 나이에 죽었다.

13) 에노크의 아들. 969세까지 살았다고 함. 〈창세기〉 5의 27.

죽음은 얼마나 많은 기습 방법을 가지고 있는 것일까.

인간은 그때그때 피해야 할 위험을 예측할 수 없다.14)

열병이나 늑막염 따위는 말도 않겠다. 브르타뉴 공이,
나의 이웃인 교황 클레멘스의 리용 입성(入城) 때, 군중에
짓눌려 죽을 줄이야 누가 생각인들 할 수 있었겠는가. 너
는 우리 국왕 중 한 분이 유희 중에 죽는 것을 보지 않았
는가.15) 그리고 그의 조상 한 분도 돼지에 부딪혀서 죽지
않았던가.16) 아이스킬로스는 집이 무너진다는 예언에 겁
이 나 옥외에서 살았으나 소용이 없었다. 그는 하늘을 나
는 독수리의 발에서 떨어진 거북에 맞아 죽었다.

어떤 자는 포도씨 한 알 때문에 죽었고, 어떤 황제는 머
리를 빗다가 빗에 찔린 상처 때문에 죽었다. 아에밀리우스
레피두스는 자기 집 문지방에 발이 걸려, 아우피디우스는
회의실에 들어가다 문에 머리를 부딪혀 죽었다. 집정관 코
르넬리우스 갈루스는 여자의 허벅다리 사이에서 죽었으며,
로마의 경비대장 티길리누스 만토바 후작과 기도 드 곤자
가의 아들 루도비코도 그러했다. 더욱 곤란한 일로는, 플
라톤 학파의 철학자인 스페우시포스와 우리 황제 중의 한
분도 그렇게 죽은 것이다. 재판관 베비우스는 가련하게도

14) 호라티우스 《카르미나》 2의 13의 13.
15) 앙리 2세를 가리킴. 1559년 6월 기마시합 중 친위대장이었던 몽고메리
　 의 창에 눈이 찔려 죽었다.
16) 루이 6세의 아들 필립은 말을 타고 가다가 땅바닥에 떨어졌다가 돼지에
　 부딪혀 죽었다.

어떤 판결의 집행을 1주일 연기해 준 사이에, 자기 명이 다 되어 잡혀갔다. 또한 의사 카이우스 율리우스는 환자의 눈에 기름을 발라 주다 죽음이 닥쳐와 눈을 감았다.

내 집안일로는, 동생 생 마르탱 대위가 나이 스물셋에 이미 용맹한 무인으로 이름을 떨쳤는데, 그는 테니스를 하다가 오른쪽 귀 바로 위를 얻어맞아, 출혈도 다친 흔적도 없이 앉아 보지도, 쉬지도 못하고 얻어맞은 것이 원인이 되어 대여섯 시간 뒤에 졸도하여 죽었다. 이러한 예는 너무나 빈번히, 그리고 시덥지 않게 우리 주변에서 일어나는 것이다. 그러니 어떻게 우리가 죽음을 생각지 않겠는가. 죽음이 항시 우리의 목덜미를 잡고 있다고 어떻게 생각하지 않을 수 있겠는가.

당신은 이렇게 말할지도 모르지. "죽음이 어떻게 닥쳐오든, 그따위 걱정은 안하면 그만이지."라고……. 나도 그렇게 생각한다. 그리고 어떤 방법으로라도 죽음의 타격에서 벗어날 수만 있다면, 송아지 가죽이라도 뒤집어쓰는 것을 마다할 내가 아니다. 왜냐하면 편하게 지내면 그것으로 만족하기 때문이다. 그러므로 나는 내가 할 수 있는 최상의 방법이라면 아무리 불명예스럽고 창피스러운 일이라 할지라도 그 길을 택한다.

내 어리석음이 나를 즐겁게 하거나 의식되지 않는다면, 미치광이나 바보로 간주되는 편이 낫지, 현명하여 고민하기는 싫다.[17]

---

17) 호라티우스의 ≪서간≫ 2의 126.

그러나 그런 식으로 잘 되어가기를 기대한다면 어림도
없는 일이다. 사람들은 모두들 가고, 오고, 뛰고, 춤추고
하지만 죽음에 관해서는 관심도 없다. 이런 것은 모두가
좋은 현상이다. 그러나 일단 죽음이 그들의 허를 찔러 그
들 자신을, 그들의 아내를, 자녀를, 친구를 덮칠 경우엔 그
들은 그 얼마나 고통·규환·광란·절망에 억눌릴 것인가.
사람들이 이렇게도 기가 죽고, 변모하고, 전도되는 꼴을
본 일이 있는가. 우리는 미리 죽음에 대비하고 있어야 한
다. 또한 이런 일은 전혀 있을 수 없다고 생각하지만, 만약
이 우둔한 무관심이 지각 있는 사람의 머리에 깃든다 해
도, 그것은 우리에게 너무나 비싸게 먹힌다. 그것이 피할
수 있는 적이라면 치졸하게라도 도망치라고 권고하겠다.
그러나 그럴 수 없는 노릇이고, 그 적은 도망치는 비겁한
자이건 명예를 존중하는 용사이건 다 함께 가리지 않고 잡
아가는 것이기에,

실로 죽음은 나이든 어른이 도망쳐도 뒤따라오고, 용기없는
젊은이의 겁많은 등도, 오금도 용서치 않는 이상.[18]

그리고 아무리 강하게 만들어 낸 강철 갑옷으로도 막아
내지 못하며,

아무리 조심스레 쇠와 구리의 갑주(甲胄) 밑에 숨어도 죽음
은 그 숨은 머리를 찾아낼 줄 아는 이상.[19]

---

18) 호라티우스 《카르미나》 3의 2의 146.

제자리에 굳건히 발을 디디고 죽음과 싸우는 것을 배우
자. 그리고 우선 우리에 대하여 가장 큰 강점을 이 적으로
부터 탈취하기 위해, 여느 것과는 정반대의 길을 택해 보
자. 그로부터 그 진이(珍異)함을 제거해 보자. 그를 다루
어 보고 그와 친숙해 보자. 무엇보다도 자주 죽음을 염두
에 두도록 하자. 언제나 죽음을 우리의 상상 속에, 그 모든
모습으로 그려 보자. 말[馬]이 헛디딜 때, 기왓장이 떨어
질 때, 바늘에 조금 찔렸을 때, 바로 "그래, 이것이 죽음이
라면?" 하고 되새겨 보고 마음을 가다듬어 긴장하자. 진수
성찬이 즐비한 유쾌한 마당에도 항상 우리 인간 조건의 회
상인 이 후렴을 되풀이하며, 쾌락에 너무 끌려가지 말고,
우리가 유쾌할 때 죽음이 얼마나 많은 방법으로 우리를 노
리며, 얼마나 많은 결박으로 우리를 위협하는가를 이따금
상기해 보자. 그래서 이집트 사람들은 축연을 베풀 때 그
들의 성찬 앞에 회식자들에 대한 경고로서 미라를 가져오
게 한 것이다.

> 매일매일이 그대에게 마지막 날이라고 생각하라.
> 그러면 기대하지 않은 시간만큼 그대가 더 벌게 되는 셈이
> 다.[20]

죽음이 어디서 우리를 기다리고 있는지 알 수 없으니, 어
디서든지 그것을 맞이할 준비를 갖추자. 미리 죽음을 생각

---

19) 프로페르티우스 4의 18의 25.
20) 호라티우스 《서간》 1의 4의 13.

해 두는 것은 자유를 예상하는 것이다. 죽기를 배운 자는 노예의 마음씨를 씻어서 없앤 자이다. 죽음을 알면 우리는 모든 굴종과 구속에서 해방된다. 생명을 잃는 것이 불행이 아님을 잘 이해한 사람에게는 이 세상에 불행이라는 것이 없다. 파울루스 아에밀리우스는 자기에게 사로잡힌 저 가련한 마케도니아 왕이, 그의 개선행렬에 자기를 끌고 다니지 말아 달라고 간청했을 때, "그것은 자기 자신에게 요구하라."고 대답하였다.21)

진실로 모든 일에 있어서 자연이 거들어 주지 않는다면, 인간이 영위하는 기술이나 기교는 조금도 진전을 보지 못하리라. 나는 원래 우울한 성격의 소유자가 아니라 다만 몽상가일 뿐이다. 죽음의 상상만큼 언제나 나의 마음을 차지하는 것은 없다. 내 생애의 가장 방종한 시기에도,

한창 나이로 청춘을 누렸을 때에.22)

부인들 속에서나, 잡기(雜技)하는 자리에서 내가 어떤 질투심이나 덧없는 희망에 혼자 골몰하고 있다고 사람들이 생각하고 있었지만, 실제로 나는 그때 누가 며칠 전에 이런 연회에서 돌아오는 길에 나처럼 한가로운 몽상이나, 사랑이나, 즐거웠던 때의 일로 가득 차서 나가다가 별안간 열병에 걸려 죽은 자를 생각하고, 그 일로 내 귓전엔 그 말

---

21) 플루타르코스 ≪영웅전≫ 〈아에밀리우스 파울루스 편〉 34.
22) 카툴루스 68의 16.

귀가 울리는 것이었다.

현재는 바로 사라지고, 그것을 다시 불러들이지는 못하리라.[23]

그렇게 생각했다고 해서 나는 별로 얼굴을 찌푸리지는 않았다. 우리는 처음부터 이런 상상을 가슴 아프게 느끼지 않을 수 없다. 그러나 그것을 오랫동안 만지작거리고 되새겨 보면, 반드시 그것에 익숙하게 된다. 그렇지 않다면 나는 끊임없이 죽음의 공포와 망상에 사로잡혀 있을 것이다. 왜냐하면 나만큼이나 자신의 생명을 신용치 않고, 자신의 수명을 기대하지 않았던 사람도 없을 것이기 때문이다. 나는 지금까지 강건하고, 계속해서 건강을 누려왔지만, 그 건강이라는 것도 장생의 희망을 연장시키지는 못하며, 또한 나의 신병(身病)이 그것을 단축시키지도 못한다.

나는 시시각각으로 생명이 내게서 빠져나가는 것을 느낀다. 그러나 나는 "언젠가 일어날 수 있는 일은, 당장 오늘에라도 일어날 수 있다."고 끊임없이 되뇐다. 정말로 우연이나 위험들이라도 우리들을 종말에 더 가까이 끌어가는 일은 없다. 우리들을 가장 위협하는 그런 사건은 제쳐 놓고라도, 또 다른 수많은 사건이 우리의 머리 위에 걸려 있다고 생각하면 우리는 유쾌하건 열에 들뜨건, 바다에서나 집에서나, 전쟁을 할 때나 휴식할 때나 죽음이 한결같이 우리 옆에 있다는 것을 알 것이다. "그 누구도 우리 이웃보

---

23) 루크레티우스 ≪사물의 본성에 대해서≫ 3의 915.

다 취약한 자는 없으며, 그 누구에게도 내일에 대한 보장
은 없다."24)

내가 죽기 전에 해야 할 일을 끝마치려면, 비록 그것이
단 한 시간에 끝날 일일지라도, 아무리 시간이 많아도 부
족할 것같이 생각된다. 얼마전에 누군가 내 수첩을 뒤적거
리다가 어떤 일에 대한 메모를 찾아냈는데, 거기에는 내가
죽은 뒤에 해주기를 바라는 일이 적혀 있었다. 나는 집에
서 10리만 떠나도―비록 몸이 건강하고 기분이 좋을 때라
도―집에 무사히 돌아가리라는 보장이 없기 때문에 미리
그것을 적어 놓았노라고 그에게 실토하였다. 그러니까 죽
음이 갑작스레 닥쳐와도 그렇게 놀랄 일은 아닐 것이다.

우리는 우리의 사정이 허락하는 한, 언제나 신발을 신고
떠날 차비를 해야 한다. 특히 그때에는 자기 일 이외에는
아무것도 없도록 유의해야 한다.

　　어찌하여 우리는 이 짧은 생애에 그렇게도 많은 시도를 하려
　　드는가?25)

왜냐하면 우리가 죽을 때가 되면, 그 밖의 일은 생각하
지 않아도 해야 할 일이 산더미 같은 것이기 때문이다. 어
떤 사람은 죽음 그 자체보다도 죽음으로 인하여 혁혁한 승
리의 길이 도중에서 끊긴다고 개탄한다. 또 어떤 사람은
딸을 출가시키기 전에, 혹은 자녀교육을 마치기 전에 세상

24) 세네카의 《서간》 91.
25) 호라티우스의 《카르미나》 2의 16의 17.

을 떠나야만 한다는 것을 개탄한다. 어떤 사람은 아내와의 이별을, 어떤 이는 자식과의 이별을 마치 그것이 자기 존재의 주요한 행복인 양 한탄하는 것이다.

　고맙게도 나는 이 시각에라도 하느님의 뜻대로, 언제라도 아무 거리낌 없이 죽을 수 있을 것 같은 심정이다. 하기는 죽는다는 것을 생각만 해도 마음이 아프기는 하지만, 나는 매인 몸이 아니다. 내 자신에게만 빼놓고, 모든 사람들에게 절반은 고별한 셈이다. 나보다 더 순수하고 온전하게 세상을 떠날 준비가 되어 있는 사람은 없을 것이며, 내가 하려고 생각하는 이상으로 자신에 대한 모든 애착을 끊어 버린 사람도 없을 것이다.

　　그들은 말한다. "가련하다. 오! 가련해. 단 하루의 불길한 날이 내게서 이처럼 많은 생의 혜택을 앗아가다니."라고.[26]

그리고 건축가는 말한다.

　　거대한 성벽은 위태롭게 선 채, 내 작품은 중단되어 머무른다.[27]

　너무 먼 앞을 내다보며 계획해서는 안 된다. 또는 작으나마 그 성과를 보지 못하지나 않을까 초조하게 생각해서도 안 된다. 우리는 움직이려고 세상에 태어난 것이다.

---

26) 루크레티우스 3의 898.
27) 베르길리우스의 《아에네이스》 4의 88.

어떻게 죽든, 그것이 한창 일하는 도중이었으면.[28]

나는 사람들이 모두 움직이기를, 가능한 한 인생의 사업을 길게 연장하기를 바란다. 그리고 죽음은 내가 양배추를 심는 동안에 와주되, 죽음이 왔다고 거리낄 것 없이, 정원이 완성되지 않은 것은 더욱 염두에도 두지 않기를 바란다. 나는 어떤 사람이 임종 때, 그때까지 쓰고 있던 역사책이 우리의 15대 또는 16대 국왕에 이르렀을 때, 운명에 의하여 중단됐다고 끊임없이 한탄하며 죽는 것을 보았다.

이러한 말을 덧붙여서는 안 된다. "이러한 재보에 대한 애착은, 네 유해와 더불어 남지 않으리라."[29]

우리는 이러한 비속하고 유해(有害)한 심정에서 벗어나야 한다. 우리들의 묘지를 교회나 사람들이 빈번히 오가는 곳에 설치하여, 리쿠르구스가 말하듯 일반 사람들이나 여자·아이들이 죽은 사람을 보아도 두려워하지 않도록 순화(馴化)시키며, 또한 해골이나 묘지나 장례 행렬 등을 보임으로써 우리 인간의 조건을 깨닫게 해야 한다.

옛날에는 살육으로 회식객(會食客)을 즐겁게 해주고, 주연석에서 투기사(鬪技士)들의 참혹한 결투를 구경거리로 삼았다. 그 투기사들은 일쑤 술잔 위에 쓰러져, 흐르는 선혈이 식탁을 뒤덮게 하였다.[30]

---

28) 오비디우스의 ≪연가≫ 2의 10의 36.
29) 루크레티우스 3의 900.

그리고 이집트 사람들은 잔치가 끝난 다음, 회식객들에게 사자(死者)의 큰 초상을 가져오게 하여, "마시고 놀아라. 죽으면 너도 이 꼴이 되리라." 하고 소리치게 하였다. 그래서 나는 죽음을 머릿속에 그릴 뿐 아니라, 항상 그 말을 입에 담아 왔다. 또한 인간이 죽을 때의 일보다, 즉 그가 죽을 때 어떤 말을 했으며, 어떤 표정을 했으며, 어떤 태도를 취했나 하는 것보다 더 흥미로운 일은 없다고 나는 생각한다. 역사책을 읽을 때도 나는 그 죽음의 대목에 보다 주의를 기울인다. 내가 이 소재에 특별한 관심을 가지고 있다는 것은, 내가 책을 써내는 작가라면, 여러 가지 죽음에 관한 주석을 붙인 기록으로 알 수 있을 것이다. 사람들에게 죽는 법을 가르치는 자는 그들에게 사는 법을 가르쳐 주는 것이다.

디카이아르쿠스는 이런 제목의 책을 써냈으나, 그 목적하는 바가 다르고 좋지 못했다.31)

사람들은 죽음이라는 사실이 상상하기보다 훨씬 무서우며, 아무리 검술이 좋아도 이 싸움에는 지지 않을 수 없다고 말할 것이다. 무어라 말하건 상관이 있을까. 죽음을 예측하고 있는 것은 확실히 유리하다. 그리고 미약하나마 거기까지 동요되지 않고, 떨지도 않고 갈 수 있다는 것은 작은 일이 아니다. 그뿐만이 아니다. 대자연도 우리에게 손

---

30) 시리우스 이탈리쿠스포에니 전쟁 11의 51.
31) 디카이르쿠스는 아리스토텔레스의 제자. ≪생명의 멸망≫이란 저서에서, 전쟁에서는 그외의 경우에 있어서보다 많은 사람이 죽는가 어떤가를 논하였다. 키케로의 ≪의무론≫ 2의 5.

을 빌려 주며 용기를 준다. 만일 그것이 순간적으로 일어
난 급작스런 죽음이라면 우리는 그것을 두려워할 겨를도
없다. 그렇지 않은 경우에는, 병에 걸려 들어감에 따라, 나
는 자연히 어느 정도 삶을 경멸해 가는 것을 알게 된다.

나는 열병에 걸렸을 때보다도 건강할 때에 죽음에 대한
결심을 하기가 더 어렵다는 것을 느낀다. 나는 인생의 쾌
락을 향유할 수 없게 됨에 따라, 그것에 대하여 그다지 집
착이 없어졌기 때문에 전보다 훨씬 두려운 마음 없이 죽음
을 바라보고 있다. 이것은 내가 인생에서 멀어가고 죽음에
더 가까워 갈수록, 이 두 교환을 더 쉽게 처리하게 되리라
고 기대한다. 나는 케사르가 "사물은 흔히 가까이서보다 멀
리서 보는 편이 크게 보인다."[32]라고 말한 것을 다른 여러
일에서 경험했지만, 병들어서보다도 건강할 때에 병이 훨
씬 더 두렵다는 것을 깨달았다. 나의 현재의 경쾌한 건강
과, 쾌락과 체력이 나에게 사실상 병을 어깨에 짊어졌을
때에 느끼던 것보다도 그것이 비교도 안 될 만큼 더 흉한
것으로 보이기 때문에, 나는 그 고통을 마음속으로 5할 이
상이나 더 과장하여 괴로울 것으로 생각한다. 죽음도 역시
그러하기를 바랄 뿐이다.

이처럼 항상 변화와 쇠약 속에 짓눌려서, 우리는 자연이
얼마나 우리에게 우리의 소멸과 쇠약에 대한 감각을 감추
고 있는가를 두고보자. 노인에게는 그의 청춘 시대의 지나
간 생명의 힘이 얼마나 남아 있는가.

---

32) ≪갈리아 전기(戰記)≫ 7의 84.

아아! 늙은이에게 얼마만큼의 생명이 남아 있는가.33)

케사르는 그의 호위대의 한 늙은 병사가 노상에서 그에
게 죽음을 내려 달라고 애원하자, "너는 아직 살아 있다고
생각하는구나." 하며 놀려댔다고 한다. 갑자기 그런 상태에
빠진다면 이러한 변화를 견뎌낼 수 있으리라고 생각되지
않는다. 그러나 우리가 자연의 손에 인도되어, 느슨하고
가볍게 언덕길을 조금씩 한발 한발 내려가는 중에, 그 자
연은 우리를 이 비참한 상태에 끌어넣어, 그것에 익숙하게
해준다. 그러니까 우리는 청춘이 우리들 속에서 죽을 때
아무런 동요도 느끼지 않는다. 그러나 청춘이 죽는다는 것
은 본질적으로, 참다운 의미로, 쇠약한 생명이 완전하게
죽는다는 것보다, 또한 노년의 죽음보다 훨씬 더 가혹한
일이다. 왜냐하면 나쁜 존재에서 무의 존재로 뛰어내린다
는 것은, 즐겁고 화려한 존재에서 괴롭고 아픈 존재로 뛰
어내리는 것만큼 강하게 영향받지 않기 때문이다.

구부러진 물체는 그만큼 무거운 짐에 견디지 못한다. 우
리의 정신도 역시 그렇다. 바로 그 정신을 적수의 공격에
대항하여 단련시키고 강화해야 한다. 왜냐하면 정신이 그
적수를 두려워하는 동안은 안정을 얻기가 힘드니, 이것은
인간 조건의 힘에 넘치는 일이지만 우리가 확고하게 이 죽
음을 대할 수 있다면, 불안이나 고민이나 공포나, 그리고
가장 사소한 불쾌감까지도 정신에 깃들이기는 불가능하다

---

33) 막시미아누스 1의 16.

고 자랑할 수 있는 일이다.

> 폭군의 무서운 얼굴도, 아드리아 해(海)를 둘러엎는 아우스
> 테르 [남풍]도, 벼락을 던지는 주피터의 강력한 손도, 아무것도
> 그 확고한 마음을 동요시킬 수 없다.[34]

정신은 자기의 정열과 못된 잡념을 극복하며 빈곤·수
치, 그 밖에 운명의 모든 다른 모욕을 극복한다. 가능한 한
그 역량을 얻어 두자. 그것이야말로 진실하고 최고의 자유
이며, 그것은 불의의 폭력을 우롱하고 감옥과 쇠사슬을 경
멸할 힘을 갖게 한다.

> "그대 수족을 쇠사슬로 묶어, 잔인한 간수의 감시하에 두라."
> "내 원하면 신이 몸소 와서 끌러 주리라." 정녕 이 말은 "나는
> 죽겠다."는 뜻이다. 죽음은 사물의 끝이다.[35]

우리의 종교는 생을 가볍게 보는 이상으로 확실한 인간
적 기초를 가진 것이 아니었다. 이성의 추리에서 그렇게
생각될 뿐이다. 왜냐하면 잃어버려도 아까울 것이 없는 사
물을 잃는다고 두려울 게 무엇인가. 그리고 우리는 그렇게
여러 가지 방식으로 죽음으로부터 위협받고 있으니, 생명
하나를 유지하기 위하여 당하느니보다는, 그 여러 가지를
두려워하는 쪽이 더 괴로운 노릇이 아닐까.

피할 수 없을 바에야 그것이 언제 온들 무슨 상관이 있

---

34) 호라티우스 3의 3.
35) 호라티우스의 《서간》1의 16의 76.

는가. 어떤 사람이 소크라테스에게 "30인의 폭군들이 그대에게 사형선고를 내렸다."라고 알려 주자, 그는 "그리고 대자연은 그들에게 사형을 선고했다."라고 대답했다.36)

우리는 모든 고통에서 해방된 곳으로 가려는데 그것을 서러워하다니, 실로 어리석은 수작이 아닐 수 없다. 우리의 탄생이 우리에게 모든 사물의 탄생을 가져온 것처럼, 우리의 죽음은 모든 사물의 죽음을 가져올 것이다. 따라서 앞으로 백 년 뒤에 살아 있지 않으리라고 슬퍼하는 것은 지금부터 백 년 전에 살아 있지 않았었다는 것을 슬퍼하는 것처럼 어리석은 짓이다. 죽음은 또다른 생의 시작이다. 그래서 우리는 울었다. 그래서 이 세상에 들어오기가 힘들었다. 그래서 우리들은 여기 들어올 때 헌옷을 벗어 던졌다.

한 번밖에 없을 일은 괴로울 것이 없다. 그렇게 순간적인 일을 그렇게 오랫동안 두려워할 이유가 있을까. 오래 산다는 것과 짧게 산다는 것은 죽어 버리면 마찬가지 일이다. 왜냐하면 길다든가 짧다는 것은 이미 존재하지 않기 때문이다. 아리스토텔레스는 "히파니스 강에는 하루밖에 살지 않는 작은 짐승이 있다."고 말하였다. 아침 여덟 시에 죽는 것은 청춘에 죽는 것이고, 저녁 다섯 시에 죽는 것은 노쇠해서 죽는 것이다. 이 순간적인 일을 행이나 불행이라 생각하는 것을 보고, 우리들 중에 그 누가 비웃지 않을 것

---

36) 기원전 403년, 류신드로스가 아테네를 점령한 뒤 배치한 스파르타인 30 명의 아르콘이라 불린 행정관을 말한다. 그러나 소크라테스를 처형한 것은 아테네인이었다. ≪디오게네스 라에르티오스≫ 〈소크라테스 편〉 2의 35.

인가. 우리의 일생을 길다 짧다 하는 것은, 그것을 영원과
비교해 보거나 또는 산이나 강이나 별이나 나무들이나, 기
타 다른 동물의 수명과 비교해 본다면 역시 마찬가지로 우
스꽝스런 일이다.

하지만 대자연은 우리를 그곳으로 강요한다. 이 세상에
들어온 것처럼 여기서 나가라고 말한다. 죽음에서 생명으
로 들어온 때에 거쳐 온 길을 어떤 심정도, 공포도 갖지 말
고 생명에서 죽음으로 다시 거쳐 가거라. 그대의 죽음은 우
주의 질서 중의 한 토막이다. 세계의 생명의 한 부분이다.

죽어야 할 생명체는 생명을 서로 전수한다. 마치 경주자가
손에서 손으로 횃불을 넘겨 주듯.[37]

나는 그대들을 위하여 이 아름다운 자연의 질서를 변경
시켜야만 할 것인가. 죽음은 그대들의 창조의 조건이다.
죽음이란 그대들의 한 부분이다. 그대들은 자기 자신을 도
피하고 있다. 그대들이 누리고 있는 이 존재는 똑같이 생
명과 죽음으로 갈라져 있다. 그대들이 이 세상에 나온 첫
날은, 그대들을 삶과 아울러 죽음으로 이끌어가고 있는 것
이다.

우리들의 최초의 시간이 동시에 그 생명을 끊어갔다.[38]

---

37) 루크레티우스 《사물의 본성에 대해서》 2의 76.
38) 세네카의 《노한 헤라클레스》 3의 874.

태어나면서 우리는 죽는다. 종말은 근원의 결과이다.39)

그대가 살고 있는 몫은 모두 그것을 생에서 앗아오는 것
이다. 생명은 생명의 희생으로 이루어진다. 그대들의 끊임
없는 생의 영위는 죽음을 만드는 것이다. 살아 있는 동안
그대들은 죽음에 있다. 왜냐하면 그대들이 이미 살고 있지
않을 때엔 죽음 저쪽에 있기 때문이다.

또는 이 말이 좋다면, 그대들은 삶 뒤에 죽어 있다. 그
러나 그대들은 살아 있는 동안은 빈사 상태인 것이다. 그
리고 죽음은 죽어 버린 사람보다 죽어 가는 사람에게 더
혹독하게, 더 맹렬하게, 더 본질적으로 침해한다.

만일 그대들이 인생에서 소득을 보았다면 이미 그것에
포만한 것이다. 만족해서 물러가라.

왜 포식한 식객처럼 인생에서 물러가지 않는가.40)

인생을 이용할 줄 몰랐다면, 인생이 쓸데없었다면, 그까
짓것을 잃었다고 서러울 것이 있는가. 무엇 때문에 더 살
기를 바라는가.

몇 날을 더 살아 보았댔자 무엇하나, 마찬가지로 비참하게
잃을 것을, 소용없이 송두리째 없을 것을.41)

39) 마닐리우스 《점성가》 4의 16.
40) 루크레티우스 《사물의 본성에 대해서》 3의 938.
41) 루크레티우스 《사물의 본성에 대해서》 3의 941.

인생은 그 자체로서는 좋지도 나쁘지도 않은 것이다. 그대들이 인생에게 마련해 주는 자리의 좋고 나쁨에 달려 있다.

그대들이 하루를 살았으면 그것으로 모든 것을 본 것이다. 하루는 모든 날과 마찬가지다. 낮의 밝음에 다를 것 없고, 밤의 어둠에 다를 것이 없다. 이 태양, 이 달, 이 별들, 이런 배치, 이러한 것은 그대들 조상이 누려온 것이며, 그것들이 그대들 후손을 받들 것이다.

그대 조상들이 다른 것을 본 바 없고, 그대 후손들이 다른 것을 볼 바 없으리라.[42]

최악의 경우라도 내 연극의 장면의 배치와 변화는 일년 안에 완결될 것이다. 만일 그대들이 내 사계절의 변화를 유의해 보았다면, 그것은 세계의 유년기·청년기·장년기·노년기를 포함하고 있다는 것을 알 수 있었을 것이다. 세계는 그 연기(演技)를 다 마친 것이다. 이제 그것을 다시 시작해 볼 수밖에 다른 방법이 없다. 그것은 언제나 똑같은 일이다.

우리는 같은 곳에서 맴돌고 있다. 거기서 결코 벗어나지 않고.[43]

---

42) 마닐리우스 1의 522.
43) 루크레티우스 《사물의 본성에 대해서》 3의 1080.

세세년년(歲歲年年)은 제자리에서 끊임없이 맴돈다.44)

나는 그대들에게 다른 새로운 소일거리를 만들어 줄 생각은 없다.

나는 이 이상 그대들을 위하여 즐겁게 해줄 거리도, 생각해 낼 거리도 아무것도 없다. 만사는 언제나 똑같다.45)

다른 사람들에게 자리를 내주라. 다른 사람들이 그대들에게 해준 것처럼.

평등은 공정의 제1의 요소이다. 모두가 둘러앉아 있는 속에 자기도 끼어 있다고 한탄할 수 있는가. 그러니 그대들이 아무리 살아 보았자, 그것으로 그대들이 죽기로 되어 있는 시간을 잠깐 동안이라도 단축시킬 수는 없는 일이다. 다 헛된 짓이다. 역시 그대들이 두려워하고 있는 저 상태(죽음)에 젖먹이 아기로 죽은 경우와 똑같이 오래 머무르리라.

그대들이 원하는 대로 수백 년을 살아 보아도, 죽음이 영원함에는 변함이 없다.46)

그리고 그대들을 아무런 불만도 없는 상태에 놓아 주리라.

---

44) 베르길리우스의 ≪농경시≫ 2의 402.
45) 루크레티우스 ≪사물의 본성에 대해서≫ 3의 944.
46) 루크레티우스의 ≪사물의 본성에 대해서≫ 3의 885.

죽음이 오면 또 하나의 다른 그대가, 그대의 시체 앞에 살아
서 그대를 슬퍼하고 엎드려 그대를 울어 줄 사람이 없는 것을
그대는 모르는가?47)

그리고 나는 그대들이 그렇게도 아까워하는 생명을 그대
들이 원하지 않게 하리라.

죽어 버리면 아무도 자기의 몸을, 생명을 걱정하지 않는다.
자신을 애석히 여기는 마음이 우리를 괴롭히지 않기에.48)

죽음은 무(無)만큼도 두려워할 거리가 못 된다. 만일 무
이하의 것이 있다면.

무보다도 더 적은 것이 있다면, 우리에게 죽음은 그보다 훨
씬 더 못한 것으로 보일 것이다.49)

죽음은 그대들이 살아 있거나 죽어 있거나 상관하지 않
는다. 살아 있다면 살아 있으니 그렇고, 죽었으면 이미 없
으니 그렇다.

아무도 죽을 때가 아니면 죽지 않는다. 그대들이 남겨
두고 가는 시간은 그대들이 출생하기 전의 것과 마찬가지
로 그대들의 것이 아니다. 그리고 역시 그대들과는 관계없
는 일이다.

---

47) 루크레티우스의 ≪사물의 본성에 대해서≫ 3의 885.
48) 루크레티우스의 ≪사물의 본성에 대해서≫ 3의 919.
49) 루크레티우스의 ≪사물의 본성에 대해서≫ 3의 926.

우리가 태어나기 전과, 지나간 무한히 오래 전의 세월들이
우리에게 그 아무것도 아님을 알아야 한다.[50]

우리의 생명이 어디서 끝나건 그것은 거기서 전부이다.
인생의 효용은 그 길이에 있는 것이 아니고 그것을 사용하
기에 달려 있다. 짧게 살고도 오래 산 자가 있다. 그대들이
이 세상에 있는 동안은 이 일을 명심하라. 그대들이 실컷
산다는 것은 세월의 많고 적음에 달려 있지 않고, 그대들
의 생각에 달려 있는 것이다. 그대들은 쉬지 않고 그곳을
향하여 가면서도 결코 그곳에 도달할 수 없다고 생각했는
가. 종착점이 없는 길은 없다. 길동무가 있어야 한다면, 모
든 사람들이 그대들과 같은 길을 가는 친구들이 아닌가.

　　모든 것이 그 생을 끝마치면 그대의 뒤를 따르리라.[51]

모든 것이 그대들과 똑같이 움직이고 있지 않는가. 그대
들과 함께 늙지 않는 것이 있는가. 수천의 인간들, 수천의
동물들, 수천의 다른 생명들이 그대들이 죽는 바로 그 순
간에 죽는다.

　　갓나온 어린애의 울음소리에 섞여서, 죽음과 침울한 장렬(葬
　　列)에 따르는 신음과 울음소리를 들음이 없이, 밤이 낮에, 새벽
　　이 밤에 이어오는 일은 없다.[52]

---

50) 루크레티우스의 ≪사물의 본성에 대해서≫ 3의 972.
51) 루크레티우스의 ≪사물의 본성에 대해서≫ 3의 968.
52) 루크레티우스의 ≪사물의 본성에 대해서≫ 2의 578.

그대들은 뒤로 물러날 수 없는데 어째서 꽁무니를 빼는가. 그대들은 죽었기 때문에 모든 큰 불행을 면할 수 있어 다행이었던 사람들을 많이 보았을 것이다. 죽었기 때문에 불행해진 사람을 보았는가. 그러니 그대들이 자신에 의하여, 또는 남에 의하여 체험해 보지 못한 것을 나쁘다고 결정해 버리는 것은 너무나 단순한 일이다. 어째서 그대는 나와 운명을 원망하는가. 우리가 그대에게 해를 끼치는가. 그대가 우리를 지배하는가. 우리가 그대를 지배하는가. 그대의 나이가 종말에 도달하지 않아도 그대의 운명은 종말에 다다른다. 작은 사람도 큰 사람과 매한가지로 완전한 사람이다.

인간도 그의 생명을 자로 재지는 못한다. 키론53)은 시간과 지속의 신인 그의 아버지 사투르누스에게서 영생의 조건을 듣고 그것을 거절했다. 영원한 생명을 상상해 보라. 인간에게는 내가 그에게 준 생명보다 더 참을 수 없고 더 괴로운 것이다. 그대에게 죽음이 없었다면 그대는 내가 그것을 주지 않았다고 끊임없이 나를 저주했을 것이다. 나는 이 죽음의 효용이 편리함을 고려해서, 그대가 너무 탐하여 천방지축으로 죽음을 찾으려고 하지 못하게 막기 위하여 거기에 조금 쓴맛을 섞었다. 나는 생을 피하지도 않고 죽음에서 도망치지도 않는다는 중용 속에 너를 머무르게 하고자, 생과 사의 단맛과 쓴맛을 골고루 조합하여 놓

---

53) 그리스 신화의 켄타우로스 족의 한 사람. 현명하고 음악·의술·수렵·경기·예언에 특출한 재능을 보였다.

왔다.

나는 그대들 중에서 가장 현명한 탈레스에게, 삶과 죽음은 다 같은 것이라고 가르쳐 주었다. 그래서 누군가가 그에게, "글쎄 어째서 죽지 않았느냐?"고 물으니까, 그는 "어느 것이나 마찬가지이니까."라고 매우 현명하게 대답하였다.54)

물·흙·공기·불 그리고 나의 작품(세상)의 여러 부분은 네 생명의 도구도, 죽음의 도구도 아니다. 왜 너는 네 마지막 날을 두려워하느냐. 그날은 어느 다른 날이나 마찬가지로 네 죽음에게 기여해 주는 것은 없다. 최후의 발걸음만이 피로를 불러일으키는 것은 아니다. 그날은 오직 그것을 선고할 뿐이다. 모든 나날들은 죽음으로 향한다. 마지막 날은 거기에 도달하는 것이다.

이것이 우리의 어머니인 대자연의 가르침이다. 그런데 나는 내가 당하거나, 남이 당하거나, 집에 있을 때보다 전쟁터에서의 죽음이 훨씬 덜 무섭다고 생각되는 것은 웬일일까—그렇지 않으면 온 군대가 의사와 울보들로 가득 찰 것이다—그리고 죽음이란 언제나 같은 것인데, 다른 사람들보다 시골 사람이나 비천한 사람들에게 월등 더 태평한 것은 웬일일까 하고 자주 생각해 보았다. 사실 나는 죽음 그 자체보다 죽음의 언저리를 둘러싸고 있는 사람들의 겁에 질린 모습이라든가, 그들의 어마어마한 의식이 더욱 우리를 질리게 하는 것이라 생각한다. 여기 아주 새로운 삶의 형식이 있으니 어머니들, 여자들, 어린아이들이 울부짖고,

---

54) ≪디오게네스 라에르티오스≫ '탈레스 편' 1의 35.

사람들이 찾아와서 놀라 기절하고, 수많은 하인들이 새파랗게 질려서 눈물을 흘리며 법석대고, 방은 컴컴하게 촛불이 켜 있고, 머리맡에는 의사와 설교사들이 둘러 서 있으며, 결국 우리 주위의 모든 것은 공포요, 경악인 것이다.

죽기도 전에 우리는 벌써 땅 속에 묻혀 있는 셈이다. 어린애들은 제 동무가 탈을 쓰고 있는 것을 보아도 무서워한다. 어른들도 매한가지다. 사람들로부터 뿐만 아니라 사물로부터도 역시 탈을 벗겨야 한다. 벗겨 보면 그 아래에는 앞서 말한 바 하인이나 침모가 태평하게 두려워하지 않고 넘어간 바로 그 죽음이다. 이러한 장치를 준비해 놓을 여지가 없는 죽음이여, 행복하여라.

〔제12장〕

상상력에 대하여

'강한 상상은 사건을 낳는다.'1)라고 학자들은 말한다. 나
도 상상 때문에 적지 않은 영향을 받는 사람 중의 하나이
다. 누구나 그것에 충격을 받으며 어떤 사람은 그 때문에
쓰러지기도 한다. 그것이 주는 인상은 뼈에 사무친다. 그
리고 나의 방법은 그것을 피하는 것이지, 저항하는 것은
아니다. 나는 건강하고 유쾌한 사람들과 교제하며 살고 싶
다. 남이 고민하는 것을 보는 것은 육체적으로 괴로운 일
이다. 나의 감각은 곧잘 남의 감각을 빼앗아 갖는다. 연달
아 콜록거리며 기침하는 사람을 보면 내 허파와 목구멍이
근질거린다. 나는 체면 때문에 찾아봐야 할 병자를 위로하
러 가기보다는 거리낄 것도 없고 존경할 것도 없는 병자를
찾아보는 편이 마음 편하다. 나는 어떤 질병을 조사하다가
는 그만 그 병에 잡혀 버린다. 나는 상상이 멋대로 일게 두
고 그것을 북돋워 주는 사람들이 열병에 걸려서 곧잘 죽는
것을 이상하다고 생각지 않는다. 시몽 토마는 당대의 명의
(名醫)였다. 나는 어느 날 어떤 폐병에 걸린 부유한 노인
의 집에서 그와 만났던 일이 생각난다. 그때 그는 그 환자
와 치료법을 이야기하면서 나를 불러들여 그와 교제하는
것도 한 치유의 방법이라고 말했다. 즉, 그와 함께 있어 환

---

1) 세네카의 ≪서간≫ 120.

자의 눈이 나의 신선한 얼굴을 응시하게 하고 그의 마음을 나의 젊음이 넘치는 쾌활성과 정력에 매어 두어 그의 온 감각을 내가 처해 있는 발랄한 상태로 채움으로써 그의 용태가 나아지리라는 것이었다.

그러나 이 명의는 그 대신 나의 건강이 악화할지도 모른다는 사실을 잊고 있었다. 갈루스 비비우스는 광증(狂症)의 본질과 충동을 이해하는 데 너무나 열중했기 때문에 자신의 머리가 돌아 버려, 그 후 다시는 원상복귀할 수 없었다. 혹은 그가 지나치게 현명하여 미치광이가 되었다고 자랑할 수도 있었으리라. 공포 때문에 사형 집행인의 손을 기다릴 새도 없이 죽은 자도 있다. 어떤 자는 사면장을 읽어 주려고 눈가리개를 풀어 주자 상상력의 강한 충격 때에 뻣뻣이 굳어 죽어 버린 일도 있었다. 우리들은 상상력의 충격을 받아 진땀을 흘리고 벌벌 떨며 파랗게 질리기도 하고 새빨갛게 타오르기도 한다. 또한 털담요에 누워서도 그 상상력의 충격에 교란되어 어떤 때는 숨이 넘어가기까지 한다. 혈기왕성한 젊은이들은 깊은 잠에 들어서도, 꿈속에서 흥분하여 사랑의 욕정을 만족시킨다.

> 그들은 흔히 실제로 행하듯 정액의 물결을 쏟아내어 옷을 흠뻑 적신다.[2]

그리고 잠자기 전에는 없었는데, 밤 사이에 뿔이 돋아났

---

2) 루크레티우스 ≪사물의 본성에 대하여≫ 4의 1305.

다는 이야기도 신기한 것만은 아니다. 그러나 이탈리아의
왕 키푸스에게 일어난 사건은 기억할 만한 일이다. 그는
낮에 투우를 아주 흥겹게 보고 나서 밤새도록 뿔이 돋는
꿈을 꾸었는데, 이 상상력으로 인하여 정말 이마에 뿔이
돋았다고 한다.3) 정열은 크로이소스의 아들에게 원래는
갖지 못했던 목소리를 주었다.4) 그리고 안티오코스는 스
트라토니케5)의 미모에 너무나 심한 충격을 받아 열병에
걸렸다. 플리니우스는 루키우스 코시티우스가 결혼 당일
여자에서 남자로 변한 것을 보았다고 말했다. 폰타누스6)
와 다른 사람들은 지나간 몇 세기 동안 이탈리아에는 이렇
게 변신한 예가 더러 있었다고 말한다. 그리고 자기와 그
어머니의 열렬한 욕망으로,

　　이피스는 소녀 시절에 남자가 되고 싶었던 소원이 이루어졌
　다.7)

　나는 비트리 프랑소와를 지나가다 한 남자를 보았는데,
그는 스물두 살 때까지 소녀로서 마리라 불렸던 사실을 그
곳 주민들이 다 알고 있으며, 소아송의 사교(司敎)가 남자

---

3) 플리니우스 ≪박물지(博物誌)≫ 11의 4.
4) 크로이소스의 임종 때 벙어리 자식이 뜻하지 않게 소리를 내질렀다. 헤로
　도토스의 ≪역사≫ 1의 85.
5) 그리스 왕녀로 절세의 미인이며 시리아 왕 니카토르의 아내였는데, 안티
　오코스가 열렬히 사랑하다 열병에 걸려 죽었다.
6) 15세기 이탈리아의 인문주의자.
7) 오비디우스 ≪메타모르포세스≫ 9의 793.

라는 사실을 확인하고 제르맹이라 이름까지 지어 주었다고
한다. 내가 그를 만났을 때 그는 아주 텁석부리 수염의 노
인이었으며 아직 결혼한 일도 없었다. 그의 말에 의하면,
펄쩍 뛰면서 힘을 주었더니 남근(男根)이 돋아났다는 것이
다. 지금도 그 지방의 처녀들 사이에는 마리 제르맹처럼 남
자가 되면 곤란하니 너무 심하게 뛰지 말자고 서로 조심하
자는 노래까지 불려지고 있었다. 이러한 일이 흔히 일어나
는 것은 그렇게 새삼스런 일이 아니다. 왜냐하면 상상력이
이런 일을 일으킬 수 있다면 이 생각은 계속적으로 아주 강
력하게 한 곳에 집착되며, 이 맹렬한 욕망을 자주 생각하지
않아도 좋도록 상상력은 진짜로 여자의 육체에 남자의 부
분을 만들어 넣는 일을 해치우는 편이 나은 것이다.

  어떤 사람들은 다고베르 왕과 성 프란체스코의 상처를
상상력 탓이라고 한다.[8] 육체는 종종 상상력으로 인하여
제자리에서 떨어져 나간다고 한다. 그리고 켈수스[9]의 이
야기에는 한 신부가 황홀감에 영혼이 빠져나가서 육체가
오랫동안 호흡을 멈추고 감각도 없이 지냈다고 한다. 성
아우구스티누스가 말하는 또 하나의 승려는 비탄에 젖은
목소리만 듣고서도 갑자기 실신하여, 모두들 아무리 흔들
어 보고 소리쳐 보고 불로 지져봐도 소용없어 다만 그가

---

8) 다고베르 왕은 7세기쯤의 메로뱅지앙 왕조의 임금. 전설에 의하면 그는
   등창병의 공포 때문에 온몸에 상처가 생겼다고 한다.
9) 며느리가 아니고 아내이다. 헤로도토스 ≪역사≫ 1의 8, 플루타르코스 ≪
   윤리논집≫ 〈결혼훈(結婚訓)〉 디오게네스 라에르디오스 〈피타고라스 편〉
   8의 43.

의식을 회복할 때까지 기다릴 수밖에 없었다. 얼마 후 정신을 되찾자, 소리는 들리지만 희미하게 들린다고 하면서 자기의 화상이랑 타박상도 비로소 깨달았다. 그것이 자신의 감각을 죽이고 가장(假裝)한 참을성이 아니었던 것은 그동안 맥박도 호흡도 정지하고 있었다는 사실에 있다.

기적이니 환각이니 마술이니 하는 이와 비슷한 해괴한 일들이 신용을 얻는 중요한 근거는 주로 마음이 약한 범인(凡人)들의 영혼에 상상력이 작용되어 이루어지는 것처럼 생각한다. 그들은 굳게 남의 말을 믿기 때문에 보이지 않는 것을 보인다고 생각하는 것이다.

그리고 요즘 세상에서 숱한 얘깃거리가 되고 있는 그 우스꽝스런 방사불능증(房事不能症)도 역시 다름아닌 불안과 공포에서 오는 것이라고 나는 생각한다. 왜냐하면 나는 경험에 의하여 다음과 같은 사실을 알고 있기 때문이다. 모씨(某氏)에 대해서는 내가 내 일처럼 말할 수 있는 사람이며, 성적 불능이란 말도 안 되며, 마술에 걸릴 수도 없는 터에, 그의 친구 중 한 사람이 그런 일에 있어서는 곤란한 그 중요한 순간에 이상하게도 성불능에 빠졌다는 이야기를 들었다. 그런데 그는 자신도 바로 그와 같은 순간에 별안간 그 이야기가 생각나서 두려운 상상에 심하게 충격을 받아 같은 운명에 빠져 버렸다. 그리고 그때부터 그 쓰디쓴 생각이 그 뒤를 따라다녀 언제나 그런 상태에 빠지는 습성이 생겼다. 그러나 그는 이 환상을 다른 환상으로 치료하는 방법을 찾아냈다. 그것은 상대방 부인에게 자신의 그

병을 고백하여 정신의 긴장을 푼다는 것이었다. 왜냐하면 상대방에게 그러한 장애를 예상하게 하면 자신의 의무감도 감소되고, 그만큼 어깨도 가벼워지기 때문이다. 그래서 그는 자신이 택하여(마음도 느슨히 해방되어 몸도 평소상태일 때) 상대방의 양해를 구해 놓고 처음으로 자기 몸을 시험해 보고 만져 보게 하여 그 꼴을 드러낼 기회를 얻어 보았더니 그 병에서 깨끗이 벗어날 수 있었다. 한번 가능했던 상대에 대해서는 정당한 쇠약에 의하지 않는 한 불능이 되는 일은 없다.

이 불행한 사태가 일어날 우려가 있다는 것은 우리의 마음이 욕망과 외경(畏敬)에서 극도로 긴장하기 때문이다. 특히 뜻하지 않은 좋은 기회가 갑작스레 왔을 경우에 그러하다. 그럴 때 우리는 이 장애에서 벗어날 수 없다. 내가 아는 어떤 사람은 이 맹렬한·욕정을 진정시키기 위해 다른 데서 정욕을 반쯤 채운 후에 일에 부딪혀서 효과를 보았고, 또한 나이가 들어서 힘이 줄었기 때문에 이 능력은 오히려 더 호전됐었다. 어떤 사람은 친구에게 그 병에 특효약이 있다고 안심시켜서 효험을 보았다. 그 내력을 이야기하는 편이 좋을 것이다. 나와 각별하게 지내는 가문이 좋은 백작 한 분이 한 아름다운 여인과 결혼하게 되었는데, 그 여인을 귀찮게 따라다니던 어느 남자도 이 축하연에 참석한 터라 무슨 주술이라도 하지 않나 걱정이 되어, 그의 친구들과 특히 친척인 한 노부인이 이 일을 몹시 염려하여 자기가 이 결혼식을 주재하고 식도 자기 집에서 올리게 했

다. 이 부인이 나에게 이런 사정을 이야기해 주었다. 나는
그런 일은 나를 믿고 걱정 말라고 했다. 나는 우연히 궤짝
속에 납작한 금조각 하나를 가지고 있었다. 그것에는 천체
도(天體圖)가 그려져 있었는데, 그것을 두개골에 딱 맞게
쓰면 일사병과 두통을 예방해 준다는 것이었다. 그리고 그
것은 턱 밑에 잡아매기 좋게 끈이 달려 있었다. 이것도 우
리가 말하려는 헛수작과 사촌쯤 되는 이야기이다. 이 괴상
한 물건은 자크 펠르티에가 나에게 선사한 것이다. 나는
이것을 어떻게 쓸까 생각해 보았다. 그래서 백작에게 이런
주술을 쓰려는 사람이 더러 있을 터이니 그도 그들처럼 액
운을 겪을지도 모르지만 걱정 말고 가서 자라고 했다. 내
가 친구로서 내 수중에 있는 기적을 발휘하고 오직 명예를
걸어 굳게 비밀을 지킬 것이며, 만일 일이 잘 안 되면 밤중
에 사람을 시켜 밤참을 들여보낼 터이니 그때 이러저러하
게 눈짓만 하라고 일러 두었다. 그는 이런 일을 귀너머로
익혀 마음이 타격을 받았기 때문에 예상했던 바, 바로 그
상상의 장애에 사로잡혀 나에게 눈짓을 하였다. 그래서 나
는 그보고 우리를 쫓아내는 체하며 장난으로 내가 입고 있
던 잠옷을 빼앗아 입고—우리는 키가 아주 비슷했다.—그
옷을 입은 채, 내가 지시하는 대로 하라고 했다. 즉, 내가
지시한 것은 이러하다. 우리가 나가거든 화장실에 가서 이
러저러한 주문을 세 번 외고 이러저러한 동작을 하는데,
그때마다 내가 줄 끈을 매고 거기에 달린 메달의 천체도를
조심스럽게 허리 위에 대되, 그 끈이 풀어지지도 움직이지

도 않게 꼭 죄어 매고 마음놓고 돌아가서 할 일을 하라는 것이었다. 그리고 내 잠옷을 침대 위에 걸쳐 놓고 둘이서 함께 덮는 것을 잊지 말라고 했다. 이러한 원숭이 같은 수작이 주술의 근원이었다. 이러한 것은 우리가 이렇게 기묘한 방법이 어떤 심원한 학문에서 오는 게 아닌가 하는 생각에서 벗어나지 못하기 때문이다. 그 황당무계함이 그러한 것에 무게와 존중성을 부여하는 것이다. 결국 확실히 내 부적은 일사병보다도 베누스(성행위)의 약이 되어 예방의 효과보다 적극적인 역할을 한 셈이다. 나는 갑자기 기묘한 생각이 들어서 내 성질과는 딴판으로 다른 짓을 한 것이다. 나는 꾸며대는 속임수는 딱 질색이다. 그 속임수가 내 손으로 행하여져서 재미있을 뿐만 아니라 유익할 경우라도 정말 질색이다. 비록 그 행위가 나쁘지 않다 해도 그 경로는 좋지 못한 것이다.

이집트의 왕 아마시스는 그리스의 절세의 미녀 라오디케와 결혼하였다. 그는 평소에는 어디서나 여자의 상대로서 탓할 데가 없었는데 그 여자만은 향락할 능력이 없었다. 그래서 그것에 어떤 마술이 작용하는 것으로 생각하여 그녀를 죽이겠다고 위협했다. 그녀는 기막힌 일이 일어났을 때 그렇듯 그를 신앙심에 잠기게 하였다. 그래서 그가 베누스 성(性)의 여신에게 축원을 올리고 희생을 바쳤더니 그 첫날밤부터 일이 신통하게도 순조로워졌다. 그러니까 여자들이 뾰로통해져서 앙탈을 하며 도망치는 모습으로 남자를 대하는 것은 잘못이다. 그것은 우리에게 정열의 불을 붙여 놓고는 다시 사그라들게 하는 수작이나 매한가지다. 피타고라스의 며느리는, 여자가 남자와 잘 때는 치마와 더불어 부끄러움도 벗어 던지고, 속치마를 입을 때 부끄러움을 다시 찾아야 한다고 말한다. 공격하는 사람의 마음은 여러 가지의 놀라는 일에 너무 무안해서 자칫하면 기가 죽는다. 그리고 상상력이 한번 이런 수치를 당하면―여자를 처음 알게 되는 경우에는 정욕이 끓어올라 황급해지고 또 첫번에 실패할까 봐 초조하여 더더욱 그러하다―시작을 잘못했기 때문에 열이 나고 울화가 치밀어 다음에도 이런 꼴을 당하게 마련이다.

결혼한 사람들은 언제나 시간이 있으니 준비가 안 된 일을 너무 서둘거나 시도해서는 안 된다. 또한 흥분과 격정에 찬 첫날밤을, 서로 맞이하기를 삼가고 보다 친근하고 차분하게 좋은 기회를 기다리는 것이 좋다. 첫 거절에 놀라서 절망하다가는 영영 비참한 꼴이 된다. 일을 치르기 전에 이런 결함이 있는 자는 끈기 있게 몇 번이고 공격하고 부딪치고 시도해 보아야 한다. 자기 기관(器官)이 원래 유순하다는 것을 알고 있는 사람들은 다만 상상을 거꾸로 속여서 해볼 생각을 가져야 한다.

사람들은 이 기관이 방자하게도 말을 잘 안 듣는다고 생각하는 것이 지당한 일이다. 그것은 우리가 필요로 하지 않을 때 불쑥 나타나며 정말 필요할 경우에는 어색하게도 사그러든다. 또한 지극히 거만하게 우리의 의지와 맞서며, 지극히 존대하고 완강하게 우리의 정신과 손의 권유를 거절한다. 그렇지만 사람들이 이 기관의 반항을 비방하고 그곳에서 유죄의 증거를 끌어내려고 하는 것에 대하여 만일 이 기관이 나에게 변호를 의뢰해 온다면, 나는 아마도 그 동료인 다른 여러 기관들에게 혐의를 걸 것이다. 즉, 그들이 이 기관의 기능의 중요성과 쾌적성을 질투한 나머지, 이 가짜 소송을 제기하여 그들의 공통의 과오를 짓궂게도 그 기관 하나에게만 뒤집어씌움으로써 모든 것을 그의 적으로 돌려 버리려고 날조한 것이 아니겠느냐고. 왜냐하면 나는 우리 신체의 어느 한 부분이라도 흔히 우리들의 의지가 시키는 것을 거절하는 일이 있는가, 우리의 의지가 시키지 않는데도 제멋대로 움직이는 일은 없는지를 생각해 보라고 그대들에게 말하고 싶다. 이 부분들은 제각기 자체의 버릇이 있으며 허가도 받지 않고 깨어났다 잠들었다 한다. 우리 얼굴의 무의식중의 움직임이 우리가 비밀로 생각하는 것을 드러내 주고 남들 앞에서 우리를 망신시키는 수가 그 얼마나 많은가! 이 기관을 흥분시키는 것과 똑같은 원인이 우리의 무의식속에 허파와 심장을 활기있게 해준다. 쾌적한 것을 보면 우리들 속에서 부지중에 흥분된 감정의 불길이 퍼져나간다. 이런 근육이나 혈관은 단지 우리들의 의지뿐만 아니라 사유(思惟)의 승인도 받지 않고 일어나기도 하고 수그러지기도 하는 것이 아닌가. 우리는 욕망이나 공포 때문에 머리털이 곤두서고 피부가 떨리는 것을 억제하지 못한다. 손은 흔히 우리가 보내지도 않는 곳으로 움직인다. 최후의 순간에 이르러 혀가 굳고 목소리는 얼어붙는다. 먹이

가 없어서 식욕을 누르고 싶을 때조차 식욕은 그 일에 종사
하는 모든 기관까지 선동한다. 그것은 저 또 하나의 욕망과
다를 바가 없다. 그리고 그것과 마찬가지로 때도 아닌데 우
리를 버린다. 뱃속을 비우게 하는데 소용되는 기관은 신장
을 비우기 위한 기관과 매한가지로 우리의 의견과는 달리
그것에 거역하여 고유의 팽창과 수축을 한다. 우리의 의지
가 전능하다는 증거로 성 아우구스티누스는 자기 엉덩이를
향해 마음대로 방귀를 뀌라고 명령할 수 있는 사람을 본 일
이 있다고 말하며, 그의 주석자(註釋者)인 비베스10)는 더
욱 철저하여 자기 시대의 어떤 사람은 시를 읊는 데 방귀로
곡조를 맞추더라는 예를 들고 있지만, 그것은 이 기관의 완
전한 복종을 의미하는 것이 아니다. 왜냐하면 보통 이처럼
염치없이 소리를 내는 기관은 없기 때문이다. 게다가 내가
본 한 예로, 너무나 소란하고 말썽거리여서 40여 년 동안
그 주인으로 하여금 끊임없이 터뜨리게 하여 마침내 죽음
으로 몰아넣었던 것이다.

　그러나 우리의 의지는 여기에 그 권위를 세우려고 이러
한 책망을 한 것이지만, 오히려 그것이 혼란과 불복종으로
거역과 모반을 일삼는다고 지적하는 것이 얼마나 더 그럴
듯한 일인가. 의지는 항상 우리가 지향하고자 하는 대로
움직이는가. 그리고 명백히 우리에게 손해를 보이고 있지
는 않는가. 의지는 우리의 이성이 결론짓는 곳으로 더 잘
인도되고 있는 것인가. 결국 내 소송 의뢰인(생식기관)을

───────────────

10) 장 루이 비베스. 1492~1540. 스페인의 철학자이며 인문주의자.

위하여 말하고 싶은 것은, "이 사건에서 그의 피고의 이해
는 공동 이해 관계인의 그것과 불가분하고 무차별하게 결
합되어 있음에도 불구하고 피고만이 고소당하고 있다는
것, 게다가 당사자 간의 사정으로 보아, 피고인은 추호도
알지 못하는 논고(論告)와 문죄(問罪)로써 그만이 고소당
하고 있다는 점을 고려해 주기 바란다. 따라서 고발자들의
적의와 비합법성은 명백한 것이다."라는 점이다. 여하간에
변호사와 재판관이 아무리 변론하고 판결을 내려도, 자연
은 조금도 구애받지 않고 제 할일을 다한다. 자연은 이 기
관에게 죽어갈 인생들의 유일한 영생불멸의 작품의 작가로
서의 어느 독특한 특권을 부여할 때에 그는 옳은 일만 하
게 되는 것이다. 이 때문에 소크라테스에게는 생식이란 거
룩한 행동이며, 사랑은 영생의 욕망이고, 그 자체가 영생
의 다이몬 정령인 것이다.

어떤 사람은 그의 친구가 치료하지 못한 채, 그의 나라
스페인으로 가져간 연주창11)을 아마도 상상의 힘으로 떼
어 놓는 데 성공하였으리라. 그러므로 이러한 일에는 미리
부터 마음을 단단히 먹으라고 요구하는 것이 습관처럼 되
어 있다. 의사들은, 그들의 약이 속임수인 것을 환자의 상
상력으로 보충하려는 의도에서가 아니라면 어째서 환자들
에게 병이 낫는다는 가짜 약속으로 미리 환자의 신임을 얻

---

11) 프랑스와 1세의 마드리드 유폐(1525~6) 이래, 연주창에 걸린 스페인
사람들 사이에서는 프랑스 왕의 손길이 닿으면 낫는다는 전설이 퍼져 많
은 사람이 피레네 산맥을 넘어왔다. 이와 같은 이유로 1563년에는 샤를르
9세가 2천 명이나 되는 환자를 만져 주었다.

으려고 하는 것인가. 환자들에게는 단지 약을 보이기만 해도 효과를 내는 수가 있다고 하는 말을 이 직업의 한 대가가 글로 적어 놓은 것을 의사들은 알고 있다.

이 모든 변덕스런 수작12)은 마치 선친이 고용하던 하인 약제사가 늘 해주던 이야기로부터 생각키워진다. 그는 본시 소박한 위인으로 거짓이나 속임수를 모르는 스위스 사람이다. 그는 툴루즈13)의 어느 상인과 오랫동안 알고 지내던 사이였는데, 그 상인은 담석증 환자이기 때문에 자주 관장을 해야만 했다. 그래서 병이 터지기만 하면 의사로부터 여러 가지 처방을 받고 있었다. 이러한 약을 가지고 오면 으레 정해진 순서로 무엇 하나 빼놓지 않고 준비가 진행된다. 그는 이따금 약이 너무 뜨겁지나 않나 하고 만져 보기도 했다. 그래서 그는 드러눕고, 엎드리고, 차릴 것은 모두 차려 놓고 약을 투입하는 일만 빼놓았었다. 약제사는 이 의식이 끝나면 가버리고 환자는 마치 관장을 시행한 것처럼 하고 있으면, 그는 관장을 실시한 것과 똑같은 효과를 얻었었다. 그리고 치료가 충분치 못하다고 생각되면 의사는 이와 같이 두서너 번 되풀이하는 것이었다. 내 증인은 맹세하며 말하기를, 그러다가 환자의 아내가 비용을 덜기 위해서—왜냐하면 그렇게 할 때마다 치료비를 지불했기 때문이다—단지 미지근한 물을 넣어 주려고 시도했으나 속임수라는 것이 밝혀졌다. 그리고 그 방법이 소용없게 되었

---

12) 몽테뉴가 친구에게 황금 메달을 가지고 한 수작.
13) 프랑스 남부의 도시.

기 때문에 환자는 다시 첫번째의 방법을 써야만 했다는 것
이다.

어느 부인은 빵을 먹다가 바늘을 삼켜 목에 그것이 걸린
줄 알고, 아파서 참을 수 없다고 울부짖으면서 괴로워하였
다. 그러나 밖에서 보면 붓지도 않고 아무 이상도 없었다.
때문에 어떤 꾀많은 사람이, 그것은 단순한 공상의 작용이
며 빵을 먹다가 조금 긁힌 것을 가지고 그런다고 판단하
고, 빵을 토해 내게 하여 토해 낸 것 속에 몰래 꼬부라진
바늘을 집어 넣었다. 이 부인은 그것을 보고 바로 아픔이
가신 것을 느꼈다. 내가 알고 있는 예로, 어느 귀족이 자기
집에 상류사회 사람들을 초대했었는데, 그후 3,4일 뒤에
농담으로—사실은 전혀 그런 일이 없었지만—그것이 고양
이 고기로 만든 파이라고 했다. 그러자 그 중의 한 아가씨
가 그만 기급을 해서 심한 설사와 열이 올라 구원할 길이
없게 되었다. 짐승들도 사람과 매한가지로 상상력에 지배
당한다. 그 증거로 개들 중에는 주인이 죽으면 슬퍼서 죽
어가는 놈도 있다. 어떤 개는 꿈꾸다가 짖고 꿈틀거리며,
어떤 말은 자다가 울고 허우적거린다.

그러나 이런 것은 모두 정신과 육체의 작용이 서로 통하
고 긴밀한 연결에서 일어나는 현상이라 할 수 있다. 상상
력이 어느 때는 자신의 육체뿐 아니라 남의 육체까지 작용
한다는 것은 또한 다른 경우이다. 페스트나 마마나 눈병이
이 사람에서 저 사람에게로 전염되듯, 한 육체가 다른 육
체에 병을 옮겨 주듯,

안질에 걸린 눈을 쳐다보면 그 눈도 눈병에 걸린다. 여러 질
병은 몸에서 몸으로 전염하고.14)

상상력도 맹렬히 동요되면 그 살(화살촉)이 튀어나와 외
부의 대상을 침범하는 수가 있다. 옛말에도 있듯, 스키타
이 여인들은 어떤 자에게 원한을 품고 악에 받치면 눈만
흘겨도 상대방을 죽일 수 있었다고 한다. 거북과 타조는
눈으로 쳐다보기만 해도 알을 깐다. 이것은 눈에는 그 무
엇인가 사정(射精)하는 힘이 있다는 증거이다. 그리고 마
법사들의 경우, 그들의 눈에는 공격적이고 해를 끼칠 수
있는 힘이 있다고도 한다.

어떤 눈이 내 얌전한 어린 양들을 홀리는지 모르겠다.15)

마법사란 내게는 그리 달갑지 않은 존재이다. 그러나 우
리는 경험으로 여자들이 뱃속의 아기들에게 자기의 상상을
옮겨 놓는다는 것을 알고 있다. 그 증거로 검둥이 아기를
낳은 사람이 있다. 또한 보헤미아 왕이며 황제인 칼 앞에,
어떤 자가 피사 근처에서 한 소녀를 데려왔는데 그 소녀는
온몸이 숭숭 솟은 털로 덮여 있었다. 그 어머니의 말로는
침대 위에 걸린 성 장 바티스트의 화상(畫像) 때문이었다
는 것이다. 동물 중에도 이와 흡사한 일이 있다. 그 증거로
야곱의 양들이 그러했고, 메추리 · 토끼 따위는 산에 눈이

14) 오비디우스 615.
15) 베리길리우스 3의 103.

오면 색이 희어진다.

요즈음 바로 내 집에서 일어난 일이지만, 고양이 한 마리가 나무 위 높이 앉은 새를 노려보며 얼마 동안 서로 눈싸움을 하였다. 그런데 그 새는 자신의 상상력에 취했는지, 고양이에게 끌려가는 어떤 힘이 작용했는지 죽은 듯이 고양이 발밑에 떨어지고 말았다. 사냥을 좋아하는 사람들은 어떤 매를 잡는 사냥꾼의 이야기를 들은 적이 있을 것이다. 그는 하늘을 나는 매를 오직 노려보는 것만으로 땅에 떨어지게 해보겠다고 내기를 하여 끝내 그렇게 했다는 것이다.

나는 여기 빌려 온 이 이야기의 진부를, 그것을 따온 각자들의 양심에 맡겨 둔다. 그것에 관한 추론은 나 자신의 것이다. 그리고 그 증거는 이성의 음미(吟味)에 의한 것이지 경험에 의한 것은 아니다. 누구나 그것에 경험을 덧붙일 수는 있다. 그러나 경험이 없는 사람이라도 잡다한 사건이 있을 수 있으며 자신에게 그런 경험이 있다고 생각해도 무방하다. 만일 내가 적당한 예를 들어 설명을 하지 못하는 것이라면 나 대신 누구든지 잘해 주기 바란다.

그러니 내가 지금 취급하고 있는 습관과 그 변천에 대한 연구에서, 가공할 증거라 해도 그것이 가능하기만 하면 진실한 증거가 된다. 이런 일이 실제로 있었건 없었건, 파리에서 일어나든 로마에서 일어나든, 장에게 일어난 일이든, 피에르에게 일어난 일이든 그것은 언제나 인간의 능력이 행할 수 있는 일이다. 나는 이러한 이야기에서 인간의 가능성에 대하여 쓸모 있게 가르칠 수 있다. 나는 그것을 보면 그림자이건 진짜이건 똑같이 유익하게 사용한다. 그리고 역사에 읽을 수 있는 여러 가지 교훈에서 가장 진기하고 가장 기억해야만 될 것을 채택하여 이용한다.

작가 중에는 일어난 일을 이야기하는 데 목적을 두는 사람도 있다. 나의 목적은 만일 가능하다면 일어날 수 있을 만한 일을 말하는 것이다. 학교에서 유사한 것이 없을 때에는 그것을 가정하는 것이 당연히 허용된다. 그러나 나는 그렇게 하지 않는다. 그리고 그 점에 있어선 양심적이어서 어떠한 역사가보다도 사실(史實)에 충실하다. 내가 들었거나 말했거나 행했거나 여기에 인용한 예들은, 그 중에 가장 가벼운 부질없는 일을 가지고도 나는 고쳐서 말하기를 꺼려했다. 내 양심은 종지부 하나도 바꿔 쓰지 않는다. 내 지식은 보장을 못한다.

이 점에서 나는 가끔 생각하기를, 역사를 쓰는 일은 철학자나 신학자, 기타 미묘하고 정확한 양심과 지혜를 가진 사람에게 적합할 듯하다. 어떻게 보통 사람들의 신실성(信實性)의 보증으로 자기들의 성실성을 담보할 수 있을 것인가. 어떻게 모르는 사람들의 사상에 책임을 지고 그들이 추측하는 것을 현금으로 받아들일 것인가. 자기들 앞에서 일어난 여러 갈래의 복잡한 행동을 가지고도, 한 재판관이 그것을 확인하려고 맹세시킬 때에는 그들은 증명해 주기를 거절할 것이다. 그리고 아무리 친밀한 사이라도 남의 마음 속까지 그들이 전적으로 책임질 수는 없는 일이다. 나는

지나간 일을 쓰는 것이 현재를 쓰기보다도 위험성이 적다
고 본다. 그것은 필자가 밀려온 진리에 대한 책임밖에 지
지 않기 때문이다.

　어떤 사람들은 나에게 현재의 일을 모두 쓰라고 한다.
그들은 내가 그것을 다른 사람들보다 감정에 잡히지 않는
눈으로 보고 또한 여러 당파의 우두머리에 접근할 기회가
많기 때문에 더욱 자세하게 볼 수 있다고 생각하고 있다.
그러나 그들은 내가 살루스티우스에게 경의를 표하여 그러
한 수고를 하지 않으리라는 말은 하지 않는다. 나는 의무
라든가, 근면이라든가, 꾸준함이라든가 하는 그따위 것들
은 애당초 나와는 무관하다. 그리고 나의 글처럼 이렇게
긴 이야기에 맞지 않는 것은 다시 없다고 말해 주지 않는
다. 나는 숨이 차서 몇 번이고 이야기가 끊어진다. 훌륭한
구성도 설명도 하지 못한다. 극히 진부한 것을 표현하는
문장이나 어휘도 어린애보다 나을 게 없다.

　그래서 나는 내 힘에 맞춰서 재료를 조절하며 내가 말할
수 있는 것만을 말하는 것이다. 만일 나를 지도해 줄 사람
의 방식을 따르려면 내 견식은 그의 격식과는 어긋날 것이
다. 내 자유가 너무 방자하기 때문에 내 의견대로 사리를
따라서 해도 비법적이며 처벌당할 판단을 발표했을 것이
다. 플르타르코스라면 자신의 저작에 관하여 이렇게 말하
리라. "나의 모든 인용이 진실한 이야기라면 그 공은 남의
것이다. 그것이 후세에 유익하고, 우리에게 도덕의 길을
밝혀 주는 영예를 준다면 그것은 나의 공적이다."라고…….

옛날 이야기가 이렇다저렇다 하는 것은 약방문이 어떻다
라는 것 같아서 위험하지는 않다.

〔제21장〕

아동 교육에 대하여

'드 귀르송 백작 부인 디아느 드 포아1)에게.'

비록 자기 자식이 옴장이건, 곱추건, 그것을 자기 자식
이 아니라고 하는 아버지를 본 일이 없습니다. 그러나 애
정에 빠져서 돈 사람이 아니라면, 이것은 아버지가 자식의
결함을 모른다는 뜻은 아닙니다. 그것을 승복하고서라도
자식임에는 틀림없는 것입니다. 나의 경우도 매한가지입니
다. 이 책에 씌어져 있는 것은 어릴 때, 여러 학문의 겉밖
에 핥지 못하고, 그 똑똑지 못한 일반적인 모습만 기억하
는 사람의 몽상에 불과하다는 것을 누구보다도 잘 알고 있
습니다. 즉, 나는 프랑스식으로 무엇이나 조금씩 씹어 보
지만 완전하게 아는 것이라고는 하나도 없다는 것입니다.
왜냐하면 결국 나는 의학이니 법률이니 하는 것이 있고,
수학에는 네 개의 부문이 있다는 것을, 그리고 대략 그것
이 무엇을 지향하는가를 알고 있습니다. 또한 거의 모든
학문이 전체적으로 우리 생활에 소용되기를 원한다는 것도
알고 있습니다. 그러나 나는 그것을 더욱 깊게 파고든다든
가 현대 학문의 제왕인 아리스토텔레스의 연구에 손톱을

---

1) 디아느 드 포아는 귀르송 공(公) 루이 드 포아와 1579년 3월에 결혼했다.
   이 장은 부인이 임신중일 때 아이에 대한 교육론으로 씌어진 것이다.

물어뜯는다든가 또는 다른 학문을 연구하느라고 기를 써본
적은 없습니다. 나에게는 그 초보적인 윤곽만이라도 그려
볼 만한 학문이라고는 아무것도 없습니다. 그리고 중류 수
준의 어린이라도 나보다 무식하다고 할 만한 아이는 하나
도 없습니다. 나에게는 그것을 제1과에서조차도 겨루어 볼
만한 능력이 없습니다. 적으나마 그 과목의 내용만에 한해
서도 겨뤄 볼 능력이 없습니다. 그래서 억지로라도 강요당
한다면, 정말 자신 없는 이야기지만, 그곳에서 아무것이나
일반적인 화제를 끌어내어 그것에 대한 그의 타고난 판단
력을 시험해 본다는 것 밖에 없습니다. 이 과목이야말로
그들의 과목이 나에게 불가해한 것처럼 그들에게는 알 수
없는 것입니다. 나는 아무런 견실한 서적과도 친해 보지
못했습니다. 겨우 있다는 것은 플루타르코스와 세네카 정
도이며, 마치 다나이데스[2]처럼 거기서 길러내어 끊임없이
채우며 비워 버립니다. 거기서 얻은 몇 가지를 여기 적어
봅니다만, 담아 둔 것이란 거의 없습니다.

　역사는 내가 가장 좋아하는 것이고, 시 역시 각별히 좋
아합니다. 왜냐하면 클레안테스[3]가 말하듯, 마치 소리가
나팔의 좁은 홈으로 몰려 빠져나갈 때 더 날카롭고 더 힘
차게 나오는 것처럼 문장은 시의 운각(韻脚)의 수에 억제
되어 더 벅차게 솟아나오며 내게 더욱 진한 감명을 줍니

---

2) 그리스 신화에 나오는 아르고스의 왕 다나우스의 50명의 딸들. 그 중 49
　명의 딸들은 결혼 첫날밤에 남편을 죽였기 때문에 저승에서 구멍 뚫린 그
　릇에 물을 퍼넣는 형벌을 받았다.
3) 기원전 331~231. 스토아 학파의 철학자.

다. 내가 타고난 재질로 말하자면, 그것을 여기 시험해 보
건대 이런 무거운 책임은 지기 힘든 노릇입니다. 내 생각
과 판단은 모색하며, 동요하며, 발에 채이며, 헛디디며 간
신히 나갈 뿐이며, 아무리 해보아도 나는 전혀 만족을 느
끼지 못합니다. 내게는 아직도 저 너머의 나라가 보이는
데, 그 시야가 혼탁하고 몽롱해서 아무것도 알아내지 못합
니다. 그리고 내 머리에 떠오르는 것은 무엇이나 무턱대고
말하려고 하며, 내 고유의 타고난 방법만 쓰려고 하며, 흔
히 일어나는 일이지만 좋은 작품 중에 내가 취급하려는 것
과 같은 제재를 우연히 만나게 될 때에는—내가 방금 플루
타르코스에서 마침 그의 상상력의 힘에 관한 설화에 부딪
힌 것처럼—이런 사람들에 비하여 얼마나 내가 약하고 허
술하고, 둔하고, 잠들어 있는가를 깨달으며, 내 자신이 가
련해지고 못나게 보입니다. 그러나 나는 나의 의견이 가끔
영광스럽게도 그들과 일치한다는 것과 적으나마 '정말 그
렇다.' 하고 멀리서나마 그들을 뒤따르고 있다는 것을 기쁘
게 생각합니다. 또 누구나 다하지 못하는 일로, 나는 그들
의 의견과 내 것 사이에 상당한 격차가 있다는 사실을 알
고 있다는 점에서도 기쁘게 생각합니다. 그렇지만 나는 이
런 허약하고 천박한 작품을 이렇게 그들의 것과 비교해 보
고 발견한 결함을 교정하거나 덮어 씌우지 않고 내가 지어
낸 그대로 세상에 내보내는 것입니다. 그런 사람들과 겨뤄
보려면 허리가 매우 단단해야 할 겁니다. 우리 시대의 철
부지 작가들은 그들의 허황한 작품 속에 옛 작가들의 문장

을 그대로 실어 놓고 자기의 영광으로 삼고 있지만 그것은
전혀 역효과를 내고 있습니다. 왜냐하면 이런 문장들의 광
채에 드러나는 무한한 차이는, 그들의 것을 너무 무색하고
흐리고 추한 모습으로 보여 주기 때문에 그들은 얻는 것보
다 잃는 것이 더 많습니다. 여기에 두 개의 아주 반대되는
생각이 있습니다. 철학자 크리시포스4)는 자기 저서 속에
남의 문장뿐만이 아니라 작품을 몽땅 넣었는데, 그 중의
하나는 에우리피데스의 ≪메데아≫가 들어 있습니다. 그래
서 아폴로도로스5)는 "이 속에서 남의 것을 빼놓으면 백지
만이 남는다."고 말했습니다. 이와 반대로 에피쿠로스는 3
백 권의 저작을 남겼으나 남의 것을 인용한 것은 하나도
없습니다.

　어느 날 나는 이런 문장에 부딪혔습니다. 그때까지 나는
되는대로 붙어 문장을 읽어 나가고 있었습니다만, 그것은
너무도 혈기가 없고, 살도 없고, 내용도 뜻도 텅빈 것으로
그저 붙어로 이어 놓은 보잘것없는 것이었습니다. 그렇게
오랫동안 권태를 느끼며 읽어 가다가 갑자기 나는 고매하
고 풍부하며 기고만장한 문장에 부딪혔던 것입니다. 만일
그 내리막이 느슨하고 오르막이 좀 길게 보였다면 그것은
변명의 여지가 없었을 것입니다. 여기 와서는 절벽이 낭떠
러지로 깎아질려서, 첫번 여섯 글귀로 나는 내 몸이 다른
세상으로 날고 있는 것같이 느껴졌습니다. 거기서 나는 전

---

4) 그리스 스토아 철학자, 기원전 280~207.
5) 아테네의 문법가이며 신화작가. 기원전 2세기.

에 읽은 것이 너무나 얕은 하찮은 시궁창임을 깨닫고, 다시
는 그곳으로 내려갈 생각이 나지 않았습니다. 만일 내가 이
런 풍부한 약탈품을 가지고 내 글 한 구절을 장식했더라면
다른 글귀들의 졸렬함이 너무나 훤히 드러났을 것입니다.

  내 자신의 결함을 남의 작품에 돌리는 것은 내가 늘 하
듯이 남의 과오를 내게 책망하는 것과 같은 것으로 생각됩
니다. 결점이 어디에 있건, 그것을 책하고 모면할 여지를
주지 말아야 합니다. 그래서 나는 비판자들이 분간해 내는
눈을 속이고 싶은 대담한 생각이 없는 것도 아니지만, 내
자신이 어느 때나 내 글을 다른 데서 표절해 온 것과 똑같
이 하며 그들과 동등하게 가려는 수작이 얼마나 건방진 짓
인가를 알고 있습니다. 그러나 그것은 내 착상과 문장력의
덕보다도 내가 적용하는 글의 덕입니다. 그리고 옛날의 이
런 명수들과 맞서 싸우자는 것이 아닙니다. 다만 잘게 가
볍게 되풀이해서 할퀴어 보렵니다. 무턱대고 부딪치지는
않으렵니다. 더듬어 살펴보려는 것입니다. 그리고 내가 하
겠다고 생각하는 것만큼은 아직도 못합니다.

  만일 내가 그들과 맞서볼 수 있다면 나도 제법 인물이라
할 수 있을 것입니다. 왜냐하면 나는 그들의 가장 견고한
곳에서부터 공격할 것이니까요.

  어떤 사람들에게서 볼 수 있는 것처럼 남의 무기로 무장
하고 자기 것이라곤 손가락 끝도 내보이지 않고 여기저기
서 긁어모은 옛사람의 것을 자기 것으로 하려는 것은(이것
은 보통의 문제를 취급할 경우, 학자로서는 용이한 일이지

만), 만일 그것을 감추고 자기 것인 양 보인다면, 그것은
우선 부정이고 비겁한 일입니다. 왜냐하면 자기 힘으로 자
신을 나타내지 못하고 남의 것으로 훌륭하게 보이려고 하
기 때문입니다. 두번째로 그것은 극히 어리석은 일입니다.
왜냐하면 그는 속임수로 무지한 대중으로부터 칭찬받는 것
으로 만족하겠지만 남에게서 빌려다 박아 놓은 것을 지각
있는 사람들(그들의 칭찬만이 무게가 있습니다)이 코웃음
친다고 원망하는 것은 정말 어리석기 짝이 없는 일입니다.
나로서는 그런 짓을 할 생각이 털끝만큼도 없습니다. 내가
다른 작가를 끌어댈 때는 나의 생각을 더욱 잘 표현하려 할
때입니다. 이것은 처음부터 발췌집6)으로서 발표하는 것과
는 관계가 없습니다. 나는 현대에 있어, 그 기막히게 교묘
한 것을 보고 있습니다만, 그 중에도 옛것을 빼놓고는 카필
루푸스7)라는 이름으로 씌어진 것이 특히 교묘합니다. 이러
한 작품이나 기타의 작품에서도 기지를 보여 주는 사람들
이 있습니다. 저 박학과 고심의 산물인 《포리티카》(정치
론)를 써낸 리프시우스 같은 사람이 바로 그것입니다.

그것은 어떻든 나는 이러한 보잘것없는 것이 무엇이건
추호도 감출 생각은 없습니다. 머리가 벗겨지고 백발이 된
지금의 이 모습으로도 그럴 생각은 없습니다. 그곳에는 화
가가 완벽한 얼굴이 아닌 내 자신을 그렸을 테니까요. 왜

---

6) 다른 작가의 명구를 발췌하여 만든 시집.
7) 레리오 카필루푸스, 1494~1569. 이탈리아 만토바의 풍자 시인. 베르길
  리우스의 시구를 긁어모아 승려와 부인들을 풍자하는 시를 썼음.

냐하면 이것이 글 속의 내 기질이며 사상이기 때문입니다. 나는 이것을 내가 믿고 있는 것으로서 쓰는 것이며, 남이 믿어야 할 것으로서 표현하는 것은 아닙니다. 여기서는 나는 내 자신을 밝히는 것을 목적으로 하고 있습니다. 그 나라는 것은, 만일 무엇이건 새로운 것을 습득한다면 내일이면 아마 다른 것이 될 것입니다. 나는 남의 신임을 받을 만큼 권위도 갖고 있지 않으며 또한 가질 생각도 없습니다. 남을 가르치기에는 너무도 배운 것이 없다는 것을 잘 알고 있기 때문입니다.

그런데 어떤 사람이 앞에 나온 내 글을 읽어보고 어느 날 나를 찾아와서 말하기를, 내가 마땅히 아동 교육에 관한 이론을 전개해 보아도 되지 않느냐고 물었습니다. 그런데 부인, 만일 내가 이 문제에 대하여 어떤 자격이 있다면 머지않아 부인께서 갖게 될 아기에게 이것을 선사한다는 것 이상으로 선용할 수는 없을 것입니다(부인께선 관대하신 분이니 응당 첫아들을 나오셔야 합니다)라고 말씀드리는 것은 내가 부인께서 결혼하실 때 가까이서 참여한 처지로, 거기서 일어날 위대성과 번영에 관심을 가질 수도 있기 때문입니다. 그 밖에도 전부터 받들어 섬겨 온 처지임에야 응당 부인께 관계되는 모든 일에 영광과 행복과 이익을 축원드릴 의무를 지는 바입니다. 그러나 진실로 나는 여기 인간 학문의 가장 크고 중대한 난점은 어린아이 키우기와 그 교육을 다루는 점에 있다고 보는 것밖에는 달리 아는 바가 없습니다.

꼭 농사짓기에서와 같이 심기 전의 일처리와 심는 일은 마찬가지로 확실하고 용이합니다. 그러나 심은 것이 생명을 가지고 나오면 그것을 가꾸어 올리는 데에는 가지각색의 방법과 어려움이 따릅니다. 그처럼 사람에 있어서도 심는 데는 그리 기교가 필요없지만 그들이 출생한 다음에는 여러 가지 주의성이 필요하며, 기르고 가르치기에는 숱한 일거리와 근심이 있습니다.

어린아이들의 경향은 너무 미약하고 막연하며, 장래의 전망이 매우 불확실하고 뚜렷하지 못하기 때문에 거기에 확실한 판단을 내리기는 어렵습니다.

키몬8)과 테미스토클레스9), 그리고 다른 여러 사람들을 보십시오. 그들은 사람들이 생각했던 바와는 달리 얼마나 달라져 버렸던가요. 곰이나 강아지는 태어나자마자 그들의 성향을 보입니다. 그러나 사람은 습관·사상·법률 속에 사로잡혀서 쉽사리 변모합니다.

하지만 타고난 성향을 억지로 고치기란 정말 어려운 일입니다. 그러므로 어린이들이 커야 할 방향을 잘 선택하지 못하여, 그들이 뿌리를 박을 수 없는 일에 훈련을 시키려는 헛된 수고로 많은 세월을 허비하게 되는 것입니다. 그런 곤란에 처해서 내 견해로는, 그들을 항상 가장 좋고 가장 유익한 일로 지도하며 우리가 어릴 때의 아이들 동작을

---

8) 기원전 512~449, 아테네의 장군·정치가·부호로 유명.
9) 기원전 528~462, 아테네의 장군·정치가. 아테네의 해군을 확충하여 살라미스 해전에서 페르시아에 대승함.

보고 경솔하게 짐작하고 예측하는 바를 적용해서는 안 된다는 것입니다. 플라톤 자신도 그의 ≪공화국≫에서 이런 데에 너무 치중한 것같이 보입니다.

부인, 학문이라는 것은 위대한 장식이며 매우 필요한 도구입니다. 특히 당신처럼 지체 높은 분들에게는 더욱 그러합니다. 실제로 학문이란 비천한 자의 손에서는 결코 정당하게 사용되지 못합니다. 학문은 전쟁을 지휘하고 국민을 통치하고 다른 나라의 군주와 국민과의 우호관계를 맺는 데 공헌하는 것을, 변증법을 세워 보거나 소송의 변호를 하거나 환약(丸藥)의 양을 처방한다는 것 등보다 훨씬 더 대단하게 생각합니다.

그래서 부인, 부인께서는 몸소 학문의 감미로운 진미를 맛보셨고, 그리고 학문의 가문에 계시니(왜냐하면 우리는 부인의 부군인 백작과 부인의 선조이신 옛 여러 대의 드 포아 백작들의 글들을 가졌고, 부인의 숙부이신 프랑스와 드 캉달르님은 날마다 다른 글들을 써내시는 것으로 보아 댁의 가문은 이 소질에 관한 지식을 몇 세기 뒤까지 뻗치실 것입니다) 댁에서 이 부분을 소홀히 하시지 않으실 것을 믿기 때문에, 보통의 습관과는 반대되는 나의 허망한 생각을 하나만 말씀드리고자 합니다. 이것이 이 문제에 관해서 제가 부인께 해드릴 수 있는 전부입니다.

부인께서 아기를 어떠한 선생님에게 맡기는가에 따라 교육의 성과의 전부가 결정되겠습니다만, 그 선생님의 역할에는 다른 중요한 많은 일이 있습니다. 그러나 그 문제에

대해서 나는 별로 확실한 말씀을 드릴 수 없기 때문에 제
쳐놓기로 하겠습니다. 그리고 다음에 내가 그 선생님에게
내 의견을 언급하려는 것도 그가 좋다고 허락하면 채택해
도 좋습니다.

훌륭한 집안의 자제가 학문을 하려는 것은 돈을 벌기 위
해서가 아니며(그러한 천한 목적은 뮤즈 신의 우아함이나
은혜에 합당치 않으며, 또한 그것은 다른 사람들에게도 관
계되는 것이니까요) 외면상의 이익을 위함이 아닌 자기 자
신을 위하여, 자신을 풍부하게 하고 내면을 갖추기 위한
것이요, 박식한 인간을 만들기 위함이 아니고 훌륭한 인간
을 만들기 위한 것입니다. 때문에 그 자제를 위하여 선생
님을 선택할 경우에는 가득 찬 머리의 소유자보다 굳건한
머리의 소유자를 택할 것이며, 또한 그 양자를 다 갖출 필
요성은 있으나, 어느 편이냐 하면 지식보다는 인격과 판단
쪽을 찾으시도록 유념하시기를 권고합니다. 그리고 그 선
생님은 새로운 방식으로 그 일을 다하는 것이 바람직합니
다. 보통의 가정교사는 마치 깔때기에 물을 부어 넣듯 끊
임없이 우리의 귀에 잔소리를 퍼붓고 우리는 그가 말하는
대로 되풀이하기만 할 뿐입니다.

내가 말하는 선생님은 이러한 것을 시정해 주었으면 합
니다. 그리고 그가 맡은 아이를 처음부터 그 능력에 따라
시험하고, 스스로 사물을 음미하게 하고, 선택하게 하고,
구별하게 할 것이며, 또한 길을 열어 주고, 때로는 스스로
길을 열도록 주선해 주는 것이 바람직합니다. 나는 선생님

이 혼자서만 무엇인가 생각하고 떠들지 말고, 아이에게도 말할 기회를 주고, 그 아이의 말도 들어 주어야 한다고 생각합니다.

소크라테스와 아르케실라스는 먼저 제자들에게 말을 시키고, 다음에 자기들이 말했습니다. '대부분의 경우, 가르치는 자의 권위는 배우려는 자를 해(害)한다.'[10] 제자의 걸음걸이를 판단하고 그의 힘에 맞춰 가기 위해 자기의 자세를 어느 정도로 낮추어야 하나 판단하기 위해서는 우선 자기 앞에서 그를 걸어보게 하는 것이 좋습니다. 이러한 조정을 하지 않기 때문에 모든 것이 잘못됩니다. 이 조정의 비율을 찾아서 정도에 맞게 지도할 줄 아는 것은, 내가 알기로는 가장 난해합니다. 그리고 어린이의 유치한 자세로 자기를 굽혀서 지도할 줄 아는 것은 고매하고도 매우 강력한 정신이라야 성취할 수 있는 것입니다. 나는 내리막길보다 오르막길을 더 확실하고 자신 있게 걷습니다.

선생님은 제자에게 관습적인 학과가 아니라 그 뜻과 실천을 설명하라고 요구할 일이며, 그가 얻은 소득을 그의 기억의 증명으로가 아닌 생활의 실천으로 판단해야 합니다. 그가 배운 것을 스승은 여러 가지 모습으로 보여 주고, 그만큼 여러 가지 제목에 적용해 보게 하며, 플라톤의 교육 방법의 진도를 본받아 그가 배운 바를 진실로 이해해서 자기 것으로 만들었는가를 알아볼 일입니다. 음식을 처음 삼킨 그대로 내놓는 것은 소화가 되지 않았다는 증거입니

---

10) 키케로의 ≪제신(諸神)의 본성≫ 1의 5.

다. 위장이, 소화하기 위하여 받은 것의 형체와 조건을 변화시키지 않았다면 그 위장은 기능을 잃은 것입니다.

우리의 정신은 남이 말하는 것을 믿지 않고는 기능을 발휘하지 않습니다. 그것은 남의 사상이 원하는 것에 구속되고 그 권위에 눌려 노예가 되고 포로가 되기 때문입니다. 우리는 남의 힘에 얽매어 지내는 데 습관이 되어, 이미 자력으로 걷는 힘을 잃어가고 있습니다. 우리의 힘과 자유는 사라진 것입니다. '그들에게는 자율이 없다.'[11] 나는 피사에서 어떤 훌륭한 사람과 사귀었는데 그는 아리스토텔레스에 흠뻑 빠져 그의 근본적인 학설은 '모든 견실한 사상, 모든 진리의 시금석과 척도는 아리스토텔레스의 학설에 일치하는 것이며, 그렇지 않고서는 모든 것은 헛된 일이요 불건전한 사상이다, 아리스토텔레스만이 모든 것을 보았고 모든 것을 말했다.'라는 것이었습니다. 그의 이 견해가 너무 넓은 의미로 부당하게 해석되었기 때문에 그는 오랫동안 로마의 종교 재판소로부터 눈총을 받았으며 매우 위험한 처지에 놓여 있었습니다.

선생님은 제자에게 모든 것을 체로 걸러내어 자기 머리에는 단순한 권위와 신용만으로 아무것도 받지 않도록 해야 합니다. 아리스토텔레스의 원칙이건 스토아 학파나 에피쿠로스 학파의 원칙이건 그것이 자기 원칙이 되어서는 안 됩니다. 천차만별의 판단을 그의 눈앞에 내보여야 합니다. 그는 할 수 있으면 택할 것이고 그렇지 못하면 의문 속

---

11) (세네카 《서간》 33)

에 머물러 있을 것입니다. 확고부동한 것은 백치뿐입니다.

안다는 것에 못지않게 의심한다는 것도 내게는 즐겁다.12)

왜냐하면 만일 그가 자기 판단으로 크세노폰이나 플라톤의 사상을 갖는다면 그것은 이미 그들의 것이 아니고 그의 것이 되기 때문입니다. 남의 뒤를 따르는 것은 아무것도 따르는 것이 아닙니다. 그는 아무것도 발견하지 못하므로 실로 그는 아무것도 찾지 못하는 것입니다. '우리는 어떠한 왕에게도 예속하지 않는다. 각자 스스로의 자유를 주장하라.'13) 적어도 그는 알고 있다는 것을 알아야 합니다. 그는 그들이 생각하는 방식을 섭취해야 합니다. 그들의 교훈을 배우는 것만으로는 안 됩니다. 하고 싶으면 그가 누구한테 지식을 얻었는가를 과감하게 잊어버리고 자기가 그것을 적용할 줄 알아야 합니다.

진리와 이치는 누구에게나 공통됩니다. 그리고 그것은 처음에 말한 자의 소유가 아니며, 뒤에 말하는 자의 것도 아닙니다. 내가 말했다고 진리가 아니며 플라톤이 말했다고 해서 진리라는 까닭도 없습니다. 왜냐하면 그도 나도 다같이 그것을 이해하고 그것을 보고 있으니까요. 꿀벌은 이리저리 꽃을 찾아다니며 그 뒤에 꿀을 만듭니다. 그 꿀은 전부 그들의 것입니다. 이미 그것은 사향초꿀도 박하꿀도 아닙니다. 이와 같이 그도 남으로부터 빌린 것을, 형체

---

12) 원문 이탈리아어. 단테 《신곡》 〈지옥편〉 11의 93.
13) 세네카 《서간》 33.

를 바꾸고 섞어서 완전히 자기 자신의 작품을, 즉 자기 자신의 판단을 만들어 내야 합니다. 그의 교육, 그의 공부, 그의 학습도 오직 이 판단을 만들어 내는 데 목적이 있습니다.

그는 남의 도움을 모두 숨기고 그것에서 만들어 낸 결과만을 보이도록 해야 합니다. 약탈자나 차용자는 그들의 건물이나 사들인 물건은 보여 주지만, 다른 사람으로부터 빼앗은 것은 보여 주지 않습니다. 부인께서는 대법원의 어떤 판사가 무엇을 받는가를 보지 않습니다. 그가 얻은 인척 관계와 그 자손들에게 전해 줄 명예를 봅니다. 아무도 자기가 받은 것은 공개하지 않습니다. 누구나 다 자기 이득만을 공개합니다.

우리들이 공부를 함으로써 얻는 이득은 그 덕분에 보다 더 나아지고 현명해진다는 것입니다.

에피카르모스[14]는 "오성(悟性)만이 보고 듣고 한다. 오성이야말로 모든 것을 이용하고, 모든 것을 처리하고, 행동하고 지배하고 통솔한다. 그것 이외의 모든 것은 장님이며 벙어리요 혼이 없는 것이다."라고 말했습니다. 확실히 우리는 오성에게 조금도 스스로의 자유를 주지 않기 때문에, 그것을 비굴하고 겁많게 만듭니다. 도대체 그 누가 제자를 향하여 수사학(修辭學)이며 문법에 관하여, 키케로의 여차여차한 문장에 관하여, "어떻게 생각하는가?" 하고 물어 봤겠습니까. 그것은 날개의 터럭 하나까지 온통 우리의

---

14) 기원전 5세기의 그리스의 희극 시인.

기억 속에 처넣어집니다. 마치 글자나 철자가 본질인 신화
인 것처럼.

암기한다는 것은 안다는 것이 아닙니다. 그것은 기억에
맡겨 놓은 것을 보관할 뿐입니다. 올바르게 알고 있는 것
이라면, 그 스승을 바라보지 않아도, 책을 들여다보지 않
아도 자유자재로 자기가 처리합니다. 책에만 의존하는 지
식은 실로 비참한 것입니다. 나는 플라톤의 의견에 따라,
그것을 장식으로 삼고 싶을 뿐 토대로 삼고 싶지는 않습니
다. 플라톤은 이렇게 말하고 있습니다. "확고성·신념·성
실성은 진실한 철학이며, 그 이외의 것을 목적으로 하는
학문은 허식에 불과하다."라고…….

나는 요즈음 현대 무용의 명수로 이름을 떨치는 팔루
엘15)이나 폼페이16)에게 학자들이 이해력을 움직이지 않
고 우리에게 이해력을 가르치듯, 우리로 하여금 자리에서
움직이게 하지 않고 춤을 가르쳐 보라고 하고 싶습니다.
또는 우리 선생님들이 우리를 흔들지도 않고 판단력을 교
육하려 하듯 누가 말[馬]이나 창이나 피리를 다루는 법을
훈련하지 않고 가르쳐 보라고 하고 싶습니다. 그런데 이
수업에서는 우리 눈앞에 보이는 모든 것이 충분히 책의 역
할을 합니다. 사동의 심술궂은 장난, 하인의 어리석은 수
작, 식탁에서 하는 말 한 마디, 이러한 모든 것이 가르치기

---

15) 루도비코 파로비로. 밀라노의 유명한 무용교사로 앙리 3세를 섬김.
16) 봄페오 디오보노. 밀라노의 무용교사로 앙리 2세와 프랑스와 3세 등을
   섬김.

위한 한 새로운 재료가 됩니다.

그러므로 사람들과의 교제는 그 목적에 진정으로 적절한 일입니다. 또한 외국을 여행하는 것도 그렇습니다. 그것은 우리 프랑스 귀족들이 하는 식으로 단지 바티칸의 산타 로툰다(로마의 옛 궁전)의 길이가 몇 자나 된다든가, 시뇨라 리비아17)의 바지가 얼마나 찬란하다든가, 또는 다른 사람들이 하듯 옛 폐허에서 나온 네로의 초상이 다른 데서 나온 메달의 초상보다 얼굴이 더 크다든가 길다든가를 보고 오라는 말이 아니고, 거기에서 이런 국민들의 기질이나 생활방식을 배워 와서 다른 자들의 지식으로 내 뇌수(腦髓)를 닦고 연마하라는 것입니다. 나는 자제를 어릴 때부터 외국으로 여행시키고, 그리고 특히 일석이조를 노려 우리들과 말이 다른 이웃나라에 가서, 일찍 배우지 않으면 혀가 잘 돌지 않는 외국어를 배우도록 했으면 합니다.

그리고 어린애의 양친 슬하의 교육이 좋지 못하다는 것은 누구나 다 인정하는 생각입니다. 왜냐하면 자연의 애정이 부모를 약하게 하기 때문입니다. 아무리 현명한 부모라도 그러합니다. 그들은 마땅히 해야 할 일이지만, 어린이의 잘못도 징계하지 못하고 거칠고 위험하게 아이를 훈육하는 것을 그냥 보고 있지 못합니다. 그들은 어린이가 훈련에서 먼지를 뒤집어쓰고 땀 흘리며 돌아오는 것도, 뜨거운 것 또는 찬 것을 마시는 것도, 난폭한 말을 타거나 거친 상대와 검술 시합을 하거나 처음으로 화승총(火繩銃)을 만

---

17) 아마 그 당시의 로마의 무용가인 듯.

지는 것을 차마 보지 못합니다. 정말 여기에는 어찌 해볼 도리가 없습니다. 훌륭한 사나이로 길러내려면 절대로 이 유년 시절에 과잉 보호해서는 안 됩니다.

때로는 의학의 법칙을 무시해야 할 때도 있습니다.

> 그를 노천 아래, 그리고 불안 속에 살게 하라[18]

그의 정신을 꿋꿋하게 하는 것만으로는 충분치 못합니다. 동시에 근육도 단련해야 합니다. 정신은 근육의 도움을 받지 않으면 일이 너무 벅차서 홀로 양쪽을 다 감당하기에 힘이 듭니다. 나는 나의 육체가 연약하고 감수성이 예민하여 정신적으로 여간 고생스럽지 않습니다. 또한 나는 흔히 내가 읽은 책에서 내 스승들이 그 작품 속에서 품위가 있고 담력이 있다는 예로서, 피부가 두껍고 뼈가 굵어서 어떤 일이든 감당해 내는 행동을 찬양하는 것을 보았습니다. 나는 남자나, 혹은 여자나 어린아이까지도 몽둥이 뜸질쯤 손가락 퉁기는 것만큼도 여기지 않으며 두들겨맞아도 눈 하나 깜짝 않고 소리 하나 지르지 않는 사람들을 보았습니다. 투기자(鬪技者)들이 인내하는 점에서 철학자의 흉내를 내는 것은 정신보다 오히려 근육의 힘입니다. 그런데 노동을 견디는 습관은 고통을 견디는 습관입니다.

'노동은 고통에 대하여 피부를 강인하게 한다.'(키케로) 어린아이는 탈골이나 담석증의 거센 아픔이나 화형 · 투

---

18) 호라티우스 《서정시집》 3의 2의 5.

옥·고문 같은 고역을 당해 내도록 훈련받기 위해서 거칠
고 힘든 운동으로 몸을 단련시켜야 합니다. 왜냐하면 이런
고형(苦刑)은 요즘 같은 시절에는 악인이나 마찬가지로 때
에 따라서는 착한 사람도 언제 당한지 모르기 때문입니다.
우리는 시대의 시련을 받고 있습니다. 법을 어기는 자가
채찍과 밧줄로 올바른 사람들을 위협하고 있습니다.19)

그리고 스승의 권위는 아이들에게 절대적이어야 합니다
만 그것은 부모가 곁에 있음으로 해서 방해됩니다. 거기에
덧붙여서 가족이 그를 애지중지하는 것, 자기 가정의 세력
과 위대성을 의식시키는 것 등은 내 생각으로는 이 나이에
적지 않은 장애가 됩니다.

사람들과 교제하는 이 학교에서 나는 가끔 다음과 같은
결함을 발견합니다. 즉, 남으로부터 이 지식을 받아들이는
대신 자기의 지식을 알려 주려고 노력하고, 새로운 지식을
받아들이기보다는 자기가 가지고 있는 지식을 팔아먹기에
분주합니다. 과묵과 겸손은 교제에 매우 적합한 특성입니
다. 이 아이는 충분한 능력을 얻고 난 뒤에 자기 역량을 아
껴서 간직하게 하고, 자기 앞에서 어리석은 말이나 허황한
이야기가 나와도 그것을 문제로 삼지 않게 훈련해야 합니
다. 그 까닭인즉, 우리 구미에 맞지 않는 모든 것에 불평을
늘어놓는 것은 예의에 어긋나며 형편 없는 사람이나 하는
짓이니까요. 자기 자신의 잘못을 고치는 것만으로 만족하

---

19) 몽테뉴는 종교 전쟁의 피비린내나는 환경 속에서 공포와 부정이 도처에
　　서 자행되는 것을 보고 있었다.

고, 자기가 하기를 거절하는 바를 남이 한다고 책망하거나
자기가 일반적인 습관에 반대되는 것으로 보이게 하지 말
라는 것입니다.

'사람에게 과시하거나, 반감을 사지 않고도 현명한 사람
이 될 수 있다.'(세네카) 훈계조의 무례한 태도를 피하고
자기는 다르고 더 세련된 체하거나 남을 책망하거나 또는
혁신을 즐기는 유치한 야심을 버리도록 해야 합니다. 예술
적으로 방자하게 노는 수법은 대 시인이나 할 일인 것처럼
관습을 초월하는 특권을 구사하는 것은 위대하고 탁월한
정신에게만 허용되는 것입니다. '비록 소크라테스나 아리스
티푸스가 어떤 습관에 어긋나는 일을 했다 해서 우리에게
도 그것이 허용된다고 생각해서는 안 된다. 왜냐하면 그들
은 위대하고 숭고한 미덕으로 그 특권을 얻은 것이니까.'
(키케로) 그에게는(어린아이) 논쟁하기에 적합한 상대를
발견했을 때만 그렇게 하도록 할 것이며, 그럴 경우에도
갖은 표현을 다할 게 아니라 보다 더 소용되는 것만을 사
용토록 가르쳐 주어야 할 것입니다.

논리의 선택·선별에는 특별한 주의를 기울여야 하며,
적정선에서 간결하게 하도록 교육해야 합니다. 특히 진리
를 깨달았을 때는 즉시 무기를 버리고 그것에 항복하도록,
비록 그것이 적의 수중에서 생겨났을지라도, 또는 무엇인
가 생각 끝에 자기 머리에 떠오른 것일지라도 그것에 구애
되지 않도록 가르쳐야 합니다. 왜냐하면 어린아이는 강단
에 서서 명령을 받은 강의를 한다는 일이 없을 테니까요.

자신이 인정하지 않는 한, 어떠한 소송의 변호도 떠맡는 일이 없을 것입니다. 또한 후회하거나 자신의 잘못을 인정한다는 자유를 현금으로 팔아넘기는 직업에 종사하지도 않을 것입니다. '어떠한 필연성에 의해서도 규정되고 강제되어 모든 것을 지키도록 강요되지는 않는다.'(키케로)

만일 자제의 스승이 내 심정과 같다면 그가 국왕께 극진히 충성된 애정을 바치고 용감히 섬기는 신하가 되게 그의 의지를 가꾸어 주어야 합니다. 그러나 공적인 의무 이외의 것으로 국왕에게 가까이 하려는 생각은 금하게 해야 합니다. 그러한 개인적인 은의(恩義)에는 우리의 자유를 손상하는 수많은 폐해가 따른다는 것은 말씀드릴 필요도 없거니와, 돈으로 팔린 인간의 판단은 그만큼 불완전하고 부자유한 것이며 무모와 망은에 더럽혀집니다.

궁신(宮臣)이란 군주의 마음에 드는 말이나 생각 밖에는 어떠한 자유도 의지도 가질 수 없습니다. 군주는 수많은 신하들 사이에서 특히 그를 뽑아 자신의 손으로 먹여 살렸기 때문입니다. 이 은혜와 이익이 그의 자유를 빼앗고 그의 눈을 현혹시키는 것은 당연합니다. 그러니 이런 사람들이 말하는 것은 온 나라에서 어떤 사람들이 말하는 것과도 판이하게 다르며, 이런 일[20]에 관해서 그들의 말을 믿을 수 없다는 것은 우리가 항시 보는 바입니다. 자제의 양심과 덕이 그의 말 속에서 빛나게 하며, 이성만을 안내자로 삼도록 해야 하겠습니다. 자기가 반성해서 자기 사상 속에

---

20) 군주를 말함.

발견한 과오는 비록 아직 자기밖에 아는 사람이 없다 해도 그것을 솔직하게 고백하는 것이 그의 성실성과 판단력의 성과이며, 그것이 그가 찾고 있는 주요한 목표입니다. 이런 일을 감싸 두려고 고집하며 반박하는 것은 천한 사람들에게서 흔히 볼 수 있는 범속한 소질이고, 어떤 일에 열중하다가 생각을 돌려서 자기 행동을 고치고 나쁜 편을 버리는 것이 희귀하고 강력하며 철학적인 소질이라는 것을 이해시켜야 합니다.

자제가 어떤 회의에 참석할 때는 사방으로 모든 일을 두루 살피게 해야 합니다. 왜냐하면 가장 좋은 좌석은 보통 무능한 사람들이 차지하고 있으므로 자기가 드높고 유능하다는 것과는 별로 관계가 없다는 사실을 보게 되기 때문입니다.

나는 식탁의 저편 상좌에서 사람들이 융단 벽걸이의 아름다움이나 말보아지(이탈리아의 지명) 포도주의 맛에 대한 이야기를 하는 동안, 그 좌석의 다른 쪽 끝에서 나오는 재치 있는 말의 묘미가 헛되게 사라지는 것을 보았습니다.

그는 양을 치는 목동이건, 석공이건, 길을 가는 나그네이건 각자의 능력을 측정해 봐야 합니다. 모든 것을 사용해도 보고 그 하나하나를 그 품질에 따라 빌려다 써야 합니다. 무엇이건 살림살이에 소용되니까요. 다른 사람의 어리석은 수작이나 약점도 자기에겐 훈계가 될 수 있을 것입니다. 각자의 우아함과 태도를 검토해 보는 동안 자기 속에 좋은 것에 대한 동경과 나쁜 것에 대한 경멸이 돋아날 것입니다.

자제의 머릿속에 모든 것을 탐구하려는 올바른 호기심을 심어 주십시오. 건물이건, 샘물이건, 사람이건, 옛 전쟁터이건, 케사르나 샤를르마뉴가 지나간 곳이건, 자기 주위에 있는 범상치 않은 것은 무엇이나 관계없습니다.

> 어느 땅이 추위로 얼고, 어느 땅이 심한 더위로 허물어지는지,
> 어느 바람이 돛단배를 이탈리아로 잘 밀고 갈는지.21)

이 군주, 저 군주의 성격·자력·인척 관계 등을 알아볼 필요도 있습니다. 이러한 일은 배워서 매우 재미있고, 알아 두면 매우 유익합니다.

이러한 사람들과의 교제에 나는 서적의 기억에서밖에는 살지 않는 사람들까지도 소중한 인물로 포함시키고 싶습니다. 그러면 그는 역사를 통하여 가장 훌륭한 시대의 위대한 사람들과 교제하게 되는 것입니다. 그것은 사람에 따라 헛된 공부라고 할 수도 있습니다. 그러나 어떤 사람들에게는 측량할 수 없이 이익이 되는 공부라고도 할 수 있을 것입니다. 그리고 플라톤이 말하듯, 그것이야말로 마케도니아 사람들이 자기 몫으로 단 하나 소중하게 여기던 학문입니다. 자제의 경우 이 분야의 공부로 플루타르코스의 영웅전을 읽는다면 얼마나 소득이 되겠습니까. 그러나 내가 말하는 안내자는 자신의 직무의 목적이 무언가를 상기해야

---

21) 프로페르티우스 〈애가(哀歌)〉 4의 3의 39~40.

합니다. 그리고 자기 제자의 머릿속에 카르타고가 멸망한 연호(年號)보다 한니발과 스키피오(스키피오 대(大) 아프리카누스. 로마의 장군, 기원전 236~184. 한니발과 자마에서 싸워서 대승을 거두고 카르타고를 정복함)의 성격을, 또한 마르켈루스22)가 어디에서 죽었는가 하는 것보다 거기서 죽은 것이 어째서 그의 의무에 합당치 못했는가를 이해시켜야 합니다. 그에게 역사 자체를 가르치기보다도 그것을 판단하는 법을 가르쳐야 합니다. 이 역사라는 것은 내 생각으로는 모든 학과 중에서 정신을 여러 방면에 적용시키는 자료입니다.

나는 티투스 리비우스의 작품 속에서 다른 사람이 읽어내지 못한 수백 가지 일을 읽었습니다. 또한 플루타르코스는 그 속에서 내가 읽어낼 수 있었던 것 이상으로, 그리고 아마도 저자가 거기에 쌓아 올린 이상의 것을 읽어냈습니다. 어떤 사람에게는 그것은 순전히 문법상의 공부이지만 다른 사람들은 그 속에서 우리 천성의 가장 심오한 부분이 서로 침투되어 있는 철학의 분석을 공부합니다. 플루타르코스의 작품 속에는 참으로 알아 둘 만한 논변이 많습니다. 내 생각으로는 진실로 그는 이런 일에 으뜸가는 대가입니다.

그러나 그 중에는 그가 조금밖에 건드리지 않은 것도 헤

---

22) 마르크스 크라우디우스 마르켈루스. 기원전 270~212, 로마의 장군. 다섯번 집정관으로 뽑힘. 제2의 카르타고 전쟁에서 스유라크사를 점령. 뒤에 한니발과 싸우다 복병에게 피살됨.

아릴 수 없이 많습니다. 그는 우리가 가고 싶다면 가야 할 방향을 조금 찔러 주었을 뿐입니다. 그리고 어떤 때는 가장 요점이 되는 것을 건드려 주기만 합니다. 그런 점을 빼내 와서 적당히 다루어 보아야 합니다. 그가 한 말에, 아시아의 주민들이 '농(아니)'이라는 낱말 한 마디를 발음하지 못했기 때문에 단 한 명의 군주만을 섬기게 되었다는 말에서, 아마도 드 라 보에시는 ≪자발적 노예≫를 쓸 자료와 기회를 얻었던 것 같습니다. 그리고 그는 어떤 사람의 생활 속의 사소한 행위라든가 단순한 말을 추려내는 것을 보는데, 그것이 곧 하나의 사상이 되는 것입니다. 지혜 있는 사람들이 이러한 간결함을 좋아한다는 것은 유감입니다. 그것에 의하여 그들의 명성은 점점 더 높아지겠지만, 우리 편으로 보면 손해입니다.

플루타르코스는 우리가 그의 지식보다도 판단을 평가해 주기를 바라고 있습니다. 우리를 포만시켜 주기보다는 좀 부족한 상태에 놓아 주기를 희망합니다. 그는 인간이 좋은 말을 하는 데 있어서까지도 지나치게 떠벌린다는 것을 알고 있었습니다. 또한 알렉산드리다스[23]는 에포로스[24]들에게 좋은 말이지만 너무 길게 연설한 사람을 책망하여, "오! 손님! 지당한 말씀이지만 그 방법이 좋지 못하오."라고 했습니다. 몸이 여윈 자들은 옷 속을 채워서 뚱뚱하게 보이도록 합니다. 내용이 빈약한 사람들은 그것을 말로 채

---

23) 알렉산드리데스의 잘못 적음. 기원전 4세기의 그리스 희극작가.
24) 스파르타의 5인의 최고 행정관.

웁니다.

인간의 판단력은 세상 사람들과 많이 교제함으로써 놀랄 만한 명찰력을 얻을 수 있습니다. 우리는 모두 자신의 깍지 속에 틀어박혀 코앞도 내다보지 못합니다. 소크라테스는 "당신은 어디 사람이냐?"라는 물음에, "아테네 사람이다."라고 답하지 않고, "세계의 사람이다."라고 대답했습니다. 그는 보통 이상으로 충실하고 폭넓은 사상의 소유자였기 때문에 전세계를 자기 고장으로 생각하고, 자기의 지식과 교유(交遊)와 애정을 전 인류를 향하여 베풀었던 것입니다. 우리처럼 자신의 발밑밖에 보지 못하는 경우와는 다릅니다. 우리 동네에서는 포도넝쿨이 된서리로 피해를 입으면 우리 신부님은 그것을 하느님의 노여움이 인류에 가해졌다고 논증하여, 식인종들은 벌써 갈증 때문에 죽어간다고 결론짓습니다.

우리나라의 내란을 보고 "세상의 종말이 왔다. 최후의 날이 우리의 목덜미를 잡고 있지 않는가!"라고 외치지 않는 자는 없습니다. 그들은 이보다 더 나쁜 일이 있었던 것과, 세상의 한 부분에 불과한 우리 땅 이외에도 만 갑절이나 더 많은 곳에서 얼마나 많은 일이 일어난다는 사실은 까마득히 모르고 있습니다. 나는 내란이라는 것이 방자하게 놀아나도 벌을 받지 않는 것을 보면서 모든 일이 이렇게 부드럽고 순조롭게 되어가는 일에 감탄합니다. 사람은 자기 머리 위에 우박이 쏟아지면 지구의 반쪽이 전부 폭풍우에 휩쓸리는 줄 압니다. 그러니 저 사보아(사보아 왕국.

알프스 산맥 속에 묻혀 있다. 옛 공작의 영지로 나중에 프랑스에 편입. 우물 안의 개구리라는 비유) 사람들은 이렇게 말할 수밖에 없지요. "저 맹추 같은 프랑스 국왕도 잘만 했더라면 우리 공작님의 집사 정도는 됐을 텐데……." 그들의 머리는 그의 상전 이상으로 높은 사람을 상상할 수 없었던 것입니다. 우리들은 모두 부지불식간에 이런 과오를 범합니다. 그 결과 중대한 편견에 빠집니다.

그러나 풍경화 속에서와 같이 자애로운 어머니이신 대자연의 위대한 영상을 그 온 장엄성 속에 생각해 보는 자는, 대자연의 모습 속에 그 보편적이고 언제나 꾸준한 다양성을 읽을 줄 아는 자는, 그 속에 자기가 아니라 한 왕국 전체를 오직 극히 가는 붓 끝으로 그려낸 점 하나쯤으로 보는 자는 그 많은 사물들을 정당한 크기로 관찰할 줄 압니다.

어떤 사람들은 이 큰 세계를 어떤 유개념(類槪念)—우주—밑에 있는 종개념(種槪念)으로 분류해 봅니다만, 이 세계야말로 우리가 자신을 올바르게 알기 위해 들여다보아야 할 거울입니다. 요약컨대, 나는 이것이 학생인 자제의 교과서가 되기를 바랍니다. 이렇게 많은 기질(氣質)·학파·판단·의견·법률·습관 등이 우리에게, 우리 자신의 판단력에게 그 불완전함과 타고난 약점을 인정하기를 가르쳐 줍니다. 이것은 결코 가볍게 보아 넘길 교과가 아닙니다. 이렇게 많은 국민의 동란과 국운의 변화는 우리에게 자기 나라의 일을 기적처럼 떠들어대지 말라고 가르쳐 줍니다.

이미 망각 속에 묻혀 버린 그 많은 이름들, 그 많은 승리와 정복의 성과는, 우리가 겨우 이름도 없는 성을 하나 함락시키고 소총수 여남은 명을 잡고서 자기 이름을 영원히 남기려는 희망 같은 어리석음을 보여 줍니다. 외국에서의 거만한 위풍을 보이는 그 많은 화려한 예식들, 그 여러 궁전들이나 세력가들이 그렇게도 뽐내는 위엄들은 우리 시대의 휘황한 위풍들을 눈도 깜짝하지 않고 버티어 볼 눈을 단단히 다져 줍니다. 수천만이란 많은 사람들이 우리보다 앞서 땅에 묻혀서, 우리에게 저 세상에 가서 좋은 친구를 만난다는 것을 두려워하지 않게 용기를 불어넣어 줍니다.

피타코라스는 인생은 올림피아의 경기에 모여든 저 큰 모임과 비슷하다고 말했습니다. 어떤 사람들은 거기서 경기의 영광을 얻으려고 신체를 단련시킵니다. 다른 자들은 돈을 벌기 위해 상품을 팔러 갑니다. 그 중에는, 이것이 가장 나쁜 자는 아니지만, 여러 사물들이 각기 어떻게, 그리고 어떻게 되어지는가를 관찰하며, 다른 사람들의 생활의 구경꾼으로서 그것을 비판하며, 그것으로 자기 인생을 조절하는 것밖에는 다른 소득을 찾지 않습니다.

모든 유익한 철학의 이론도 바로 이런 여러 실례와 잘 조화시켜서 가르칠 수 있을 것입니다. 철학이야말로 인간의 여러 행위를 규제할 시금석으로 삼아야 합니다. 자제에게 다음의 것을 가르쳐 주십시오. 즉,

무엇이 그의 소원을 허용하는가.
이렇게 벌기 힘든 금전이 무엇에 소용되는가.

조국과 사랑하는 동포에게 얼마나 헌신해야 하나.
신은 그대에게 어떠한 인물이 되기를 원하는가.
그대는 이 세상에서 어떠한 직무를 부여받았나.
우리는 무엇인가.
또한 무엇 때문에 태어났는가.[25]

안다, 모른다는 것은 무엇인가. 공부의 목적은 무엇인
가. 용기·절제·정의란 무엇인가. 야심과 인색, 예속과
복종, 방종과 자유 사이에는 어떠한 차이가 있는가. 어떠
한 표지(標識)로 진실하고 확실한 만족을 알 수 있는가.
죽음과 고통과 치욕을 어느 정도까지 두려워해야 하나.

어떻게 하면 고통을 피하거나 견디어 낼 수 있나.[26]

어떠한 힘이 우리를 움직이고, 우리들에게 일어나는 그
렇게도 잡다하고 많은 충동의 원인을 가르쳐야 합니다. 왜
냐하면 자제에게 그 이해력을 윤택하게 축여 줄 으뜸가는
가르침은, 그의 버릇과 판단을 바로잡고 그로 하여금 자기
를 알게 하고, 훌륭하게 살고 훌륭하게 죽는 방법을 가르
쳐 주는 사상이어야만 합니다. 인문과학 중에서 우리를 해
방시켜 주는 사상부터 시작합시다.

이러한 학문은 어느 것이나 다 우리에게 인생을 사는
법, 인생을 사용하는 법을 가르치는 데 무엇이건 소용되는

---

25) 페르시우스 ≪풍자시집≫ 3의 69~73.
26) 베르길리우스 ≪아에네이드≫ 3의 459.

것입니다. 학문 이외의 모든 것이 그 무엇엔가 소용되듯이
말입니다. 그러나 직접적으로, 전문적으로 거기에 소용되
는 학문을 택해 봅시다.

만일 우리가 인생의 부속물을 정당한 본연의 한계 내에
제한시킬 수 있다면, 지금 우리가 항용하는 학문들이 대부
분 우리에게 소용없다는 것을 알게 될 것입니다. 그리고
소용되는 학문들 중에도 너무 쓸모없는 넓이와 깊이를 가
진 것이 있어서 그런 학문은 집어치우고, 소크라테스의 교
육을 따라서 우리들의 필요를 충족시키지 못하고 있는 학
문에만 범위를 제한시키는 것이 좋을 것입니다.

> 감연히 현명하라. 지체 말고 시작하라.
> 행실을 고치기에 시간을 끄는 자는
> 강물이 마르기를 기다려서 강을 건너려는 촌뜨기와 같다.
> 그러나 강물은 여전히 흐르며, 영원히 흘러갈 것이다.[27]

우리의 어린아이들에게,

> 쌍어궁(雙魚宮)・사자좌(獅子座), 그리고 헤스페리아[28]의
> 바다에 지는 산양좌(山羊座)에는 어떠한 영향력이 있는가.[29]

라는 점성 학문과 제8천체(第八天體)의 운행을 가르치는
것은, 더욱이 아직 그들 자신의 학문도 가르치기 전에 그러

---

27) 호라티우스 《서간》 2의 40.
28) 그리스・로마 사람이 서쪽의 나라라고 부르던 스페인.
29) 프로페르티우스 〈애가(哀歌)〉 4의 1의 85~86.

한 것을 가르친다는 것은 어리석기 짝이 없는 노릇입니다.

　　프레이아데스 성좌와 목동의
　　성좌가 내게 무엇인가?[30]

　아낙시메데스[31]는 피타고라스에게 보낸 편지에서, "죽음과 예속이 언제나 눈앞에 있는데, 어찌 성좌의 비밀 따위에 정신을 팔 수 있겠습니까?"(왜냐하면 당시 페르시아 왕이 그의 나라에 대하여 전쟁 준비를 하고 있었기 때문입니다)라고 말했습니다. 우리는 모두 이렇게 말해야 합니다. "야심·인색·무모·미신 따위에 속을 썩으며, 안으로는 헤아릴 수 없이 많은 인생의 적을 가지고 있으면서도 우주의 운행을 운운할 수 있겠습니까?"라고…….

　자제에게는 그 자신을 보다 더 현명하고 보다 더 훌륭해지는 데 소용되는 것을 가르친 뒤에 논리학이며 물리학·기하학·수사학이 무엇인가를 가르치십시오. 그러면 그가 어떤 학문을 택하건, 이미 판단력이 생겼으므로 곧 그것에 통달하게 될 것입니다. 공부는 때로는 이야기로, 때로는 책으로 해야 할 것입니다. 스승은 때에 따라서 그 교육의 목적에 합당한 저자의 저서를 그대로 주어야 합니다. 또한 그 작품의 진수(眞髓)와 완전히 이해된 내용의 골자를 가르쳐 주십시오.

　혹 스승이 그러한 서적에 정통하지 못하고 자기의 목적

---

30) 원문은 그리스어. 아나크레온 〈카르미나〉 17의 10.
31) 기원전 6세기 이오니아 학파의 철학자.

을 달성하기 위해 그곳에 있는 많은 문장을 찾아내지 못할
때는 아무나 문학에 소양이 있는 사람을 첨가하여, 스승은
그로부터 필요하면 언제라도 자료를 공급받아 그것을 적당
히 안배하여 자제의 교육에 사용하는 것이 좋을 것입니다.
이 공부 방법이 가자32)의 방법보다 더 쉽고 자연스럽다는
것을 누가 의심하겠습니까. 가자의 방법에는 가시돋친 재
미없는 가르침과, 헛되고 멋적고 아무 실마리도 없으며,
사람의 머리를 깨우쳐 주는 그 무엇도 없습니다. 그러나
우리의 방법에서는 영혼이 음미해 볼 거리를 찾아냅니다.
이 성과는 비길 데 없이 크며 더욱이 훨씬 더 빨리 성숙할
것입니다.

　우리 세대에 있어서 철학이 분별 있는 사람들 사이에서
까지도 헛되고 값어치 없는 허망한 명목이 되어, 세평에서
나 실제에 있어서도 아무 소용이 없고 아무 가치도 없게
되어 버렸다는 것은 정말로 알 수 없는 일입니다. 나는 그
원인이 철학에 들어가는 모든 길을 장악하고 있는 그 까다
로운 말투에 있다고 생각합니다. 철학이 어린아이들에게는
이해될 수 없으며 심술궂고 음침하고 무서운 것이라고 보
여지는 것은 좋지 못합니다. 누가 나에게 그것을 이렇게
창백하고 징그러운 가짜 모습으로 덮어씌운 것일까요. 사
실 철학보다 더 상쾌하고 화창하며 밝은 것은 없습니다.
아니, 거의 장난기까지 있을 정도입니다. 철학은 즐겁고
재미나는 것만을 설파합니다. 슬프고 헬쑥한 명상은 철학

---

32) 15세기의 언어학자. 1495년에 유망한 그리스 문법서를 저술했음.

이 그곳에 깃들여 있지 않다는 증거입니다.

문법학자 데메트리우스가 델포이 신전에서 함께 앉아 있는 한 무리의 철학자들을 보고 말했습니다.

"혹 내가 잘못 보았는지요? 당신들의 용모가 아주 평화롭고 유쾌한 것을 보니, 당신들께선 그렇게 대단한 사상을 말하고 있는 것이 아니구려."

그러자 그들 중의 한 메가라 사람인 헤라클레온이,

"그것은 βάλλω(던지다)라는 동사의 미래의 λ가 둘인가, 비교급 Χείρον(더 나쁘다)과 βέλτιον(더 낫다)과, 그 최상급 Χείριστον과 βέλτιστον은 어디서 나왔는가를 알려고 이맛살을 찌푸리며 토론하는 자들의 일이요. 그러나 철학의 가르침으로 말하면 그것을 취급하는 자들을 짜증내고 슬프게 하는 것이 아니고, 그들의 마음을 늘 유쾌하게 만들어 주는 것이오."라고 하였습니다.

> 사람은 병든 육체 속에,
> 눈에 보이지 않는 정신의 고뇌를,
> 또한 기쁨을 파악한다.
> 그리하여 얼굴빛은 양쪽의 성격을 나타낸다.[33]

철학이 깃든 정신은 그 건전성으로 육체까지도 건전하게 해줄 것입니다. 그 평화로움과 행복을 밖으로까지 빛내야 합니다. 자기 틀에 맞춰서 외면의 풍채를 만들어야 합니다. 따라서 그 외형을 우아한 기품과 생기발랄한 태도와

---

33) 쥬베날리스 《풍자시집》 9의 18~20.

만족하고 온화한 용모로 무장해야 합니다. 예지의 가장 명백한 표정은 항상 변하지 않는 희열입니다. 그 상태는 달나라 저 너머의 일들같이 명랑합니다.

바로코와 바랄립톤34)의 삼단논법이 그들의 제자들을 더럽고 어둡게 만드는 것이지, 철학이 그렇게 한 것은 아닙니다. 그들은 철학을 귀동냥에 의해서만 알고 있습니다. 왜냐하면 철학은 정신의 폭풍을 진정시키고 굶주림이나 열병에 우는 자들에게 미소를 가르쳐 주고, 게다가 어느 공상적인 에피시클르35)에 의함이 아니라, 자연스럽고 손에 잡히는 이성의 힘으로 하는 것입니다.

철학의 목적은 도덕입니다. 그 덕은 학교에서 배우는 바와 같이 험하고 기복이 심하며 올라가 볼 수 없는 산 정상에 꽂힌 것이 아닙니다. 도덕에 가까이 가본 사람들은 오히려 그것이 풍부하고 꽃이 피어 있는 아름다운 들판에 있으며 그곳에서 모든 것을 내려다본다고 생각합니다. 그러나 그곳으로 가는 길을 알기만 하면, 나무 그늘이 지고, 풀들로 덮여 있고, 아름다운 꽃이 만발해 있으며, 천국의 길처럼 반반하고, 느슨하게 경사진 길로 그곳에 다다를 수 있습니다.

그들은 드높고 아름답고 의기양양하고 애정이 있고 순하고도 용기가 있는 이 덕을, 또한 불쾌·공포·강제 따위는 받아들이지 않는 공공연한 적인 덕을, 그리고 자연을 안내

---

34) 둘 다 스콜라 논리학의 술어.
35) 고대 천문학의 술어. 성군(星群)들의 상상의 작은 궤도.

자로 삼고 운명과 쾌락을 반려자로 삼는 이 덕을 자주 사
귀지 못했기 때문에 그들의 약한 상상력에 패배하여 그 어
리석고 우울하고 성깔있고 위협하고 골탕 먹이고 찌푸린
꼴로 도덕을 가장시켜서 저 높은 절벽 꼭대기 가시덤불 속
에 올려놓고, 사람들을 놀라게 하는 유령처럼 만드는 것입
니다.

내가 말하는 스승은 그 덕에 대한 제자의 마음이 존경과
같은 정도의, 아니 그 이상의 애정으로 채워져야 한다는
것을 알고 있으므로 시인들도 일반의 생각을 좇고 있다는
것을 말해 주고, 또한 모든 신은 인간에게 팔라스36)의 궁
정보다는 베누스 여신의 방으로 가는 길을 더 고생스럽게
만들어 놓았다는 것을 이해시킬 수 있기를 바랍니다. 그리
고 자제가 사춘기에 들어설 때, 그가 향유할 애인으로 브
라다망과 안젤리카37), 이 두 사람을 가리켜 한쪽의 소박
하고 활발하고 관대하고 거칠지는 않지만 씩씩한 아름다움
을, 다른 한쪽의 연약하고 가식적이고 가냘프고 인공적인
아름다움을 대비시키며, 또한 한쪽은 번쩍이는 갑옷을 쓴
남자로 변장시키고, 다른 쪽은 진주가 달린 모자를 씌워서
내보였을 때, 만일 그 아이가 저 프리기아의 뼈 없는 목
동38)과는 아주 다른 선택을 한다면 그 아이의 사랑이 씩

---

36) 미네르바의 여신. 학문·공예·전쟁의 여신.
37) 아리오스토의 작품에 나오는 두 여성.
38) 트로이의 왕, 프리아모스의 왕자. 유노·베누스·미네르바 등 세 여신의
    미모의 심판자가 되어 베누스가 가장 아름답다고 했다. 그것이 원인이 되
    어 트로이 전쟁이 일어났다.

씩하다고 판단하셔야 합니다.

그리고 참다운 덕의 가치와 높이는 그 실행이 용이하고 유익하고 쾌적하다는 점에 있으며 조금도 어려운 것이 아니니, 어린아이에게도 어른과 똑같이, 또한 우둔한 사람에게도 영리한 사람처럼 가능하다는 새로운 사실을 이야기해 주어야 합니다. 그렇게 되려면 절제가 필요하며, 노력이 필요한 것은 아닙니다.

도덕의 첫째 총아인 소크라테스는 일부러 힘든 길을 버리고 소박하고 순탄한 길을 따라 도덕으로 향해 갑니다. 도덕은 인간적 쾌락의 자애스런 어머니입니다. 쾌락을 정당화함으로써 이 쾌락을 확실하고 순수하게 만들어 줍니다. 도덕은 쾌락을 조절함으로써 이 쾌락을 항상 생생하고 맛있게 해줍니다. 도덕이 배척하는 쾌락은 제거함으로써 도덕이 남겨 주는 쾌락을 예민하게 느껴지게 하며 자연이 원하는 모든 쾌락을 지긋지긋하게까지는 아니라도 포만을 느끼도록 자애롭게 남겨 줍니다.(만일 술꾼이 만취하기 전에 멈추고, 탐식객이 소화불량이 되기 전에 멈추고, 호색가가 대머리가 되기 전에 멈추게 하는 섭생을 쾌락의 적이라고 말하려는 것이 아니라면 말입니다)

도덕에 평범한 행복이 결핍되어 있다면 그것은 도덕이 그것에 손상되지 않기 때문이며, 혹은 그런 것 없이도 해나갈 수 있기 때문입니다. 그리고 그렇게 흔들리고 정처없는 행복과는 달리, 진정 자기 자신의 행복을 만들어 냅니다. 도덕은 부유하고 강하고 박식하며 사향 냄새 풍기는 이부자리에 누워 잘 수 있습니다. 그것은 삶을 사랑하고 아름다움과 영광과 건강도 역시 사랑합니다.

그러나 도덕 본래의 독특한 직분은 이러한 좋은 것을 적당히 사용할 줄 아는 것이며, 또한 그것을 잃어도 숙연히 견딜 수 있어야 한다는 것입니다. 그것은 고생이라기보다도 훨씬 고상한 직분이며, 그것 없이는 인생의 모든 흐름은 변질되고 소란해지고 변형되며, 그런 경우에는 저 암초나 가시덤불이나 괴물 같은 위험한 것을 정당하게 결부시켜 볼 수 있습니다.

만일 그 제자가 성품이 좀 괴벽스러워 재미있는 여행 이야기나 현명한 이야기보다 헛된 옛날 이야기를 좋아한다면, 또한 그가 동무들의 젊은 피를 끓어오르게 하는 군고(軍鼓) 소리가 울려 오는데 다른 데서 들려오는 곡마단의 북소리에 끌려가거나, 씨름 시합에서 먼지투성이가 되어 이겨서 돌아오기보다는 정구나 무도회에서 상을 타오기를 더 좋아한다면, 스승은 아무도 보고 있는 사람이 없을 때엔, 마땅히 제자의 목을 들어 죽일 수밖에는 별도리가 없을 것입니다. 그렇지 않으면 '아이들은 그 부모의 능력에 의해서가 아니라 그 아이들 자신의 마음의 능력에 따라 길러야 한다.'라고 한 플라톤의 교훈을 따라서, 비록 그가 공작의 자녀라 할지라도 어느 도시의 빵집 직공으로라도 보낼 수밖에 다른 방법이 없을 것입니다.

철학은 사는 방법을 가르치는 학문이며, 어린아이나 어른이나 다같이 배울 것이 있는데 어째서 어린아이에게는 그것을 가르치지 않는 것일까요.

점토는 부드럽고 축축하다.
어서 빨리,
쉬지 않고 돌아가는 틀바퀴에 형체를 만들자.[39]

우리는 인생이 끝날 무렵에야 인생을 배웁니다. 많은 학
생들은 아리스토텔레스의 절제에 대한 교훈을 터득하기 전
에 매독에 걸려 있습니다. 키케로는 "나는 두 사람 몫의 인
생을 산다 해도 서정 시인 따위를 연구할 여가는 없다."[40]
라고 말했습니다. 그러나 나는 이러한 궤변가들이야말로
가련하게도 더욱 쓸모없는 인간이라 생각합니다. 우리 아
동들은 더욱 급합니다. 그가 스승의 교육을 받는 것은 처
음 열 대여섯 살 때까지이며 나머지는 실천에서 은혜를 입
는 것입니다. 이렇게 짧은 시간이니 그것을 필요한 교육에
만 충당합시다. 그러한 것은 모두 시간의 낭비입니다.

변증법같이 그렇게 어렵고 난해한 논의는 치워 버립시
다. 그런 것으로 우리 인생이 더 나아지지는 않습니다. 철
학의 단순한 이론을 채택합시다. 그것을 적절하게 선택하
여 공부해야 합니다. 그것은 보카치오의 이야기보다 이해
하기 쉽습니다. 이런 것은 어린이가 유모의 손에 있을 때
부터 글 읽기와 쓰기를 배우는 것보다 더 잘 배울 수 있습
니다. 철학에는 인간의 노년기를 위한 것뿐만이 아니라 인

---

39) 페르시우스 ≪풍자시집≫ 3의 23.
40) 키케로라 함은 잘못 표기. 세네카이다.

간의 출생을 위한 학과가 있습니다.

나는 플루타르코스의 의견에 찬동합니다. 즉, 아리스토
텔레스는 위대한 제자 알렉산드로스에게 삼단논법을 꾸미
는 기교나 기하학의 원리보다도 용기와 담력과 호방함과
절제, 그리고 아무것도 두려워하지 않고 자신감을 갖는 교
훈으로 그 제자의 흥을 돋우어, 이 제자가 이런 수련을 닦
은 다음 아직 어린 몸으로 단지 보병 3만, 군마 5천, 돈 4
만 2천 에큐를 가지고 세계 제국을 정복하러 나가게 했습
니다. 알렉산드로스는 다른 기술과 학문도 존중했지만, 그
런 것에 흥미를 가졌다고 해서 쉽사리 그런 학문을 실천하
고 싶은 욕망에 끌려들지 않았다고 플루타르코스는 말하고
있습니다.

> 젊은이도 노인도, 이제부터
> 마음에 뚜렷한 목표를 정하고,
> 가련한 백발의 시기를 위해 대비하라.[41]

비슷한 말을 에피쿠로스가 메니케우스에게 보내는 편지
첫머리에서 말하고 있습니다. '가장 젊은이도 철학을 기피
해서는 안 된다. 가장 늙은이도 그것에 싫증을 내서는 안
된다.'[42]라고. 이처럼 하지 않는 자는 행복하게 살 시기가
아직 오지 않았다든가 혹은 지나가 버렸다고 말하는 것과
같은 것입니다.

---

41) 페르시우스 5의 64.
42) 디오게네스 라 루티오스 〈에키쿠로스 편〉 10의 122.

이상과 같은 이유로 나는 자제를 가두어 두어서는 안 된다고 말하겠습니다. 나는 그를 혹독한 학교 선생님의 우울한 기분에 맡겨 두기를 원치 않습니다. 나는 다른 아이들처럼 하루에 열네댓 시간씩이나 마치 짐꾼들같이 고역을 치르게 하여, 그의 정신을 엉망으로 만들고 싶지 않습니다. 그리고 그가 얼마간 고독하고 우울한 기질이기 때문에 극도로 책에 달라붙는 경우라도, 그것을 조장하는 것은 좋지 못하다고 생각합니다. 그것은 그들을 비사교적으로 만들고 보다 훌륭한 일에서 멀어지게 되기 때문입니다.

또한 오늘날에도 나는 얼마나 많은 사람들이 맹목적인 학문에의 갈망 때문에 어리석게 되었는가를 보고 있습니다. 카르네아데스는 학문에 미친 나머지 머리를 빗거나 손톱을 깎을 여가도 없었습니다. 그리고 자제의 드높은 품성을 남의 무례함과 조잡한 버릇 때문에 그릇되게 하고 싶지 않습니다. 옛 격언에 프랑스의 지혜는 일찍 총명해지고 오래 지속하지 않는다고 했습니다. 정말 지금도 프랑스의 아이들만큼 귀여운 아이들은 찾아볼 수 없습니다. 그러나 대개 그들은 어른이 되면 사람들의 기대를 어긋나 아무 훌륭한 점도 보여 주지 않습니다. 나는 우리 어린이들이 그 많은 학교에 다니기 때문에 이렇게 바보가 된다고 지각있는 사람들이 말하는 것을 들은 적이 있습니다.

우리 어린이들은 방에서나, 마당에서나, 잠자리에서나, 혼자 있을 때나, 동무들과 함께 있을 때나, 아침에나 저녁에나 모든 시간이 한 가지이며, 어디에 있어도 공부할 수 있습니다. 왜냐하면 철학은 그 주요한 학과가 판단력과 습성을 만드는 요소로 되어 있어서 모든 일에 참섭(參涉)할 특권이 있기 때문입니다.

웅변가인 이 소크라테스가 어느 잔치에서 웅변술에 관해 말해 달라는 요청을 받고, "지금은 내가 할 수 있는 것을 말할 때가 아닙니다. 지금 이 자리에서 해야 할 일을 나는 할 줄 모릅니다."라고 대답한 것은 옳다고 생각합니다. 즐겁게 웃으며, 훌륭한 식사를 하려고 모인 자리에서 수사학의 연설이나 토론을 내놓는다는 것은 너무나 어울리지 않는 일입니다. 다른 모든 학문에서도 이렇게 말할 수 있습니다.

그러나 철학으로 말하면, 그것이 인간과 그의 의무와 직분에 관하여 이야기할 때에는 그 이야기가 재미있다는 점으로 보아 잔치나 유희장에서도 거부될 수 없다는 것이 모든 현자들의 의견입니다. 플라톤은 그의 ≪향연≫에서 이것을 화제로 삼았으나, 그것이 그의 가장 고상하고 건전한 논제임에도 불구하고 얼마나 유쾌하고 때와 장소에 어울리게 회식자들을 즐겁게 해주었는가를 우리는 알고 있습니다.

  그것은 가난한 사람에게나 부자에게나 똑같이 유익하기에,
  만일 그것을 소홀히 하면, 노인이나 아이나 모두 똑같이 후회하리라.[43]

이처럼 해서 정녕 그 아이는 다른 아이들보다 게으름을

---

43) 호라티우스 ≪서간≫ 1의 1의 25.

피울 시간이 적게 될 것입니다. 그러나 회랑 안을 거닐 때처럼 비록 세 배 되는 거리를 걸어도 피로하지 않는 것같이 그처럼 우리들의 학과는 우연히 일어나는 일같이 진행되기 때문에, 시간과 장소의 제약도 받지 않고 우리들의 모든 행동에 섞여 들게 되며 부지불식간에 잘 되어갈 것입니다. 유희라는 운동까지도 공부의 중요한 부분이 될 것입니다.   경주 · 권투 · 음악 · 무용 · 사냥 · 마술(馬術) · 무술 등 모두가 그렇습니다.

나는 예법이나 교제, 또는 자세를 단정히 갖는다는 것 등을 영혼과 함께 다루기를 희망합니다. 그것은 정신을 단련하는 것도 아니요, 육체를 단련하는 것도 아니며, 오직 인간을 단련하는 것입니다. 두 가지를 따로따로 해서는 안 됩니다. 플라톤이 말하듯, 어느 한쪽을 버리고 한쪽만을 단련하는 것이 아니고 한 멍에에 매인 한 쌍의 말과 같이 동일하게 다루어야 합니다. 그리고 플라톤의 말을 들으면 그는 '육체 운동에 보다 많은 시간과 배려를 하여 그와 함께 정신도 단련하라. 절대로 그 반대이어서는 안 된다.'라고 생각했던 것은 아닐까요.

그리고 그 교육은 온정 속에서도 엄격히 행해져야 합니다. 항용 학교에서 다루어지듯 하면 안 됩니다. 학교에서는 아이들이 문학에 친숙해지기는커녕 실제로는 공포와 잔혹함을 줄 뿐입니다. 폭력과 강제는 금물입니다. 내 생각으로는, 점잖은 집 아이를 이보다 더 심하게 둔하고 어리석게 만드는 짓은 없다고 생각합니다. 그가 수치와 징벌을 두려워한다면 그로 하여금 그것에 익숙하게 해서는 안 됩니다. 땀·추위·바람·태양·위험 따위를 가소로이 보도록 단련시켜야 합니다. 아이에게 옷이며 침구며 음식물의 기호를 금지시키고, 무슨 일이라도 감당할 수 있게 길들여야 합니다. 흐느적거리는 미소년이 아니라 생기발랄한 굳센 소년으로 키우십시오.

나는 어릴 때도, 어른이 되어서도, 또한 나이든 지금에 와서도 언제나 이와 같은 신념과 판단을 가지고 살고 있습니다. 그러나 특히 대부분의 학교의 규율은 항상 나를 불쾌하게 합니다. 만일 선생님들이 지나치게 관대하여 교육법을 어겼다면 손해는 보다 적었을 것입니다. 지금 그대로라면 정말 청춘을 묶어 두는 감옥입니다. 학생들은 방탕하게 되기 전에 미리 벌을 받아 방탕하게 되어 버립니다. 수업 시간에 학교에 한 번 가보십시오. 학생들이 벌받고 우는 소리와 화가 치밀어 정신을 잃은 선생님들의 고함 소리뿐입니다.

이렇게 연약하고 겁많은 어린 마음들을 손에는 채찍을 든 채 무서운 얼굴로 지도하니, 이것이 아이들에게 공부할 생각을 일으키게 하는 방법이겠습니까. 정당치 못하고 해로운 방법입니다. 그뿐더러 퀸틸리아누스[44])가 적절히 지적했듯, 이런 강압적인 권위는 위험한 결과를 가져옵니다. 특히 우리들의 처벌방법이 그렇습니다. 그들의 교실을 피묻은 회초리 동강이보다도 꽃과 잎새를 깔아 장식하는 것

---

44) 30~100년대의 로마의 수사학자.

이 얼마나 더 아담하겠습니까. 나 같으면 철학자 스페우시
포스45)가 그의 학교에서 하던 식으로, 교실에다 기쁨·즐
거움·플로라(꽃)·우아의 여신들을 그려 붙이게 하겠습니
다. 아이들의 이익이 있는 곳에는 즐거움도 있어야 합니
다. 아이들에게 유익한 음식에는 설탕을 섞고, 해로운 음
식에는 쓸개즙을 섞어 주어야 합니다.

플라톤이 그의 ≪법률≫에서 그 나라의 젊은이들의 쾌락
과 오락에 대하여 얼마나 마음을 쓰고 있으며, 또한 그들의
경주·유희·노래·도약·무용 등에 대하여 얼마나 상세히
말하고 있는가에 대해서는 정말 놀랄 정도입니다. 그는 "이
러한 것들의 지도와 수호를 고대인은 아폴로·뮤즈·미네
르바 등의 제신에게 위임했다."라고 말하고 있습니다.

그는 그 체육장에 관하여 수많은 규율을 상세히 언급하
고 있지만, 문학적인 학문에 대해서는 거의 관심이 없습니
다. 그러나 특히 시만은 음악을 위해서 권장하는 것 같습
니다.

우리들은 풍습이나 양식에 있어서 이상한 것, 특이한 것
은 모두 사회생활의 적으로, 또한 부자연스러운 것은 피해
야 합니다. 나무그늘에서 땀을 흘리고 햇볕에서 떨던 저
알렉산드로스의 집사 데모폰의 체질에 놀라지 않는 사람이
있겠습니까. 나는 사과 향기를 화승총의 화약 냄새보다 더
싫어하는 사람을 본 일이 있으며, 또한 생쥐를 무서워하는

---

45) 기원전 400년경의 그리스 철학가. 플라톤의 조카로 플라톤이 죽은 뒤
아카데미아 초대 학두(學頭)가 되었다.

사람, 크림이나 새털 방석의 뭉실뭉실한 것을 보기만 해도 토하는 사람을 본 적이 있습니다. 이와 마찬가지로 게르마니쿠스46)는 수탉을 보거나 그 울음소리를 듣기만 해도 참을 수가 없었습니다. 아마도 거기에는 어떤 독특한 특성이 있는지도 모릅니다. 그러나 일찍부터 노력하면 그런 괴벽은 없앨 수 있다고 생각합니다. 이것은 힘이 들지 않는 것도 아니지만, 나는 훈련에 의하여 맥주를 빼놓고는 사람이 먹을 수 있는 음식은 무엇이나 다 먹을 수 있습니다. 이런 까닭으로 사람은 몸이 아직 유연할 때, 모든 방식과 풍습에 몸을 익혀야 합니다.

욕망과 의지를 제어할 수 있는 한 젊은이는 과감하게 어느 나라나 어느 사회에서나 편리하게, 즉 필요하다면 문란할 때나 과도기에도 견디어 내게 만들어 놓아야 합니다. 실천하는 것을 습관화되도록 하십시오. 그는 모든 일을 할 수 있으며, 그러고도 훌륭한 일만 하기를 즐겨야 합니다.

철학자들도 칼리스테네스47)가 술마시기에 맞서지 못해서 그의 상전 알렉산드로스 대왕의 은총을 잃은 것은 칭찬할 일이 못 된다고 보았습니다. 그는 자기 왕과 함께 웃으며 장난하며 방탕한 짓도 해보아야 했을 것입니다. 나는 젊은이가 방탕한 짓도, 정력과 견고성이 친구들보다 뛰어나서 나쁜 짓을 하기에도, 주먹깨나 쓰기에도, 학문을 하

---

46) 로마의 장군. 티베리우스의 동생. 게르마니아 전쟁에서 공을 세움.
47) 기원전 365~328. 아리스토텔레스의 제자로 그리스의 역사가. 알렉산드로스의 사가로서 원정에 종군했으나 음모에 가담하여 처형됨.

기에도 못할 것은 없지만 다만 그렇게 할 의사도 없이 해서는 안 된다고 생각합니다.

'악을 범하기를 원치 않는 것과 범할 줄 모른다는 것 사이에는 큰 차이가 있다.'[48]

나는 프랑스의 어느 귀족보다도 과도한 일을 삼가는 어느 공작께, 경의를 표할 셈으로 상류사회 사람들이 있는 자리에서, "공작은 독일에서 우리 국왕의 일을 위하여 평생에 몇 번이나 술에 취해 보았습니까?" 하고 물어 보았습니다. 그 공작은 나의 말을 그대로 받아들여 세 번 있었노라고 대답하고, 그 하나하나의 경우를 이야기해 주었습니다. 나는 이 술을 마시지 못하기 때문에 그 국민(독일 국민)과 교섭하는 데 몹시 애를 먹은 사람들을 알고 있습니다.

나는 여러 다른 습관에 손쉽게 순응하여서 건강을 해치지 않았던 알키비아데스[49]의 멋진 체질에 경탄을 금치 못했습니다. 그는 때로는 페르시아인의 호화로움과 사치를 능가했는가 하면, 또 때로는 라케데모니아인의 내핍과 질소(質素)를 무색하게 할 정도였습니다. 스파르타에 가면 지극히 금욕적이었고 이오니아에 가면 향락의 극치를 다하였습니다.

---

48) 세네카 《서간》 90. 이 구절 때문에 몽테뉴는 1580년 로마에 갔을 때 법황청의 책망을 받았다. 그는 다음 판(版)에서 정정할 것을 서약했으나 약속을 지키지 않았다.

49) 기원전 450~405. 아테네의 장군, 정치가. 명문 태생으로 부와 미모와 재치가 뛰어나고 방약무인한 생활을 했다.

아리스티프스는 모든 지위, 모든 겉모양, 모든 상황에 적응하였다.[50]

나는 나의 제자를 이렇게 키우고 싶습니다.

두 쪽의 남루한 옷이라도 참을성 있게 걸치고,
경우가 바뀌면 거기에 적응하며, 이 두 역할을 소홀히 함이 없이
연기해 낼 자를 나는 찬양하리.[51]

이상이 내 교훈입니다. 이것을 실행하는 사람은 단순히 이것을 알고 있는 사람보다도 이익을 얻게 될 것입니다. 그의 행동이 있는 곳에 그의 말이 있고, 그의 말이 있는 곳에는 그의 행동이 있습니다.

누군가는 이렇게 말하고 있습니다. "제발 철학을 한다는 것이 여러 가지 일을 알고, 기술을 토론함이 아니기를!……"

'그들은 모든 기술 중에서 가장 중요한 이 훌륭하게 산다는 기술을 학문에서보다 실생활에서 추구하였다.'[52] 플리아시아인의 군주 레온이 폰투스의 헤라클리데스[53]에게 어떤 학문, 어떤 기술을 직업으로 삼느냐고 물었습니다. 그러자 그는, "나는 학문도 기술도 모르오. 그러나 나는 철학자요."라고 대답했습니다.

---

50) 호라티우스 《서간》 1의 17의 23.
51) 호라티우스 《서간》 1의 17의 25.
52) 키케로 〈투스클라눔 논의〉 4의 3.
53) 그리스의 철학가.

어떤 사람이 디오게네스를 향해 무식하다면서 어떻게 철학에 참견을 하느냐고 책망하자, 그는, "무식하니까 철학에 참견하는 것이 더욱 적절하지 않소?"라고 말했습니다.

헤게시아스[54]가 디오게네스에게 아무것이나 책을 읽어 주시오, 하고 부탁했습니다. 그러자 디오게네스는, "농담 마시오. 당신은 그림에 그려진 무화과보다 진짜 무화과를 집을 것이오. 그와 마찬가지로 어째서 책에 씌어진 행동보다 진짜 자연의 행동을 택하지 않소?"라고 대답했습니다.

자제는 그 가르침을 입으로만 떠벌릴 게 아니라 실행해야 합니다. 그는 학과를 행동으로 복습해야 합니다. 우리는 그의 계획에 신중성이 있는가, 그의 행동이 착하고 올바른가, 그의 말하는 바에 판단력이 있고 품위가 있는가, 병에 걸렸을 때 그것을 참아내는 힘, 유희를 즐길 때 겸허함, 쾌락 속에 절제, 고기건 생선이건 포도주건 물이건 입맛에 가리는 것이 있는가 없는가를 살펴봐야 합니다. 돈을 쓰는 데 질서가 있는가 어떤가, '그가 자신의 공부를 지식을 과시하기 위한 도구가 아니라 생활의 규범으로 삼고 있는가 어떤가, 자기 자신의 법칙에 따르고 있는가 어떤가.'[55]를 보지 않으면 안 됩니다.

우리들의 말의 참다운 거울은 우리들의 일상의 생활입니다. 어떤 사람이 제우크시다모스에게 라케데모니아 사람들이 왜 무용(武勇)의 규정을 글로 적어서 젊은 사람들에게

---

54) 기원전 3세기의 그리스의 웅변가이며 역사가.
55) 키케로 〈투스쿨라눔 논의〉 2의 4.

읽히지 않았는가고 물으니, "젊은이들을 말로써가 아니라 행동으로 습관 들여 주려고 그러오."라고 대답했습니다.56) 이와 같은 교육을 받은 소년과, 같은 시간을 소비하여 떠벌리는 것만 배워 온 라틴어 학생을 15,6 년 뒤에 비교해 보십시오. 세상은 온통 떠들썩할 것입니다.

내가 보는 사람은 누구나 다 당연히 하지 않아야 할 말을 더 붙여서 말하는 자뿐입니다. 그렇지만 우리는 일생의 반을 이런 짓에 허비합니다. 우리는 4,5년 동안은 여러 단어를 듣고 그것을 문장으로 만드는 데 소비합니다. 더욱이 그만한 세월은 문장을 네댓 부분으로 펼쳐서 더 긴 문장을 꾸미는 일에, 그리고 다시 적어도 5년은 문장을 묘한 방식으로 간결하게 꾸미고 엮는 데에 소비합니다. 그러나 이런 일은 그것을 직업으로 삼는 자들에게 맡깁시다.

어느 날 나는 오를레앙에 갔다가, 클레리 못 미쳐 들판에서 선생님 두 사람이 서로 쉰 발자국 가량 떨어져서 보르도 쪽으로 향해 오는 것을 보았습니다. 더 멀리 그들 뒤에 사람들 한 패가 그들의 상전인 돌아가신 라 로슈프코오 백작을 선두로 해서 오는 것을 보았습니다. 내 집 하인 하나가 그 선생님 한 분에게, 뒤에 오는 귀인이 누구냐고 물어 보았습니다. 그는 자기 뒤에 오는 무리를 보지 못하고 자기 친구를 말하는 줄로만 알고 웃으며, "그는 귀족이 아니고 문법학자요, 그리고 나는 논리학자고."라고 대답했습니다. 그런데 우리는 그 반대로 문법학자나 논리학자가 아

---

56) 플루타르코스 《윤리논집》〈스파르타 경귀편〉.

니고 귀족을 만들려고 하는 것이니, 이런 자들은 저희들
멋대로 시간을 낭비하게 그대로 두십시오.

　우리에겐 다른 일이 있습니다. 그런데 우리 제자는 사물
을 잘 알고만 있으면 말은 얼마든지 따라옵니다. 말이 따
라오지 않으면 그가 말을 끌고 갈 것입니다. 나는 표현을
잘못한다고 변명하면서 머릿속에는 말할 거리가 얼마든지
있는데 웅변이 모자라 명확하게 내놓지 못하는 체하는 사
람을 봅니다. 그것은 속임수입니다. 그것이 어떤 수작이라
고 생각하는지 아십니까. 그것도 어떤 그림자같이 떠오르
는 흐리멍덩한 생각을 그들 마음속에 풀어서 밝혀 보지 못
하기 때문에, 밖으로 내놓지도 못하는 것입니다. 그것은
자기 자신도 모르고 있는 것입니다.

　그들이 말을 꾸며내려고 더듬거리는 것을 보십시오. 그
들의 노력은 말을 꾸며내는 데 있지 않고 생각을 꾸며내는
데 있습니다. 그들은 이 불완전한 자료를 핥고 있는 외에
는 아무것도 하지 않습니다. 나로서는, 소크라테스도 그렇
게 가르치지만, 자기 마음속에 신선하고 많은 생각을 가진
자는 베르가모[57] 사투리로라도, 그가 벙어리일 때는 몸짓
으로라도 표현해 낼 것입니다.

　　사물이 분명해지면, 말은 스스로 따라온다.[58]

---

57) 이탈리아 북부 롬바르디아의 도시로, 이곳의 사투리는 이탈리아에서도
　　가장 심한 것으로 알려짐.
58) 호라티우스 ≪시론(詩論)≫ 311.

그리고 어떤 사람은 그 산문 속에서 이처럼 시적으로, "마음이 사물을 파악하면, 말은 저절로 따라나온다."59)라고 말하고, 어떤 사람은 "사물 그 자체가 말을 이끌어 간다."60)라고 말하고 있습니다. 자제는 탈격(脫格)도 접속법도 명사도 문법도 모릅니다. 그의 하인도 프티 퐁(작은 다리)도 청어장수 마누라도 모릅니다. 그러나 그들은 부인께서 원하시기만 한다면 지겹도록 떠들어댈 것입니다.

그는 아마 프랑스의 어떤 훌륭한 문법학자에게도 지지 않게, 그들의 언어의 규칙에 위배되지 않을 것입니다. 그는 수사학을 모르며 서문으로 '공평한 독자님'61)의 호의를 살 줄도 모르고, 그것을 알려고도 하지 않습니다. 진실로 아무리 아름다운 그림이라도 단순하고 순진한 진리의 광채 앞에서는 무색해져 버립니다. 타키투스의 책에 나오는 아페르가 뚜렷이 보여 주듯, 이런 약은 재주는 더 소담하고 든든한 음식을 섭취할 능력이 없는 속된 사람에게나 소용됩니다.

사모스의 대사들이 장문의 훌륭한 연설을 준비한 뒤 스파르타의 왕 클레오메네스에게 폭군 폴리크라테스에 대한 전쟁을 하도록 충동하여 보려고 했습니다. 그들이 실컷 말하게 두고 나서 클레오메네스는, "나는 당신들 이야기의 처음 부분이 생각나지 않아요. 따라서 중간도 생각 안 나고, 결론적으로 말하면 나는 그렇게 할 생각이 추호도 없소."라

---

59) 철학자 세네카의 아버지인 웅변가. 세네카 ≪대화(對話)≫ 3.
60) 키케로 〈선악의 한계〉.
61) 16세기 저작의 서문에 자주 나오던 말투.

고 대답했습니다. 정말 멋진 대답이며, 이것에는 연설자도 코가 납작해졌을 것입니다.

또 이런 이야기는 어떻습니까. 아테네의 사람들이 큰 건물을 짓는데, 두 사람의 건축가 중에서 하나를 선발하게 되었습니다. 첫번째 건축가는 아주 뽐내며, 이 공사에 관해서 미리 생각해 두었던 언변으로 민중의 판단을 자기에게 유리하게 끌어가고 있었습니다. 그러나 또 하나의 건축가는 그저 서너 마디로, "아테네 시민 여러분! 나는 이 사람이 떠벌려 놓은 것을 실지로 행하겠소."라고 말했습니다.

키케로의 웅변이 절정에 달했을 때, 많은 사람들은 여기에 이끌려 감탄했습니다. 그러나 카토는, "우리는 참 우스운 집정관을 가졌군." 하고 웃었을 뿐입니다.[62] 유익한 격언이나 훌륭한 속담은 언제나 멋이 있습니다. 그것이 앞에 있건 뒤에 있건 그 말 자체가 좋습니다. 나는 고운 운율이 좋은 시를 만든다고 생각하는 사람이 아닙니다. 시인이 원한다면 짧은 말을 길게 뽑아도 상관없습니다. 시인의 창의가 재미있고, 기지와 판단이 충분히 그 역할을 다한다면 훌륭한 시인입니다. 시작법은 아무래도 무방합니다.

  시상은 묘하나 시작(詩作)은 조잡하다.[63]

---

62) 플루타르코스 ≪영웅전≫ 〈소(小) 카토 편〉 21. 실제로는 키케로가 카토에 반대하여 무레나를 변호하기 위해 카토를 표적으로 스토아파 철학자를 조롱하여 재판관을 웃겼을 때, 카토가 한 말이다.
63) 호라티우스 〈풍자시〉 1의 4의 8.

호라티우스는 이렇게 말하고 있습니다. "그의 시에서 배열과 운율을 모조리 제거해 보아라."

그 운율을 빼버리고, 앞에 있는 글귀를 뒤에 놓고, 마지막 글귀를 처음으로 바꿔 놓아 보라. 시는 흩어져도 그대는 역시 그곳에서 시인의 모습을 보리라.[64]

그 때문에 그의 본질이 조금도 변하지는 않을 것이며, 부분부분은 그 자체로서 여전히 아름다울 것입니다. 이것은 메난데르가 대답한 것인데, 그는 희곡을 써놓겠다고 약속한 날이 가까워져도 아직 손도 안 대고 있다고 사람들이 책망하자, "그것은 다 준비해 놓았으나 아직 시로 꾸미지 않았을 뿐이오."라고 했더랍니다. 그로서는 그 작품의 내용과 자료가 마음속에 다 준비되어 있으므로 그 다음은 문제될 것이 없었던 것입니다.

롱사르와 뒤 벨레가 우리 프랑스 시의 명성을 떨친 이래로, 어느 풋내기라도 거의 그들만큼 글자를 과장해서 표현하고 운율을 정리해 놓지 못하는 자를 보지 못했습니다. '의미보다 소리가 더 크다.'[65] 저속한 대중들이 보기에는 시인들이 이렇게 많이 나온 일은 없었습니다. 그러나 운을 맞추기가 쉬운 것에 비해서, 롱사르의 풍부한 묘사나, 뒤 벨레의 가냘픈 묘미를 모방할 재간을 가진 자는 없었습니다.

그러나 만일 누군가가 자제를 삼단논법과 같은 귀찮은

---

64) 호라티우스 〈풍자시〉 1의 10의 58.
65) 세네카 《서간》 40.

궤변으로 공박하여 "소금에 절인 햄을 먹으면 물을 마시고
싶다, 물을 마시면 갈증이 풀린다, 따라서 햄은 갈증을 풀
어 준다."라고 말해 오면 어떻게 해야 좋겠습니까. 그때는
코웃음쳐 주면 됩니다. 대답하기보다는 코웃음을 치는 편
이 현명합니다.

아리스티포스로부터 다음의 유쾌한 대꾸를 빌려서 뒤통
수를 치게 하십시오. "왜 일부러 풀어 놓아? 묶여 있어도
귀찮게 구는데."라고66) 또 어떤 사람이 클레안테스에게 변
증법의 농간을 끌어내자, 크리시포스는 그에게 "그런 잡술
은 어린애에게나 하라. 그런 것에 어른의 성실한 생각을
헷갈리게 하지 말고……."라고 말했습니다. 만일 이러한 어
리석은 변명이, '왜곡된 가시 돋친 궤변'67)이, 그에게 거짓
말을 납득시킨다면 그것은 위험합니다. 그러나 그런 것이
그에게 아무 효과도 없이 오직 코웃음만 자아내게 한다면
조심시킬 필요가 없다고 생각합니다.

세상에는 어리석은 자들이 어지간히 있는 법으로, 단 한
마디의 아름다운 말을 뒤쫓아가느라고 3마장쯤 다른 길로
벗어나, '어귀를 사물에 맞추지 않고, 반대로 자기 어귀에
적합하도록 외부의 사물을 끌어들이는 자'68)도 있습니다.
또한 어떤 사람은 이렇게 말하고 있습니다. "개중에는 자기
마음에 드는 말에 끌려, 처음에는 생각지 않았던 사물을
쓰는 자도 있습니다."라고.69)

66) 디오게네스 라에르티오스 〈아리스티포스 편〉 2의 70.
67) 키케로 〈아카데미카〉 2의 24.
68) 퀸틸리아누스 〈웅변가 교육론〉 8의 3.

나는 오히려 명언을 나의 문장 속에 꿰매 넣기 위해 틀어서 내 생각에 맞춰 쓰기를 좋아합니다. 명언을 찾느라고 내 자신의 생각의 실마리를 비꼬아 놓기는 싫습니다. 거꾸로 말마디가 따라와서 봉사해 주어야 합니다.

그리고 프랑스어로 모자라면 가스코뉴 사투리라도 갖다 써야 합니다. 나는 말의 핵심인 사물 자체가 드러나서 듣는 사람의 생각을 채워 주고, 그 표현된 말은 그가 기억해 주지 않기를 바랍니다. 내가 좋아하는 말법은 단순하고 소박하며, 종이에 써도 이야기로 해도 같은 것입니다. 멋이 담뿍 풍기고, 줄기차고, 간결하고, 속이 찬 것으로, 묘하고 매끈하다기보다는 격하고 무뚝뚝한 말법입니다.

감명을 주는 표현이야말로 멋있는 표현이다.[70]

내가 좋아하는 것은 지루한 것보다는 어려운 것이고, 뽐내는 것보다는 기교가 없고, 자유분방하고 대담한 화법입니다. 한편 한편이 각기 한덩어리가 되어, 설교조라든가 변론조도 아니고, 오히려 수에토니우스가 줄리우스 케사르의 문장을 두고 말하듯, '군인다운' 화법을 좋아합니다. 그렇지만 어째서 그가 그렇게 불렸는지는 잘 알 수 없습니다.

나는 일찍이 우리나라의 젊은이들 사이에서 볼 수 있었던 무관심한 옷차림을 즐겨 모방한 적이 있습니다. 외투는 숄 모양으로 걸치고, 모자를 어깨에 얹고, 양말은 늘어뜨

---

69) 세네카 《서간》 59.
70) 루카누스의 묘비명.

리고, 요즈음 유행하는 그 모든 외국식 장식을 경멸하며 기교에는 흥미도 없다는 그러한 태도가 마음에 들었습니다. 나는 이러한 무관심한 태도가 화법에 쓰여지면 더욱 좋겠다고 생각합니다. 더욱이 프랑스의 자유롭고 유쾌한 취향에 있어서는 이러한 모든 장식은 궁신(宮臣)의 멋에 어울리지 않습니다.

그리고 군주국에서는 귀족 모두가 궁신답게 훈육되어야 합니다. 그 때문에 우리는 좀 소박하고 소홀한 자세로 기우는 편이 좋습니다. 이은 데와 꿰맨 데가 보이는 직물은 좋지 않습니다. 마치 아름다운 육체에 뼈마디와 핏줄을 헤아려 볼 수 있어서는 안 되는 것과 같습니다. '진리를 말하는 문장은 기교가 없이 단순해야 한다.'71)

'꾸며서 말하려는 자가 아니면 누가 어법에 마음을 쓸 것인가?'72)

웅변 자체에 마음이 끌리면, 그 내용에 해를 끼칩니다. 괴상하고 유별난 옷차림으로 주목을 끌려는 수작이 못난 짓인 것처럼, 언어에 있어서도 잘 알려지지 않은 문장과 말마디를 즐겨 쓰려는 것은 유치하고 현학적인 야심의 발로입니다. 나로서는 파리의 장바닥에서 쓰이는 말투밖에 쓰지 않았으면 합니다. 문법학자 아리스토파네스는 이것을 도무지 이해하지 못하고, 에피쿠로스가 언어의 투철성만을 언변기술의 목표로 삼으며 쓰던 그의 단순한 문장을 책망

---

71) 세네카 ≪서간≫ 40.
72) 세네카 ≪서간≫ 75.

했던 것입니다. 화법을 모방한다는 것은 쉬운 일이기 때문에 누구나 다 금세 터득합니다.

그러나 판단과 창의를 모방하기는 그렇게 쉽지 않습니다. 독자들의 대부분이, 같은 옷을 입었다고 해서 몸이 똑같다고 생각할 수는 없습니다. 기력과 체력은 빌려올 수 없습니다. 장식품과 외투는 빌려올 수 있지만……. 내 집에 자주 드나드는 사람들은 대개 내 수상록에 관하여 같은 말을 합니다. 그러나 그들이 생각하는 것도 같은지 모르는 일입니다.

아테네 사람은(라고 플라톤이 말합니다), 그들의 특징으로 화법이 풍부하고 우아하며, 라케데모니아 사람은 간결하고, 크레테 사람은 언어보다도 사상이 풍부한데 이 마지막 것이 가장 우수합니다. 제논이 다음과 같이 말했습니다.

"나는 두 종류의 제자를 가지고 있습니다. 하나는 필로로고우스라고 불리는 자들로 사물은 배우는데 관심이 많아 내 마음에 드는 자들입니다. 또 하나는 로고필로우스라고 불리는 자들로 말에만 관심을 갖는 자들입니다."

이것은 말을 잘하는 것이 좋은 일이 아니라는 뜻이 아니고, 말을 실행하는 것만은 못하다는 뜻입니다. 그리고 우리가 이런 짓에 한평생 골몰한다는 것이 꽤 못마땅하다는 말입니다.

나는 우선 우리 프랑스 말과 우리와 평상시에 교섭이 잦은 이웃 나라 말을 잘 알아 두고 싶습니다. 그리스어와 라틴어는 아름답고 훌륭한 장식품입니다만 사람들은 그것을

비싸게 사들이고 있습니다. 나는 여기서 내 자신에게 시험
해 본 결과 가장 값싸게 배우는 방법을 말씀드리겠습니다.
원하시는 분은 누구라도 사용하십시오.

　나의 선친께서는 박식하고 분별 있는 사람들 사이에서
훌륭한 교육법에 대하여 인간이 할 수 있는 모든 조사를 해
본 결과 현재 시행되고 있는 방법의 결함을 찾아냈습니다.
그 사람들은 선친께 이렇게 말하고 있었습니다. 즉, 우리는
그리스 사람이나 로마 사람에게는 아무것도 아닌 그리스어
와 라틴어를 배우기에 오랜 세월을 허비하는데, 바로 그 점
이 우리가 옛 그리스 사람이나 로마 사람의 정신과 지식의
위대성에 도달하지 못하는 유일한 원인이라고……

　나는 그것만이 유일한 원인이라고는 생각지 않습니다.
어떻든 나의 선친께서 찾아낸 방법은 내가 아직 혀도 돌아
가지 않은 채 유모의 손에 있었을 때 한 독일인에게 나를
맡기는 일이었습니다. 그는 유명한 의사로서 그 후에 프랑
스에서 죽었는데, 우리 말은 전혀 몰랐고 라틴어에 능숙했
던 분이었습니다. 선친은 일부러 그에게 상당한 보수를 주
고 불러왔고, 그는 날 줄곧 팔에 안고 지내다시피 하였습니
다. 부친은 또 그보다 학문이 좀 못한 사람들을 데려와서
는, 나를 따라다니며 첫 그분을 거들어 주게 하였습니다.

　이 사람들은 나와 이야기할 때는 라틴어밖에 사용하지
않았습니다. 우리집의 다른 사람들로 말하면 아버지, 어머
니 또한 하인, 가정부마저도 나와 함께 있을 때엔 나와 더
듬거리며 겨우 배운 라틴어를 써야만 된다는 규칙이 있었

습니다. 각자 이러한 방식으로 배운 성과는 놀랄 만한 것이었습니다. 아버지와 어머니도 라틴어를 상당히 익혀, 들을 수 있을 정도까지 됐으며, 필요할 때에는 말할 수도 있었습니다. 나를 가장 잘 섬기던 하인들도 그러했습니다. 결국 우리는 완전히 라틴화하여 라틴어가 인근 마을에까지 많은 영향을 미쳤습니다. 대부분 직공이랑 연장 따위를 라틴어로 부르는 버릇까지 생기게 되었습니다.

나는 여섯 살이 넘도록 프랑스어도 페리고르어도 아라비아어처럼 알지 못했습니다. 그리고 나는 자연스럽게 교과서도 쓰지 않고, 문법도 규칙도 없이, 회초리도 눈물도 없이 나의 선생님 수준의 순수한 라틴어를 익히고 말았습니다. 까닭인즉, 나는 라틴어에 불순한 것을 섞을 겨를이 없었던 것입니다. 그래서 선생님이 나를 시험하기 위해 학교에서처럼 라틴어 작문을 내줄 때엔, 다른 학생들에게는 프랑스어로 문제를 주었지만 나에게는 저급의 라틴어를 주어 그것을 고급의 라틴어로 고쳐 쓰지 않으면 안 되었습니다.

그리고 ≪로마인의 민회(民會)≫를 쓴 니콜라 구루시[73]나 스코틀랜드의 대 시인 조지 뷰캐넌이나, 아리스토텔레스를 주해(註解)한 기요므 게랑트, 당시 프랑스와 이탈리아에서 최대의 웅변가로 인식되던 마르크 앙투안느 뮈레와 나의 가정교사들은, 내가 어릴 적에 라틴어에 아주 숙달했기 때문에 내게 와서 말을 걸기가 두려웠다고 자주 말했습니다.

---

73) 1510~1572. 그리스 라틴어 학자로 규이엔느 주(州) 중학교의 교사였음.

뷰캐넌은 그 뒤 브리사크 원수74)를 따라다닐 때 만나본 일이 있습니다만, 그는 그때 마침 아동 교육에 관하여 저술을 하고 있는 중인데, 내가 받은 교육법을 표본으로 삼고 있다고 했습니다. 까닭인즉, 당시 그는 나중에 지극히 용감하고 늠름한 행동을 보여 주었던 저 브리사크 백작을 보살펴 주고 있었기 때문입니다.

그리스어에 대해서는 나는 거의 아무것도 모른다고 해도 과언이 아니지만, 아버지는 나에게 이것을 인위적으로, 그러나 새로운 방법으로, 즉 오락과 경기를 곁들여 배우게 하려고 생각하셨습니다. 우리는 장기나 바둑을 통하여 산수와 기하를 배우는 사람들처럼 그리스어의 어미 변화를 공받기처럼 던지고 받고 하면서 놀았습니다. 왜냐하면 아버지는 무엇보다도 내게 학문과 숙제를 하는 데 있어서도 강제적이지 않고 내 자신의 의욕으로 맛보게 하며, 혹독한 강요 없이 내 마음을 순하게 자유로이 가꾸기를 원했습니다.

그리고 어느 분의 아이는 아침에 잠자는 것을 폭력을 써서 갑자기 깨우면 뇌를 혼란케 한다는 말을 듣고—어린애들은 우리 어른들보다 훨씬 더 깊이 잠들고 있으니까—아버지는 어떤 악기를 연주시켜 그 멜로디로 내 잠을 깨워 주곤 하였습니다. 그러니까 나를 위해 이런 일을 해주는 사람이 반드시 있었습니다. 이 실례 하나를 보아도 다른 것은 짐작할 수 있을 것이며, 또한 이렇게 훌륭한 아버지의 지혜와 애정은 아무리 칭송해도 충분치 않을 것입니다.

---

74) 1505~1563년. 브리사크 백작. 피에몽의 승리로 용명을 떨침.

비록 아버지가 그토록 정성어린 노력의 대가를 거두지 못
하셨다 해도 그것은 전혀 아버지의 잘못이 아닙니다. 다음
의 두 가지가 그 원인입니다.

그 하나는 바탕이 메말라 적합하지 않았다는 것입니다.
왜냐하면 나는 지극히 억세고 건강했으며, 성질도 순하고
다루기 쉬웠으나 워낙 둔하고 흐리멍덩해서, 장난을 시켜
보려 해도 본시 게으른 성정을 깨우쳐 일으킬 수 없었습니
다. 나는 사물을 볼 줄은 알고 있었습니다. 그러나 이 둔중
한 기질을 가지고 내 나이에 넘치는 과감한 사상과 관념들
을 가꾸고 있었습니다. 정신은 느려서 사람이 지도하는 대
로 따라가지 못했습니다. 이해력은 둔하고 구상력은 허술
하고, 무엇보다도 기억력이 믿을 수 없을 만큼 부족했습니
다. 이런 모든 사정에서 내 정신이 값어치 있는 아무런 일
도 내놓지 못한 것은 놀랄 일이 못됩니다.

두번째로, 흡사 병을 고치기를 갈망하는 자가 어떤 권유
에라도 끌려가듯, 이 착하기만 한 아버지는 자기가 염원하
는 일이 실패로 돌아갈까 봐 몹시 불안하여 마침내 두루미
가 늘 앞에 가는 놈을 뒤따르듯, 대개가 생각하는 의견을
좇아, 당시에는 그가 이탈리아에서 받아온 첫 계획을 충고
해 준 분들이 옆에 없었기 때문에, 일반적인 관습을 따랐
던 것입니다. 그래서 내가 여섯 살 되던 해에 당시 아주 번
창하여 프랑스에서는 가장 훌륭한 기엔느 중학교에 입학했
습니다.

그곳에서도 아버지가 나를 위하여 유능한 가정교사를 선

정해 주었고 기타 나의 교육을 위해서 학교 규칙을 어기면
서까지 여러 가지 특별한 방법을 확보해 주었던 것 등 그
배려는 극에 다다랐습니다. 그러나 어떻든 그곳은 중학교
에 불과했습니다. 나의 라틴어는 급격히 퇴보하기 시작했
습니다. 그 후 연습 부족으로 완전히 못 쓰게 되어 버렸습
니다. 그리고 내가 받은 새로운 교육법도 입학할 때 중간
학년을 뛰어 상급반에 들어갔다는 것밖에는 아무 소용이
없었습니다. 왜냐하면 나는 열세 살 때 (그들이 말하는)학
업을 마치고 학교를 나왔는데, 실은 거기서 얻은 소득이라
고는 아무 것도 없었습니다.

　내가 책에 처음으로 흥미를 느낀 것은 오비디우스의 ≪
메타모르포세스(윤회)≫의 재미에서 비롯했습니다. 열여덟
살 쯤에는 이것을 읽느라고 모든 다른 재미를 제쳐둘 정도
였습니다. 그 말이 나의 모국어 라틴어였고, 내가 알고 있
는 가장 쉬운 책이었으며, 또한 그 내용이 내 나이에 가장
적합했기 때문입니다. 왜냐하면 나는 어린이들이 잘 읽는
≪호수의 란슬로≫75)나 ≪유용 드 보르도≫76)나 기타의
책 따위는 그 제목도 몰랐으며, 아직도 그 내용을 모르고
있습니다. 그만큼 내 훈련은 엄격했습니다.

　나는 그 때문에 다른 정해진 학과 공부에는 더욱 관심이
없어졌습니다. 그런데 바로 그때, 운좋게도 나는 이해심이

---

75) 중세의 '원탁 이야기' 중의 한 기사의 모험담.
76) 15세기 프랑스의 '원탁 이야기'를 모방한 포르투갈의 이야기. 스페인을
　　거쳐 프랑스어로 번역함.

많은 선생님을 만났습니다. 이 선생님은 능숙하게 나의 방자한 수작을 못 본 체하고 넘겼습니다. 왜냐하면 이 작품을 거쳐서 나는 단숨에 베르길리우스의 ≪아에네이스≫를 읽었고 다음에는 테렌티우스를, 그 다음에는 플라우투스를, 그리고 이탈리아의 희극을 읽어갔는데, 모두 이야기의 재미에 매혹되었던 것입니다. 만일 선생님이 아주 미친 수작으로 이런 짓을 못하게 막았던들, 귀족들이 모두 그러하듯 나도 학교로부터는 책에 대한 염증밖에 얻지 못했을 것입니다.

선생님은 여기서 교묘하게 나를 유도했습니다. 아무것도 보지 않는 체하면서 그는 이런 책들을 몰래 탐독하게 권장하면서 해야 할 공부는 힘들지 않게 시켰던 것입니다. 왜냐하면 아버지가 나를 맡겨 준 선생님들에게 요구하는 주요한 소질은 심정의 호방하고 안이한 기풍이었기 때문입니다. 나는 느리고 게으르다는 것밖에 다른 결점은 없었습니다. 위험한 것은 내가 나쁜 짓을 하지 않을까 하는 데 있는 게 아니라 아무것도 하지 않을까봐 걱정했습니다. 아무도 내가 악인이 되리라고 예언하는 자는 없었지만 무용한 인간이 되리라고 추측했습니다. 사람들은 내 기질을 보고 악인은 아니고 건달이 되지나 않을까 생각했던 것입니다.

나는 예언한 대로 된 것이라 생각합니다. 내 귀에 못이 박히도록 들려오는 불평은 이렇습니다. "게으름뱅이! 친구나 친척에 대한 의무와 공적인 일에 냉담하며 지나치게 자기 본위의 괴짜다."라고. 나를 더욱 비난하는 사람들은 "왜 그런 것을 가져갔어? 왜 값을 치르지 않았어?"가 아니라, "왜 빚을 갚지 않아? 왜 더 주지 않아?"라고 말합니다.

만일 누구나가 다 나에게 결핍되어 있는 것이 이와 같은 의무상의 행위만이라면, 나는 그것을 호의로 받아들일 것입니다. 그러나 모두가 자신의 의무로서 자신에게 요구하기보다 훨씬 엄격하게, 나의 의무도 아닌 것을 나에게 요구한다는 것은 불공평합니다. 내게 그런 것을 강요함으로써 그들은 내게 베푼 은혜와 내가 가져야 할 감사의 마음을 말소시켜 버립니다.

그보다도 내가 내 자신에게 아무것도 좋은 일을 해준 바 없음을 돌이켜 보면, 내 손으로 적극적으로 해준 좋은 행동은 더 한층 무게를 가졌을 것입니다. 내 재산은 내것이니까 얼마든지 내 마음대로 해도 좋을 것입니다. 그러나 내가 내 행동에 대해 떠벌리는 사람이었다면 아마도 나는 이런 책망을 호되게 반박했을 것입니다. 그리고 내가 하지 않았으니 말이지, 하기만 하면 어떤 자는 호되게 모욕 당하리라는 것을 그들에게 가르쳐 줄 것입니다.

이렇게 말하기는 하지만, 내 마음은 그 자체로서 확고한 움직임과 동시에 내가 알고 있는 주위 사물에 관한 명백하고 확실한 판단을 가지고 있던 것이며, 누구와의 상의 없이 그런 것을 혼자서 이해하여 왔습니다. 그리고 진실로 내 정신은 무엇보다도 권세와 폭력 앞에는 전혀 굴할 수 없으리라고 믿습니다.

내 유년 시절에 가졌던 능력에 대해서도 말해 볼까요.

침착한 얼굴과 연약한 목소리와 자세로써, 자기가 연기하
는 역할을 다루어 나가는 능력을……. 이렇게 말하는 것은
보통 나이보다 빨리,

　겨우 열두 살이 되었을 때.77)

　나는 우리 기엔느의 중학교에서 당당히 연기했던 뷰캐넌
이라든가 게랑트·뮈레의 라틴어 비극에서 그 주역을 맡았
었으니까요. 이 일(연극)에 관해서는 우리 교장 선생님인
앙드레아스 고베아뉘스는, 그 직무 이외의 모든 부문에 있
어서도 그러했지만, 전 프랑스를 통해서도 비길 바 없는
가장 위대한 교장이었습니다. 그리고 나는 라틴 비극의 제
일급의 연기자로 인정받고 있었습니다. 연극은 점잖은 집
안의 어린이들에게 권장할 만한 것입니다. 그리고 우리나
라 왕공(王公)님들도 옛사람을 본받아 점잖게 칭찬받아 가
며 몸소 연극에 열중하는 것을 보았으니 말입니다.
　그리스에서는 지체 높은 분들까지도 연극을 직업으로 삼
는 것이 허용되었습니다. '그는 그 반란의 기도를 비극 배
우 아리스톤에게 고백했다. 이 아리스톤은 태생도 신분도
훌륭한 사람이었다. 그리고 직업은 그리스 사람들 사이에
서는 조금도 부끄러운 것이 아니었기 때문에 그의 지위를
손상하는 것이 아니었다.'78)
　사실 나는 이 오락을 죄악시하는 사람들을 분별없는 자

────────────
77) 베르길리우스 〈전원시〉 8의 40.
78) 티투스 리비우스 ≪로마사≫ 24의 24.

들이라고 언제나 비난했습니다. 또한 우리나라 여러 도시에 당연히 들어올 만한 가치가 있는 배우들의 입국을 거부하고 민중에게 이 일반적인 오락을 준다는 것을 꺼리는 자들을 부정한 사람으로 비난했습니다. 훌륭한 정치는 신앙의 엄숙한 의식과 마찬가지로 경기나 유희에도 시민을 모으기에 마음을 씁니다.

사회의 융화와 교우관계가 그것에 의하여 증가합니다. 그리고 사람들이 있는 데서, 바로 관리들 앞에서 하는 이런 오락보다 더 질서 있는 오락을 제공할 수도 없습니다. 관리와 왕공들이 자기들의 비용으로, 민중에게 아버지다운 애정과 호의로 이런 상연물을 보여 주며, 인구 많은 도시에 숨어서 하는 나쁜 짓에서 마음을 돌리도록 이런 행사를 보여 줄 장소를 둔다는 것은 지당한 일이라 생각합니다.

내 이야기로 돌아와서, 공부를 하려는 의욕과 흥미를 돋우어 주는 것보다 더 효과적인 것은 없습니다. 그렇지 않으면 책을 억지로 짊어진 당나귀가 태어날 뿐입니다. 그들은 채찍을 맞아가면서 주머니 가득 학문을 쑤셔 넣습니다. 그러나 학문을 잘 쓰려면 그것을 담아 두기만 해서는 안 됩니다. 그것을 자기 것으로 만들어야 합니다.

[제26장]

우정에 대하여

나는 내가 고용하고 있는 화가가 일을 해나가는 과정을 보고는 그를 본뜨고 싶은 생각이 났다. 그는 벽면 하나하나의 한복판 가장 좋은 자리를 택하여, 그곳에 자기의 전 능력을 기울여 정성을 다해 그림을 그린다. 그리고 그 언저리의 빈 자리에는 그로테스크한 모양, 즉 다양하고 괴이한 매력만이 있는 공상적인 모양으로 메워 나가는 것이다. 나의 저작도, 사실을 말하면, 여러 가지 부분을 꿰매 놓은 뚜렷한 모습이 없는 무질서하고 난맥하고 조화가 없는, 모두가 엉망진창인 그로테스크한 괴물 같은 덩어리가 아니고 그 무엇이겠는가.

  상체는 미녀인데 하체는 물고기의 꼬리이다.[1]

나는 나의 화가와 두번째 점에서 견줄 만하다. 그러나 다른, 보다 나은 부분에서는 도저히 따라갈 수 없다. 왜냐하면 내 재능으로는 풍부하고 세련된 예술의 규칙에 따라 그림을 구상한다는 것은 어림도 없기 때문이다. 그래서 나는 에티엔느 드 라 보에티[2]로부터 그림 한 장을 빌려올

---

1) 호라티우스 ≪시론≫ 4.
2) 1530~1563. 몽테뉴가 보르도의 고등법원 참의였을 때 동료로 철학·문학에 대한 소양이 깊었다. 몽테뉴는 그와 평소에 친분이 두터웠으므로 그

생각이 났다. 그러면 그 그림이 이 저작의 다른 모든 부분을 빛내 줄 것이다.

그것은 그가, 〈자발적인 예속〉이라고 명명한 논문이지만, 그것을 모르는 사람들이 나중에 〈항의론〉이라고 하는 매우 훌륭한 이름으로 바꾸었다. 그는 이것을 아주 젊어서 습작으로 압제자에 대한 자유 옹호를 위해 쓴 것이다. 이 논문은 오래 전부터 이해력 있는 사람들에게 읽혀지고 있는데, 마땅히 장려할 가치있는 문장이다. 왜냐하면 그것은 정말 훌륭하고 말할 나위 없이 충실한 논문이기 때문이다. 그러나 이것이 그의 능력으로서 가장 훌륭한 것이라고 한다면 어림도 없는 일이다.

그리고 나이가 들어서 내가 그를 알게 된 시절에 내가 하는 것과 같은 의도로 그의 머리에 떠도는 생각을 글로 써둘 마음이 있었더라면, 그는 귀중한 작품들을 많이 창작해 내어, 우리들을 고대의 영광에 더 접근시켜 줄 수 있었을 것이다. 왜냐하면 특히 자연이 부여한 이 재능에 있어서, 나는 그와 필적할 만한 사람을 알지 못하기 때문이다. 그러나 그에게서 남은 것이라곤 이 논문과(이것은 우연히 남은 것으로, 그의 손에서 떠난 뒤로 그도 아마 이것을 보지 못했으리라) 우리의 내란에 의해 유명해진 '1월 칙령(勅令)'3)에 대한 약간의 비망록(역시 다른 곳에서 발행된

의 요절을 매우 슬퍼했다.
3) 1571년 1월에 샤를르 9세에 의하여 공포된 위그노들에 대한 신앙의 자유를 인정한 칙령.

것임)뿐이다.

이것이 내가 그의 유작으로 찾아낼 수 있었던 것의 전부
이다. 그는 금방 숨이 넘어가며 그렇게도 애정어린 당부와
함께, 그의 유서로 내가 출판한 그의 작품인 책자 말고도
나를 그의 장서와 서류의 상속자로 지정해 주었던 것이다.
그러나 나는 이 작은 책자에 특별한 애착을 느낀다. 그것
이 최근 우리 둘을 접근하게 한 구실이 되었던 것이다. 왜
냐하면 그것은 내가 그를 알기 훨씬 전에 내 수중에 들어
와 그의 이름을 알게 되어, 비로소 우리들의 우정의 길이
트이게 되었기 때문이다.

우리는 이 우정을 하느님이 축복을 내리시는 동안, 둘
사이에서 지극히 완전무결한 것으로 키워나갔다. 정말 이
와 같은 우정은 책에서도 읽어볼 수 없을 것이며, 인간들
사이에서도 그 자취를 찾아보지 못할 것이다. 또한 이런
우정을 이루기에는 하고많은 우연의 상봉이 필요할 것이
니, 이런 운명이 3세기에 한번 찾아든다 해도 그야말로 장
한 일이라고 하지 않을 수 없을 것이다. 교제라는 것만큼
자연이 우리를 그것으로 향하게 하는 것으로 생각되는 것
은 아무것도 없다. 아리스토텔레스도 훌륭한 입법자들은
정의보다도 우정에 더 한층 마음을 썼노라고 말하고 있
다.4) 그런데 우정의 마지막 완성의 극치라고 할 만한 것이
바로 이 우정이다. 왜냐하면 대개 쾌락·이익·공사의 필
요에 의하여 만들어져 키워 올린 교제는 우정 속에서, 그

---

4) 아리스토텔레스 〈니코마코스 윤리학〉 8의 1.

것 이외의 원인과 목적과 성과를 혼합하기 때문에 그만큼 아름답지도 너그럽지도 않으며, 또한 그만큼 우정답지도 않은 것이다. 고대인이 말하는 네 종류의 교제, 즉 자연적인 교제, 사회적인 교제, 주객(主客)간의 교제, 성(性)적인 교제는 이것들을 개별적으로 보거나 일괄적으로 보거나 우정의 경지에 다다를 수는 없다.

어린이들의 아버지에 대한 애정은 차라리 존경심이다. 우정은 친구간의 기분을 서로 나눔으로써 배양되는 것인 바, 이것은 부자간에서는 불가능하다. 부자간은 너무나 의사소통이 잘 안 되기 때문이며, 또한 그것은 아마도 자연의 의무에도 위배될 것이다. 왜냐하면 아버지의 모든 비밀을 자녀에게 터놓고 전달하는 것은 격에 맞지 않는 친밀성이며, 우정의 일차적인 봉사의 하나인 견책과 교정은 자녀들이 아버지에게 행사할 수 없기 때문이다.

어느 나라에서는 관습으로 부자간에 일어날 수 있는 장해를 피하기 위해 아들이 아비를 죽이고, 다른 데서는 아비가 아들을 죽인 일이 있다. 그래서 당연한 일로 한 쪽이 잘되려면 다른 쪽이 없어져야만 하였다. 철학자들 중에는 이 부자간의 자연적인 결연을 경멸하는 자도 있었다. 그것에는 아리스티포스라는 증인이 있다. 어떤 사람이 그에게, "자식들은 당신 자신에서 나온 것이니 애정을 가져야 한다."라고 말했다.5) 또한 다른 한 사람은, 플루타르코스가 그의 형제와 화해시키려고 하니까, "같은 구멍에서 나왔다고 해

---

5) 디오게네스 라에르티오스 〈아리스티포스 편〉 2의 81.

서 특히 그를 좋게 보아 줄 의향은 없지."라고 말했다.6)

　참으로 형제라는 이름은 아름답고, 애정이 넘쳐 흐르는 이름이다. 그 때문에 그(라 보에티)와 나는 이 이름으로 결맹을 맺었다. 그러나 재산의 공유라든가 분배, 그리고 한쪽이 부유해지면 다른 쪽이 가난하게 된다는 것이 이 형제간의 결합을 놀랄 만큼 무너뜨린다. 형제는 같은 길을 같은 보조로 입신출세를 향해 나아가야 하기 때문에 가끔은 충돌을 피할 수 없다. 하물며 저 참답고 완전한 우정을 낳게 하는 의기투합과 친분을 어떻게 형제간에서 찾아낼 수 있겠는가. 아버지와 자식은 성격이 완전히 다를 수도 있다. 형제간도 매한가지이다. "저건 내 자식이다. 저건 내 아버지다. 그런데 저건 잔인하고 사악하고 어리석은 인간이다."라고 말할 수도 있다. 그리고 이것은 법률과 자연의 의무가 우리에게 명령하는 결합이기 때문에, 그곳에는 그만큼 우리의 선택과 의지의 자유가 적게 마련이다. 그리고 우리의 자유의사가 만들어 내는 것으로 연애와 우정만큼 그것에 합당하는 것은 아무 데도 없다. 그렇다고 이런 부자간·형제간에 있을 수 있는 가장 아름다운 애정을 경험해 보지 않은 것은 아니다. 더욱이 나의 아버지는 노령에 이르기까지 세상에서 가장 훌륭한 분으로서 대단히 너그러웠고, 형제간에 의좋기론 대대로 유명했는데, 그것은 모범적인 집안에서 자랐기 때문이었다

---

6) 플루타르코스 ≪윤리논집≫ 〈형제애에 대하여〉.

　그리고 나 자신, 동생들에 대한 자애로운 아버지처럼 애정으로 알려졌었다.7)

　이것을 여성에 대한 연애와 비교한다는 것은(그 애정이 우리들의 선택에 의한 것이기는 해도) 불가능하며, 같은 범주에 넣을 수도 없는 일이다. 정직하게 말해서 연애의 불길은,

　　왜냐하면 (사랑의) 괴로움에 쓰고 단 기쁨을 섞는 여신이 나를 모를 바 아니려니.8)

보다 활기를 띠고, 보다 뜨겁고, 보다 격렬하다. 그러나 그것은 맹목적이고 경망하고 동요하여 언제나 변하기 쉬운 불길이며, 금시 타오르다가 금시 꺼지는 열병환자의 불길 같은 것이며, 우리들의 한 구석밖에 잡지 못하는 불꽃이다. 우정은 전신을 꿰뚫고는 있으나 소극적이고 고른 열이며, 견고하고도 침착하며, 거칠고 찌르는 것이라고는 없는 아주 부드럽고 매끈한 열이다. 더욱이 사랑의 열은 달아나는 것을 뒤쫓는 광적인 욕망에 불과하다.

　　그는 마치, 추울 때나 더울 때나 산을 넘고 골짜기를 건너, 토끼를 쫓는 사냥꾼 같다. 그는 이미 잡은 것은 바라보지도 않는다. 그저 달아나는 것만을 쫓아간다.9)

7) 호라티우스 〈카르미나〉 2의 2의 6.
8) 카툴루스 〈풍자시〉 68의 17.
9) 원문 이탈리아어. 아리오스토 〈노한 올란도〉 10의 7.

이 열(사랑)은 우정의 영역 내에 들어오면, 즉 남녀 두 사람의 의사가 서로 통하면 바로 수그러져 꺼져버린다. 향락은 그것을 소멸시킨다. 그 목적이 육체적이요, 포만을 면할 수 없기 때문이다. 우정은 그와 반대로 욕망이 있으면 있을수록 향락할 수 있으며, 또한 그 향락에 의해서만 고조되고 가꾸어지고 증가한다. 그것은 정신적이며, 정신은 사용함으로써 세련되어지기 때문이다.

일찍이 이 완전한 우정의 지배를 받고 있는 동안에 이런 변화무쌍한 사랑의 감정이 내 속에 자리를 차지한 일이 있었다. 그 (라 보에티)의 일은 자기 자신이 자기 시에서 지나칠 정도로 고백하고 있으므로 내가 말할 필요가 없다. 이처럼 해서 이 두 개의 감정이 내 속에서 서로 인정하면서 들어앉게 된 것이다. 그러나 함께 어깨를 나란히 한 적은 없다. 우정은 그 높고 당당한 비상(飛翔)을 멈추지 않고, 사랑이 멀리 저 아래 길을 걷고 있는 것을 경멸의 눈초리로 내려다보면서 유유히 날고 있었던 것이다.

결혼으로 말하면, 그것은 가입만이 자유로운 계약이며, (그 생활의 계속은 우리의 의사 이외의 것으로써 구속과 강제성이 있다.) 또한 대개는 다른 여러 가지 목적을 위한 계약이라는 것밖에도, 그곳에는 그것과는 관계없는 많은 분규가 일어나 강한 애정의 줄을 끊고 흐름을 혼탁하게 한다.

그런데 우정에는 그 자체 외에는 아무런 일도 홍정도 없다. 뿐만 아니라 사실을 말하면, 여자들의 일반적인 능력은 이 거룩한 결합을 가꾸어 가는 유모(乳母)인 화합과 친

교에 적합한 소질을 갖지 못하며, 그녀들의 영혼은 이 견
고하고 지속적인 결합의 포옹을 지탱해 나갈 만큼 충분한
힘이 있을 것 같지도 않다. 그리고 진실로 남녀간의 애정
이 그렇지 않고, 정신이 아주 전적인 향락을 가질 뿐 아니
라, 육체도 그 결합에 참여하여 인간이 전적으로 매이는
저 자유롭고 임의적인 친교가 설 수 있다면, 우정은 그 때
문에 더욱 충만하고 더욱 완벽하게 될 것은 확실하다. 그
러나 여성들은 어느 예를 가지고도 아직 거기에 도달해 본
일이 없다. 그리고 옛 학파들은 전반적으로 여성을 이 우
정에서 제외하는 데 의견이 일치하고 있다.

그리고 이것과는 다른 그리스 사람의 방종한 사랑(동성
애)도 당연히 우리의 관습에 의해서 혐오되고 있다. 이것
또한 그들의 습관에 따라 애인들 사이에 필연적으로 나이
의 차가 심하고 봉사하는 성질이 다르기 때문에 여기서 우
리가 요구하는 우정의 조건인 완전한 결합과 조화를 충분
히 얻을 수는 없을 것이다. "도대체 그대가 말하는 우정의
사랑이란 무엇인가? 왜 아무도 흉한 젊은이나 잘난 노인을
사랑하지 않는가?"10)

사실, 만일 내가 동성애에 관하여 다음과 같이 말한다
해도 아카데미(플라톤의 학교)가 말하는 바와 모순되지 않
는다고 생각된다. 즉, 베누스의 아들이 청춘의 꽃다운 모
습을 가지고, 그 애인의 마음을 사로잡았던 초기의 무절제
한 정열에는 모든 당돌한 광태(狂態)가 섞여 있지만, 그것

10) 키케로 〈투스클라눔〉 4의 33.

은 오직 육체적 생식의 그릇된 영상인 외적의 미에 근거를
두고 있었다. 왜냐하면 정신은 지금 겨우 돋아나는 상태에
있으며, 싹이 틀 나이가 되기 전이고, 정신의 모습은 가리
워져 있기 때문에 그 우정은 정신에 작용하지 못하는 것이
었다.

이 광열(狂熱)에 사로잡힌 자가 천한 마음을 가졌다면,
그가 사랑을 추구하는 방법은 재산·선물·직위·승진에
관한 은혜, 기타 이런 따위의 대부분 사람들로부터 비난받
는 천한 대가로 흥정하는 것이다. 만일 이 애정이 보다 고
결한 마음을 가진 사람에게 뿌리 박히면 그 방법도 고결하
게 된다. 즉, 그것은 철학적인 교육을 받아 종교를 숭앙하
고 법률을 지키고 조국을 위해 죽기를 배우고 용기와 분별
과 정의의 모범을 보인다는 것이었다.

사랑하는 쪽에서 보면, 그 육체미는 먼 옛날에 사라졌으
므로 영혼의 우아함과 아름다움에 의하여 상대방 소년의
사랑을 얻으려 노력하며, 정신적인 유대로 보다 견고하고
오래 지속될 수 있는 관계를 맺으려고 희망했던 것이다.
이러한 애모가 머잖아 때가 되어 결실을 맺게 되면―왜냐
하면 그리스 사람은 사랑하는 자에게는 애정의 추구에 시
간을 두어 신중하게 하기를 요구하지 않았지만, 사랑을 받
는 편의 소년에게는 이것을 엄격히 요구하였기 때문이다.
왜냐하면 소년은 인식하고 발견하기가 곤란한 내적인 미를
판단하지 않으면 안 되기 때문이다―사랑을 받는 소년의
마음에, 정신적인 미를 통하여 정신적인 인식에 다다르고

자 하는 욕구가 생긴다.

그에게는 이 정신적인 미야말로 근본적인 것이며, 육체적인 미는 부수적이고 제2의적(第二義的)인 것이다. 그것은 사랑하는 자와는 정반대이다. 그런 까닭으로 그리스 사람들은 사랑받는 소년을 더욱 중하게 여기고 여러 신들도 그편을 더 중시한다고 증언하고 있다. 그래서 그들은 시인 아이스킬로스가 아킬레우스와 파트로클레스와의 사랑을 묘사하는 데 있어, 생생한 젊음에 넘쳐 흐르고 아직 수염도 나지 않은 그리스 제일의 미소년인 아킬레우스에게 사랑하는 자의 역할을 준 것을 비난하고 있다. 그리스 사람들의 말에 의하면,

"이와 같은 완전한 결합이 이루어져, 두 사람 중에 더 주장되고 더 훌륭한 쪽이 주도권을 쥐고 일을 해나가면, 그리고 그것을 습관으로 하는 국민에게는 국력이 증강되고 정의와 자유의 주요한 수호자 될 수 있다. 하르모디오스와 아리스토게이톤의 건전한 사랑이 그 좋은 증거이다."라는 것이다.11)

그래서 그들은 이것을 신성하고 숭고한 사랑이라고 하는 것이다. 그리고 그들의 사고에 의하면, 참주(폭군)들의 포악함과 국민의 비굴성만이 그들에게 반대한다는 것이다.

---

11) 양자는 다 기원전 6세기의 아테네의 귀족. 사사로운 원한으로 공모하여 참주(僭主) 히피아스와 그의 동생 히파르코스를 살해하려 했으나 동생만 죽이고 실패하여, 하르모디오스는 그 자리에서 죽고 아리스토게이톤은 잡혀 처형됐다. 그러나 3년 뒤 히피아스가 추방당했기 때문에 이 두 사람은 아테네의 해방자로 칭송받았다.

어떻든 우리가 아카데미를 두둔하여 말할 수 있는 것은 이
동성애라는 것이 결국은 우정에 귀착하는 사랑이라는 사실
이다. 이것은 스토아 학파의 '사랑이란 아름다운 사람의 우
정을 얻으려는 노력이다.'12)라고 하는 사랑의 정의와 대체
로 일치한다. 그러면 다음에 이보다 훨씬 더 공정하고 정
당한 우정에 대하여 말하려고 한다. '일반적으로 사람의 성
격과 연령이 무르익고 굳어지기 전에는 그 우정이 진짜인
지 아닌지를 판단하기 힘들다.'13)

요컨대 우리들이 보통 친구니 우정이니 하는 것은 어떤
기회에 또는 이익을 위하여 맺어진 지우 관계이거나 친교
에 불과하며, 우리의 영혼도 오직 그것에 의하여 연결되어
있는 데 지나지 않는다. 그러나 내가 말하는 우정에서는 두
사람의 마음이 혼연일체가 되어 두 개를 합치고 있는 꿰맨
자국조차 보이지 않을 정도의 것이다. 만일 누가, 왜 그를
사랑하느냐고 물어 온다면, "그것이 그였고, 그것이 나였기
때문이다."라고밖에 달리 대답할 길이 없을 것 같다.

여기에는 나의 모든 이성을 넘어서, 내가 사적으로 말할
수 있는 것을 넘어서, 이 결합의 매개체가 된, 뭐라 설명할
수 없는 숙명적인 힘이 작용하고 있다. 우리는 서로 만나
기 전에 서로에 대한 소문을 듣고 서로를 찾고 있었다. 우
리 귀에 들려오는 서로의 소문은, 우리 마음에 그 소문이
지니고 있는 것 이상의 인상을 심었다. 그것은 무엇인가

---

12) 키케로 〈우정〉.
13) 키케로 〈우정〉 20.

하늘의 계시에 의한 것이었다고 나는 믿는다. 우리는 서로
의 이름으로 서로를 포옹하고 있다. 그리고 우연히 시내의
어느 축제 모임에서 처음 만났을 때, 우리는 서로 완전히
매혹되어 친숙해지고 결합되었다.

그때부터 우리에게는 세상에 우리 둘의 사이보다 더 가
까운 사이가 없을 정도가 되었다. 그는 한 편의 훌륭한 라
틴어 풍자시를—출판되었지만—썼는데, 거기에서 그는 우
리들 상호간의 이해가 너무나 급속히 이루어진 사연을 설
명하고 있다. 우리의 우정은 그 기간도 지극히 짧았고 시
작도 너무 늦었기 때문에—우리는 둘 다 어른으로 그가 나
보다 몇 살 연상이었으니까14)—시간을 낭비할 여유도 없
었고, 다른 우정처럼 그 전에 먼저 오래 두고 교류를 가져
조심해서 상대하며 미리 교제하다가 이루어지는 정상적인
유약한 우정의 본을 따를 수도 없었다.

이 우정은 그 자체 밖에 다른 생각이 없었고, 그 자체
밖에 인연지을 수도 없었다. 그것은 한 가지 특별한 생각
도, 둘·셋·넷·천의 생각도 아니었다. 그것은 무엇인지
모르는 이 모든 것의 혼합된 정수(精髓)였으며, 내 전 의
지를 사로잡아 그의 의지 속에 몰입시켜 지워 버렸고, 그
의 전 의지를 사로잡아 하나의 갈망으로 똑같은 경쟁에서
내 의지 속에 몰입시켜 지워 버렸던 것이다. 내가 지워 버
렸다고 말했지만, 실은 우리 자신의 것이라고는, 또 그의
것도 나의 것도 남긴 것이 없었던 것이다.

---

14) 두 사람이 서로 알게 된 것은 몽테뉴가 25세, 라 보에티가 28세 때였다.

티베리우스 그락쿠스[15])의 처형이 있은 뒤, 그와 기백이
상통하는 자들을 모조리 추소(追訴)하고 있던 로마의 집정
관들을 앞에 두고 라엘리우스[16])가 카이우스 블로시우스
(이 사람은 그라쿠스와 제일 친한 친구였다)를 심문하는
자리에서, "그대는 그라쿠스를 위하여 어떤 일을 하겠는
가?"라고 물었다. 카이우스 블로시우스가, "모든 일을!" 하
며 대답하자, "뭐, 모든 일? 그래 그가 그대에게 우리 사원
에 불을 지르라고 하면?" 하고 이어 물으니, "그는 결코 그
런 일을 요구하지 않을 것이오."라고 대꾸하였다. "그렇더
라도 만일 명령했다면?"하고 라엘리우스가 다구쳐 묻자,
"복종했을 것이오."라고 대답하였다.

역사가들이 말하듯, 그가 그렇게도 완벽하게 그라쿠스의
친구였다면 그는 이 마지막의 과감한 고백으로 집정관들을
모욕할 필요가 없었을 것이며, 그가 그라쿠스의 의지에 대
해서 가진 확신을 버려서는 안 될 일이었다. 그러나 이 대
답을 반란적이라고 비난하는 자들은 이 우정의 신비를 이
해하지 못하고, 블로시우스가 그 현실대로 우정의 힘과 이
해에 의해서 그라쿠스의 의지를 장악하고 있었다는 것을
미리 짐작하지 못한 것이다. 그들은 서로가 시민인 이상으
로 서로 친구였다. 서로 자신을 온통 맡겨 버렸으므로 상
대방의 의향을 완전히 꿰고 있었던 것이다.

---

15) 기원전 163~132. 로마의 정치가. 당시 대토지 소유의 제한을 민회(民
    會)에 제출하여 통과시킴. 개혁이 너무 과격하여 원로원을 자극, 마침내
    암살당함.
16) 로마의 군인·정치가. 스토아 철학에 통달한 웅변가.

그리고 이 한 쌍의 이성의 힘과 지도에 이끌려 가고 있었다면―그것 없이 이 한 쌍을 결합시킬 수는 도저히 없었을 것이니―블로시우스의 대답은 마땅히 그러해야만 했을 것이다. 만일 그들의 행위가 제각기 흩어졌더라면, 그들은 이미 내가 생각하는 친구도 아니며, 그들 자신에게도 친구일 수는 없었을 것이다. 또한 누군가 나에게 "만일 당신의 의지가 당신에게 딸을 죽이라 명령한다면 정말 죽이겠는가?"라고 물었을 때, 내가 "죽이겠다."고 대답했다 해도 그 대답은 진실성이 없는 것처럼, 블로시우스의 그 대답도 진실성을 결여된 것이다. 사실상 그 대답은 그런 행동을 하는 데 동의한다는 증거가 보이지 않는다. 왜냐하면 나는 나의 의지에 대하여 아무런 의심도 품지 않으며, 나의 친구의 의지에 대해서도 똑같이 의심하지 않기 때문이다.

세상의 어떠한 공론도 나와 나의 친구(라 보에티)의 의도와 판단에 대하여 품고 있는 확신을 무너뜨리지는 못한다. 그의 행동이 어떠한 형태로 보여져도, 그 동기를 알아보지 못할 것은 아무것도 없다. 우리들의 마음은 하나로 꼭 뭉쳐 있고, 열렬한 애정으로 각자의 오장육부까지 서로 드러내놓은 똑같은 애정으로 서로 살펴 주고 있기 때문에, 나는 그의 마음을 내 것같이 알고 있을 뿐만 아니라, 내 일에 나를 믿기보다도 확실히 그를 더 기꺼이 믿어 주었을 것이다.

우리의 우정과 다른 범속한 우정을 같은 계열에 놓지 말기를 바란다. 나는 어느 누구보다도 평범한 우정에 관해서 알고 있으며, 또한 가장 완전한 우정도 알고 있다. 그러나 이 두 가지 우정을 혼동하기를 원치 않는다. 그것은 오해의 시초이다. 이러한 범속한 우정에 있어서는 고삐를 손에 잡고 조심조심 나가야 한다. 그 결합은 의심할 여지가 없을 정도로 긴밀하지는 못하다. "그를 언젠가는 미워하지 않으면 안 될 것으로 생각하고 사랑하라. 언젠가는 사랑해야 할 것으로 생각하고 미워하라."라고 킬론은 말하였다. 이 교훈은 우리의 최고의 우정에 있어서는 극히 자랑스럽게 울리지만, 일반적인 우정에는 지극히 유용하다. 대개의 우정에는 아리스토텔레스가 즐겨 쓰던 말, "오오, 친구여! 친구란 없구나."가 적용되어야 할 것이다.

이런 우리들의 고상한 교제에서는, 다른 우정을 가꾸어 내는 봉사와 혜택 따위는 고려할 여지도 없다. 우리들 둘의 의지가 완전히 융합하고 있기 때문이다. 왜냐하면 스토아 학파가 뭐라 하건, 내가 필요한 때 내 자신에게 주는 도움 때문에 늘어나지도 않고, 내가 내 자신에게 해주는 봉사에 어떠한 감사도 느끼지 못하는 것처럼, 이러한 친구 사이의 결합은 정말로 완전하기 때문에 그러한 의무감을 없애고 둘 사이에 은혜·은의·간청·감사 따위의 분열과 차별을 의미하는 말을 쓰기를 기피하고 배척하게 한다.

사실상 둘 사이에는 의지·사상·판단·재산·아내·자식·명예·생명 등, 진실로 모든 것이 공통적이며, 두 사람의 화합은 아리스토텔레스의 지극히 적절한 정의에 의하면, 몸은 둘, 마음은 하나에 불과하기 때문에 서로 무엇을

빌린다든가 준다든가 할 수가 없다. 그 때문에 법을 만드
는 자들이 결혼이란 것에 이 거룩한 결합과의 어느 상상적
유사성으로 명예를 주기 위하여 남편과 아내 사이에 증여
행위를 금하고 있는 것은, 그리하여 모든 것이 각자의 것
이 되며 둘이 아무것도 쪼개 갖거나 떼어 갖지 못하게 하
려는 것이다.

지금 내가 말하는 우정에서는 만일 한편이 상대편에게
무엇을 주는 수가 있다면 그것을 받아 주는 일이 은혜가
되며, 그것은 그의 친구로 하여금 감사의 마음을 품게 할
것이다. 왜냐하면 각자가 무엇보다도 상대방에게 더 좋은
일을 해주고 싶어하기 때문에 그런 자료와 기회를 대주는
자는 자기 친구가 가장 바라는 일을 대신 실현시키며 그에
게 만족을 주는 관대한 일을 한 것이 된다. 철학자 디오게
네스는 돈이 떨어졌을 때, 친구들에게 돈을 빌려 달라고
하는 것이 아니고, 돈을 돌려 달라고 했다 한다. 그리고 실
제로 이런 일이 실행되고 있음을 보여 주기 위해 여기 오
래 전의 흐뭇한 실례 하나를 들어보겠다.

코린트 사람 에우다미다스에게는 시키온 사람 카리크세
누스와 코린트 사람 아레테우스라는 두 친구가 있었다. 항
상 가난하였던 그는 임종 때, 부자인 두 친구에게 이렇게
유언하였다.

"아레테우스에게는 내 모친을 부양하고 그 노후를 보살펴
줄 일을 상속한다. 카리크세누스에게는 내 딸을 결혼시키
고, 가능한 한 지참금을 줄 것을 상속한다. 그리고 둘 중에

하나가 죽을 경우에는 살아남은 자가 그 권리를 대행한다."

이 유서를 처음 본 사람들은 모두 비웃었다. 그러나 두 사람의 상속인들은 그 말을 듣고 아주 만족한 표정으로 그것을 수락하였다. 그러다가 그들 중의 하나인 카리크세누스가 5일 뒤에 죽어서, 상속의 대리권이 아레테우스에게 넘어갔다. 그는 지극히 정중하게 그 모친을 부양하고, 또한 재산으로 가지고 있던 5탈렌트 중에서 2탈렌트 반은 자기 딸에게, 나머지 2탈렌트 반은 에우다미다스의 딸에게 주어 같은 날 둘의 결혼식을 올렸다.

이런 예는 거의 완벽한 것이지만 단 한 가지 유감스런 점이 있다. 그것은 친구가 복수였다는 점이다. 왜냐하면 내가 말하는 완전한 우정은 분할이 불가능하기 때문이다. 각자는 자기 친구에게 자신을 몽땅 주어 버리므로 자기에게는 달리 분배할 것이 아무것도 남지 않게 된다. 뿐더러 자기가 둘·셋·넷이 있지 못하고, 또한 여러 마음, 여러 의지를 갖지 못하여 이 모두를 단 한 대상에게 넘겨 줄 수 없는 것이 유감이다.

일반적인 우정이라면 분할이 가능하다. 어떤 자에게는 그 미모를 사랑하고 또 어떤 자에게는 그 느슨한 습성을, 또 어떤 자에게는 관대한 마음씨를, 또 다른 자에게는 형제와 같은 애정을, 또한 다른 자에게는 아버지와 같은 자애로움을 하는 식으로 사랑할 수 있다. 그러나 영혼을 점유하고, 절대적으로 지배하는 이 우정은 두 개가 될 수 없다. 만일 두 사람이 구원을 청해 오면, 어느 쪽으로 달려갈 것인가. 만일 두 사람이 상반되는 봉사를 청해 온다면 어떻게 서열을 매길 것인가. 만일 한쪽이 알고 싶어하는 것을 다른 한쪽은 비밀로 부쳐 달라고 당부한다면 어떻게 이 일을 해결할 것인가.

그러나 유일한 최고의 우정은 다른 모든 의무를 면제해 준다. 내가 남에게 누설하지 않겠다고 맹세한 비밀도 남이 아닌, 즉 내 자신과 같은 사람에게라면 그 비밀을 전해 줘도 배반하는 것이 아니다. 자신을 두 개로 만든다는 것조차 굉장한 기적일 텐데, 하물며 그것을 세 개로 만든다는 사람들은 우정의 높이를 모르는 자들이다. 무엇이건 그 자신과 같은 것이 있다는 것은 최고가 못 된다. 그래서 나는 두 사람의 인간을 어느 쪽도 다같이 사랑하고, 그들도 서로 사랑하며 동시에 나까지도 사랑한다는 것을 상상하는 자는, 절대적으로 유일한 것, 단 하나라도 이 세상에서 가장 찾아보기 힘드는 것을 다수에게 분할하려는 자이다.

이 이야기의 다른 부분은 내가 말한 것에 아주 잘 들어맞는다. 왜냐하면 에우다미다스는 자기 친구들을 자기 필요에 따라 이용한 것을, 그들에게 은혜와 혜택을 주는 일로 간주했기 때문이다. 그는 그들을 자기에게 친절을 다한다는 자기 자신의 재산의 상속인으로 삼은 것이다. 그러니 우정의 강도는 아레테우스의 행위보다도 그의 행위에 훨씬 더 풍부하게 나타나고 있는 것을 의심할 여지 없다. 결국 이것은 우정을 맛보지 못한 자에게는 상상할 수도 없는 행동이다. 이런 점에서 나는 한 젊은 병졸이 키로스에게 한 대답은 훌륭하다고 칭찬하고 싶다. 키로스가 그 병졸에게 경기에서 승리한 말을 얼마에 팔겠느냐, 왕국을 주면 그 말하고 바꾸겠느냐고 물어 보자.

"폐하! 그것은 절대로 못합니다. 그러나 만일 친구로서 사귈 만한 사람이 있다면, 그리고 그 친구를 얻기 위해서라면 기꺼이 이 말을 내놓겠습니다."라고 하였다. '만일 있다면'이란 정말 멋있는 대답이다. 왜냐하면 겉으로 사귀기에 적당한 사람은 많지만, 마음속으로 사귀고, 무엇이건 털어놓을 수 있는 우정이란 확실히 모든 동기가 완전히 순수하고 진실해야만 하기 때문이다.

한끝으로만 매어 있는 결합에서는 특히 이 한끝에 관계되는 불완전한 것만의 보충을 받을 뿐이다. 나의 의사와 변호사가 어떠한 종교를 믿건 그것은 나에게 아무래도 좋다. 그러한 것은 그들의 나에 대한 우정의 작용과는 아무 관계도 없다. 그리고 나와 고용인들 사이에 일어나는 집안에서의 관계도 나는 똑같이 생각한다. 나는 하인이 정숙한 것보다 근면한 것을 문제삼는다. 그리고 마부가 노름을 하건 내 요리사가 욕을 하건 그것을 관계치 않는다. 그저 무능하지만 않으면 그만이다. 나는 세상에서 해야 할 일이 이렇고 저렇고에 대해 말참견하지 않는다. 그렇게 할 사람은 많다. 나는 내가 하고 있는 일을 말할 뿐이다.

이것이 내가 하는 일이다. 그대는 그대가 좋을 대로 하라.[17]

---

17) 테렌티우스 〈헤아우톤티모로우메노스〉 1의 1의 28.

식탁에서 친밀감을 돋우기 위해선 나는 신중한 사람보다는 재미있는 사람을 택한다. 잠자리에서는 훌륭한 여자보다는 아름다운 여자를, 논의하는 자리에서는 다소 정직하지 않더라도 유능한 사람을 택하고…… 기타의 경우에도 매한가지이다.

어떤 사람이 막대기 위에서 말타기를 하며 자기 아이들과 놀고 있다가 그 모습을 보는 길손에게, "당신도 아버지가 될 때까진 아무 말도 마오." 하고 말했다. 그 사람도 자식을 가져 아버지로서의 애정을 알게 되면 자기가 하는 짓을 올바르게 판단할 수 있으리라고 생각했던 것이다. 이와 마찬가지로 나도 지금 말하고 있는 것을, 그것을 겪어 본 자들에게 말해 보고 싶다. 그러나 나는 이와 같은 우정이 얼마나 일반 사회의 습관에서 멀리 떨어져 있으며, 얼마나 드문 일인가를 알고 있기 때문에, 그것을 잘 이해해 줄 사람이 있으리라고 기대하지는 않는다. 정말 이 일에 대하여 예로부터 전해 온 이야기까지도 내 자신의 감정에 비하면 미지근하기만 하다. 그리고 이 점에 관해서는 경험의 가르침이 철학의 가르침보다도 훨씬 능가하는 것이다.

　　나에게 양식(良識)이 있는 한, 좋은 친구에 비길 것은 아무
　것도 없다.[18]

메난데르[19]는 사람은 친구의 그림자만 보아도 행복하다

─────────────────
18) 호라티우스 〈풍자시〉 1의 5의 44.
19) 기원전 342~291, 아테네 태생의 희극작가.

고 말했다. 그의 말은 지당하다. 만일 그가 경험으로 그렇게 말했다면 더욱 그러하다. 나는 하느님의 은혜로 지금까지 일생을 즐겁게, 평화롭게, 그리고 그와의 사별을 제외하고는 심한 슬픔도 없이, 마음은 편안하고, 타고난 자질에 만족하여 그 이상의 것은 바라지도 않고 살아왔지만, 정말로 만일 생애의 전부를—나는 감히 전부라고 말한다—그와의 감미로운 교제를 누리기 위하여 바쳐진 4년간에 비교해 보면, 그것은 덧없는 연기에 불과하며, 어둡고 지루한 밤에 지나지 않았다. 내가 그를 잃은 날부터,

(오 제신이여! 이것이 그대들의 뜻이었으니!) 그날은 영원히 슬프고 성스러운 날이 될 것이다.[20]

나는 그저 힘없이 살아갈 뿐이다. 그리고 내 앞에 나타나는 쾌락조차도 나를 위로하기는커녕 그를 잃은 슬픔을 한층 더 느끼게 한다. 우리는 무엇이나 반쪽이었다. 그러므로 지금 나는 그의 몫을 빼앗고 있는 것 같다.

나는 삶을 같이하는 친구가 없는 한, 어떠한 즐거움도 가질 수 없다고 결심했다.[21]

나는 어디서나 그의 반신이라는 것에 습관이 되어, 지금은 내 반쪽만이 살아 있는 것 같다.

---

20) 베르길리우스 《아에네이스》 5의 49.
21) 테렌티우스 〈헤아우톤티모로우메노스〉 1의 1의 97.

때아닌 빠른 죽음이 내 영혼의 반을 앗아갔는데, 나머지 반쪽은 무얼 이렇게 늑장 부리는가? 이미 아깝지도 않은 생명이건만, 살아서 보람된 인생도 아니건만, 그날이 바로 우리의 마지막 날이었거늘.22)

무엇을 하건, 무엇을 생각하건 그가 없다는 것은 역시 쓸쓸하다. 만일 입장이 바뀌었더라면 역시 그도 그러했으리라. 왜냐하면 그는 모든 다른 재능과 덕성에 있어 나보다 월등 탁월했을 뿐만 아니라, 우정의 의무에서도 그러했기 때문이다.

이렇게 그리운 사람의 죽음을 애도함에, 수치니 절제니 하는 것이 있을 수 있겠는가?23)

오! 형제여, 그대를 잃어 얼마나 슬픈가. 그대와 더불어 그대의 달콤한 우정이 키워 준 우리의 기쁨도 모두 사라져버렸다. 그대의 죽음은 나의 기쁨을 때려 눕혔다. 그대와 더불어 우리의 영혼은 모조리 매장되었다. 그대가 죽은 이후, 나는 공부와 기쁨을 몽땅 내몰았다. 그대와 이야기할 날이 또다시 있을까? 그대의 목소리를 또다시 들을 수 있을까? 그대를 볼 날은 영원히 없단 말인가? 하지만 나는 언제까지나 그대를 사랑하리.24)

그러나 열여섯 살의 소년의 말을 좀 들어 보자.
나는 그의 작품이, 그 후에 국가를 개량한다는 것은 염

---

22) 호라티우스 〈카르미나〉 2의 17의 5.
23) 호라티우스 〈카르미나〉 1의 24의 1.
24) 카툴루스 68의 20 및 65의 9.

두에도 두지 않고, 오로지 국가를 혼란케 하여 변혁하려는
자들의 손에 의하여 좋지 못한 목적으로 간행된 것을 보았
고, 또한 그들이 그것을, 자기들이 마음대로 문장을 만들
어 함께 간행했다는 사실을 알았기 때문에 그것을 여기에
함께 실어 볼 생각을 포기하였다.[25]

그리고 이 저자의 추억이, 그의 사상이나 행동을 자세히
모르는 사람들의 눈에 나쁘게 비칠까 봐 나는 다음과 같이
덧붙여 둔다. 즉, 그 주제는, 그가 소년 시절에 다만 습작
으로 그때까지 여러 서적에서 따온 평범한 재료를 가지고
꾸며낸 것에 불과하다. 나는 그가 자신이 쓴 것을 그대로
믿고 있었다는 것을 결코 의심치 않는다. 그는 농담으로라
도 거짓말을 하지 않을 정도로 정직했으니까…….

또한 나는, 만일 그가 어느 쪽을 택할 것인가에 있어서
는, 사를라크[26]보다는 차라리 베니스에서 태어나기를 원
했을 것이라는 것도 잘 알고 있다. 그것은 당연한 일이다.
그러나 그에게는 자기 마음에 깊이 새겨 둔 계율이 있었
다. 그것은 자기가 태어난 나라의 법률에는 지극히 경건한
마음으로 복종한다는 것이다. 일찍이 그만큼 선량한 시민
인 동시에 나라의 평화를 사랑하고, 당시의 혼란과 혁신을
적으로 생각했던 사람은 없다. 그는 자기의 재능을 혼란이

---

25) 라 보에티의 〈자발적 예속〉이 1574년에는 그 일부가 Le Réveille-Matin
des François에, 1576년에는 그 전부가 Mémoires de l'état de France
sous Charles neuviéme에 게재되었으나, 그것이 신교도들의 바로아 왕조
공격의 글과 함께 실려 혁신 세력에 이용되었다.
26) 페리고르 지방의 라 보에티의 출생지.

나 혁신을 선동시키기보다는 오히려 그것을 진압하려는 데
사용하고 싶었을 것이다. 그는 현 세기보다도 다른 시대의
틀에 자기 정신을 투입했던 것이다.

　자, 그러면 이 근실하고 정직한 작품 대신에 다른, 같은
연령에 저작된, 보다 더 쾌활하고 즐거운 것을 여기에 넣
기로 한다.

[제28장]

옷입는 습관에 대하여

어디를 가려 해도 나는 습관이라는 장벽에 부딪힌다. 그
만큼 습관은 우리의 통로를 한사코 가로막고 있다. 요즘처
럼 추운 계절이면 나는 이런 생각을 하곤 했다. 도대체 최
근에 발견된, 저 여러 민족의 알몸으로 걸어다니는 습관은
인도 사람이나 모르 사람의 경우처럼 더위 때문에 생긴 불
가피한 습관인가, 아니면 인간 본연의 상태인가 하는 생각
말이다. 성경에서도 말씀하듯[1] 하늘 아래 있는 것은 모두
같은 법칙에 지배받고 있기 때문에, 분별 있는 사람들은
이와 같은 문제—거기에서는 자연의 법칙과 인위의 법칙을
구별해야 한다—를 고찰할 때 우주의 보편적 질서에 호소
하는 것을 상례로 해왔다. 거기에는 어떠한 허위도 있을
수 없다.

그러나 다른 생물들은 생존하기 위하여 꼭 필요한 실과
바늘이 공급되어 있는데 우리 인간만이 불완전하고 빈약한
채로 태어나, 더욱이 외부의 도움없이 자기 몸을 유지할 수
없다고는 믿을 수 없다. 그래서 나는 이렇게 생각한다. '식
물·동물, 기타 살아 있는 모든 것이, 원래 기후의 영향에
서 자기를 보존하기에 충분한 외피를 갖추고 있는 것처럼,

---

1) 〈전도서〉 9.

이런 이유로 거의 모든 존재는 피부·모발·패각·경피(硬皮)·수피 등으로 덮여 있다.[2]

우리도 역시 그러했던 것이다. 그러나 인공의 빛으로 햇빛을 지우는 자들처럼 우리는 빌려 온 능력으로 본래의 능력을 지워 버린 것이다.'라고……. 또한 우리에게 불가능하지 않은 것을 불가능하게 만드는 것이 바로 습관이라는 사실도 쉽사리 이해된다. 왜냐하면 옷을 전혀 모르는 저 여러 민족들 중에는 우리와 거의 같은 자들도 있으며, 우리의 몸에서도 가장 민감한 부분, 즉 눈·입·코·귀 따위를, 그리고 우리나라 농부들이 우리 조상들처럼 가슴이라든가 배를 그대로 드러내 놓고 있기 때문이다. 만일 우리가 처음부터 치마나 바지를 입고 태어나야만 했다면, 자연은 틀림없이 계절의 시달림을 받게 될 부분에 마치 손가락 끝이나 발바닥처럼 더욱 두터운 피부를 갖게 해주었으리라.

어째서 그것이 믿기 어렵단 말인가. 내가 옷을 입은 모습과 내 고장 농민의 모습 사이에는 그 농민의 모습과 피부밖에는, 아무것도 걸치고 있지 않은 사람들 사이보다도 더 큰 차이가 있다고 나는 생각한다.

헤아릴 수 없이 많은 사람들이 특히 터키에서는 신앙심으로 벌거벗고 다니는 것이다. 누구였는지는 기억하지 못하나, 어떤 사람이 겨울에 셔츠 바람으로 다니는 거지가 귀까지 수달피 모피를 두르고 다니는 사람만큼이나 원기

---

2) 루크레티우스 4의 936.

있는 것을 보고 어떻게 그렇게 견디느냐고 물어 보았다. 그러자 그 거지는, "나리도 얼굴은 드러내 놓고 있지 않습니까. 나는 몸 전체가 얼굴이오."라고 대답했다고 한다.

이탈리아 사람들은 플로렌스 공작의 어릿광대를 두고 이런 말을 하고 있다. 공작이 그에게, "나도 이 추위에는 견디지 못하는데, 너는 그렇게 옷을 입고도 잘도 견디는구나."라고 하자, "내가 내 옷을 가지고 하는 식으로, 나리도 가지고 있는 옷을 모두 걸쳐 보세요, 나보다 덜 추울 것도 없을 겁니다."라고 대답하였다. 마시니아 왕은 아주 노령에 이르기까지 어떠한 추위에도, 폭풍에도, 비에도 모자를 쓰지 않았다. 세벨루스3) 황제도 그러했다고 한다.

이집트와 페르시아 사람들 사이에서 일어난 전쟁에서, 헤로도토스는 "나도, 다른 사람들도, 그곳의 죽은 사람들의 머리를 보고, 이집트 사람이 페르시아 사람보다 비교도 안될 정도로 단단한 것을 알 수 있었는데, 그것은 후자가 어려서는 항상 모자를 쓰고 커서는 터번을 두르는 데 비해 전자는 어려서부터 머리를 박박 깎은 채 다니기 때문이다."라고 말하고 있다.

그리고 아게실라오스 왕은4) 노쇠할 때까지 겨울이나 여름이나 똑같은 옷을 입는 습관이 있었다. 수에토니우스는 말하기를, 케사르는 언제나 부대의 선두에 서서 대개는 도보로 걸어갔는데, 해가 뜨거나 비가 오거나 항상 모자를

---

3) 193~211, 로마의 황제.
4) 기원전 397~360, 스파르타의 왕.

쓰지 않았다고 한다. 한니발도 역시 그러했다 한다.

> 그때 그의 벗은 머리 위로,
> 억수 같은 소나기가 폭포처럼 쏟아지고 있었다.[5]

오랫동안 페구 왕국(동인도에 있는 나라)에 갔다가 최근에 돌아온 어떤 베니스 사람이, 그곳에는 남자도 여자도 다른 부분은 옷을 걸치고 있지만, 발은 언제나 벗고 다니며 말을 탈 때에도 맨발이더라고 글로 쓰고 있다.

그리고 플라톤은 몸 전체의 건강을 위하여 발과 머리에는 자연이 준 것 외에는 다른 것을 걸치지 말라고 감탄할 만한 충고를 한다.

폴란드 사람들이 그들의 왕으로 우리 국왕 다음에 택한 사람[6]은 진실로 이 세기의 가장 위대한 군주의 한 사람이지만 결코 장갑을 끼지 않았으며, 어떠한 날씨에서도 실내에서 쓰는 모자를 바꿔 쓰지 않았다.

내가 단추를 끼지 않거나 끈을 풀고 나다니지 못하는 것처럼, 내 이웃 농민들은 그런 모습으로는 몸을 결박하고 다니는 것처럼 느낄 것이다. 바로[7]는, 우리가 신이나 통치자 앞에서 모자를 벗어야 하는 것은 존경심에서라기보다 오히려 건강을 위해서이며, 또한 기후에 영향을 받지 않게

---

5) 실리우스 이탈리쿠스 《제2 포에니 전쟁》 1의 250.
6) 에티엔느 바트리를 가리킴. 1574년 앙주 공이 앙리 3세로서 프랑스 국왕이 되었기 때문에 그의 뒤를 이었다.
7) 기원전 116~27. 로마의 문인.

몸을 단련하기 위해서라고 주장하고 있다.

기왕에 추위 이야기가 나왔고, 또한 우리 프랑스인은 색
깔 있는 옷을 입는 습관이 있으니―다만 나는 별도이다.
나는 아버지를 본받아 검정색과 흰색의 옷밖에는 안 입는
다―또 하나 다른 것, 즉 마르탱 뒤 벨레 대장으로부터 들
은 이야기를 첨가해 보자. 그가 룩셈부르크로 진군하는 도
중, 날씨가 어찌나 추웠던지 포도주가 얼어붙어 도끼로 깨
어서 병사들에게 나누어 주고, 그 병사들은 그것을 광주리
에 담아 가져갔다고 한다. 오비디우스도 거의 비슷한 말을
하고 있다.

포도주가 얼어서 술병 밖으로 꺼내도 그 형체 그대로다. 이
것은 액체 음료가 아니라 마시라고 내주는 덩어리이다.[8]

마에오티데스 호수 하구의 추위는 대단한 것으로, 미트
리다테스의 부장(副將)은 발을 적시지 않고 전쟁에 승리한
바로 그 자리에서 여름에는 또다시 해전으로 승리했다.

로마 사람들은 플라첸티아[9] 근처에서 카르타고 사람들
과 싸웠을 때, 추위에 피가 얼어붙고 사지가 오그라들어
진군도 못하고 큰 손해를 입었다. 반면, 한니발은 자기 진
영 전체에 불을 피워 군졸들의 몸을 녹이고, 부대마다 기
름을 돌려 몸에 바르게 하여 근육을 더 부드럽게 하며, 땀
구멍을 막아서 불어닥치는 찬바람에 견디게 하였다.

---

8) 오비디우스의 〈탄식의 노래〉 3의 10의 23.
9) 이탈리아 북부의 도시.

그리스 군(軍)의 바빌론으로부터 조국으로의 퇴각은10)
허다한 곤란과 쓰디쓴 고통을 극복해야만 했었다는 뒷이야
기로 유명하다. 다음은 그 이야기의 하나다. 그들은 아르
메니아의 산중에서 무서운 눈보라를 만나 어디가 들판인지
길인지 분간할 수가 없어 꼼짝없이 산중에 갇히게 되었다.
하루 낮과 밤을 먹지도 마시지도 못하고, 또한 대부분의
가축이 죽고, 군졸들 사이에도 죽은 자, 눈보라와 눈빛에
눈이 먼 자, 손끝 발끝이 얼어서 떨어진 자, 의식은 말짱한
데 추위에 마비되어 움직이지 못하는 자들이 속출했다. 알
렉산드로스는 어떤 국민이 겨울이 되면 과일나무를 땅에
묻어 추위에서 보존하는 것을 보았다.

옷을 입은 것에 관해서 말해 본다면, 멕시코의 왕은 하
루에 네 번씩 옷을 갈아입는데, 결코 같은 옷을 두 번 입지
않으며, 벗어 버린 옷은 그냥 주거나 포상으로 내주었다.
이와 마찬가지로 부엌이나 식탁에 쓰인 항아리·접시·도
구 등도 그러하였다.

[제36장]

---

10) 크세노폰 원정군의 회군 이야기.

수 상 록

제2권

다른 사람의 죽음을 판단하는 법에 대하여

죽음은 확실히 인간의 생애에 있어서 가장 주목해야 할 사실인데, 우리들은 다른 사람의 임종 때의 침착함을 판단함에 있어 한 가지 유의하지 않으면 안 되는 것이 있다. 그것은, 사람은 자기가 드디어 죽음에 임박해 있다고는 쉽게 인식하지 못한다는 사실이다. 이것이 나의 마지막 순간이다라고 각오하며 죽는 사람은 거의 없다. 그리고 그 순간처럼 꿈 같은 희망이 우리들을 속이는 일도 없다. 그 희망은 우리들의 귀에 언제나 이렇게 속삭인다. "다른 사람들은 훨씬 더 중태에 빠졌지만 죽지 않았다. 나는 사람들이 생각하고 있는 것처럼 가망이 없는 것이 아니다. 게다가 더 나쁜 경우에도 신은 여러 가지 기적을 보여 주었다."라고……

우리들은 자기 자신을 너무나 중대한 존재로 자신하고 있기 때문에 그렇게 생각하는 것이다. 우리들은 우리들이 멸망하면, 전세계가 어느 정도의 손해를 입고, 우리들의 상태를 함께 슬퍼하게 된다고 생각한다. 우리들의 눈이 혼돈 상태에 있기 때문에 사물까지도 마찬가지로 혼돈되어 보이는 것이다. 그리고 사물이 보이지 않게 되면, 사물이 눈앞에서 사라진 것으로 생각한다. 마치 바다 위를 지나는 사람이 산이나 들이나 도시나 하늘이나 육지가 자기들과 함께 흔들리고 있다고 느끼는 것처럼 말이다.

우리들이 항구로부터 멀어지면, 육지도 도시도 뒤로 물러선
다.1)

자기의 비참함과 슬픔을 세상의 도의가 떨어졌기 때문이
라고 하며, 과거를 찬양하고 현재를 비난하지 않는 노인이
단 한 사람이라도 있는가.

이제 늙은 농부는 머리를 흔들면서 한숨을 쉬고, 지난날을
현재와 비교하여 가끔은 부친의 행운을 찬양하며, 옛날 사람들
은 얼마나 신앙심이 깊었던가를 되풀이 생각한다.2)

우리들은 모든 것을 자기와 함께 끌고 나간다.

그 결과, 우리들은 자기의 죽음을 중대한 것으로 생각하
게 된다. 그것은 그렇게 가볍게, 성진(星辰)의 엄숙한 협
의 없이 일어나는 것은 아니라고 생각한다. '한 사람의 인
간의 주위에 이처럼 많은 신들이 야단법석을 떨고 있다.'3)
그리고 자부하면 자부할수록 더 그렇게 생각한다. '뭐라
고? 그만큼의 지식이 무용지물이 되어 이렇게 손해를 일으
키고 있는데, 운명의 신들은 이에 대하여 특별한 관심을
보이지 않는 것일까?

신들에게는 이만큼 희귀하고 세상의 귀감이 될 만한 얼
을 죽인다는 것이, 보통으로 별 소용 없는 얼을 죽이는 것
만큼도 괴롭지 않은 것일까. 그만큼 많은 다른 생명을 보

---

1) 베르길리우스 ≪아에네이스≫ 3의 72.
2) 루크레티우스 ≪사물의 본성에 대하여≫ 2의 1165.
3) 세네카의 ≪변론술≫ 1의 4.

호하고, 그만큼 많은 다른 생명들이 기대를 걸고, 그만큼 많은 사람들을 부리고, 그만큼 많은 지위를 채우고 있는 생명이 마치 자기 혼자에게만 한 줄로 결부되고 있는 생명처럼 이 세상을 떠나서 좋은 것일까?'라고 말이다.

우리들은 누구 하나, 자기가 단 한 사람의 인간에 지나지 않는다는 것을 충분히 깨닫지 못하고 있다.

이것으로부터, 케사르가 그를 위협하는 바다보다도 더 높은 목소리로 사공에게 말한 저 이야기가 나온 것이다.

당신이 신의 가호를 받으며 이탈리아까지 가는 것을 주저한다면, 나를 믿고 노를 저으라. 당신은 당신이 태우고 있는 나를 모르니 두려워하는 것도 무리는 아니다……

어서 폭풍을 따라가라. 내가 당신의 수호신이다. 안심하고 가거라.4)

그리고 다음과 같은 이야기도 그렇다.

이제 케사르는 이 위험을 자기의 운명에 알맞은 것이라고 믿고 이렇게 말하였다. 이 나를 넘어뜨리는 것이 신들에게는 그렇게도 어려운 일인 것으로 보아서, 작은 배에 탄 나를 이렇게 커다란 바다로써 대항하고 있다.5)

그리고 "태양은 1년간이나 그 이마에 그의 죽음을 슬퍼하는 상표(喪標)를 붙였다."고 말하는 사람들의 공상도 그

---

4) 루카누스 〈파르사리아〉 5의 578.
5) 루카누스 〈파르사리아〉 5의 654.

것이다.

　케사르가 죽자, 태양도 또한 로마를 불쌍히 여겨 자기의 빛
나는 이마를 거무스름한 녹색으로 싸맸다.[6]

　이와 비슷한 공상은 많다. 세상 사람들은 이것에 잘 속아
넘어가서 우리들의 손실이 하늘을 변화시킨다고 생각하고
있다. 무한한 하늘이 우리들의 구구한 차별에 마음을 움직
인다고 생각하고 있다. '하늘과 우리들의 사이는 우리들이
죽을 때 성진의 빛도 죽을 만큼 친밀한 것은 아니다.'[7]
　그런데 위험 속에 있으면서도 스스로 아직 그것을 진정
으로 믿지 않는 사람을 보고 결단력과 강직함을 가지고 있
다고 판단하는 것은 옳지 않다. 그러한 태도로 죽었다는
것만으로는 충분하지 않다. 진정으로 그러한 각오가 서서
죽은 것이 아니면 충분하지 않다. 대부분의 사람들은 그러
한 평을 받기 위하여 용감한 표정으로 이야기를 할 것이
다. 아직 살아 있으면서 그러한 평을 받으려고 한다. 나는
여러 가지 인간의 죽음을 보았는데 그 훌륭한 태도는 어느
것이나 다 운명이 취하게 한 것이며, 그들 스스로의 의사
로 취한 것은 아니었다.
　그리고 옛날의, 스스로 죽음을 선택한 사람들에 대해서
도 그것이 위험한 죽음이었던가, 시간이 걸린 죽음이었던
가를 구별하여 생각하지 않으면 안 된다. 저 잔인한 로마

---

6) 베르길리우스 〈농경시(農耕詩)〉 1의 465.
7) 플리니우스 《박물지(博物誌)》 2의 8.

황제(칼리쿨라를 가리킴)는 그 포로들에 대하여, 그들에게
죽음을 느끼도록 해주고 싶다고 말하고 있었다. 그래서 옥
중에서 자살한 자가 있으면, "그놈은 내 손에서 벗어났다."
라고 말하였다. 즉, 그는 죽음을 연장시켜 그 죽음을 고통
스럽게 해주고 싶어했던 것이다.

> 우리들은 빈사 상태의 인간이 전신이 상처투성이가 되어 있
> 으면서 아직 치명상이 주어지지 않고 가혹한 습관에 의하여 죽
> 음이 연장되고 있는 것을 보았다.8)

진정으로, 아주 건강하고 안정되어 있을 때 자살을 결심
하는 것은 그렇게 훌륭한 짓이 아니다. 아직 죽음과 싸움
을 시작하기 전에 괜히 잘난 척하는 것은 극히 쉬운 일이
다. 그러니까 세상에서 가장 나약한 헬리오가발루스9)도
타락한 쾌락 중에, 드디어 죽지 않으면 안 되는 기회가 왔
을 때 편히 자살할 수 있는 방법을 생각하고 있었다. 그리
고 그의 죽음이 그때까지의 일생에 알맞는 것이 되도록 몸
을 던지기 위하여 일부러 호화로운 탑을 세우게 하고 그
앞과 뒤에 금과 보석으로 장식한 철판을 두르게 하였다.
그리고 목을 조이기 위해서는 금과 비단과 명주실을 섞은
그물을 만들게 하고, 몸을 찌르기 위해서는 금으로 검을
만들게 하고, 독을 마시기 위해서는 에머랄드와 황금 그릇
에 독을 넣어 두고, 그리하여 그때의 기분에 따라 이 모든

---

8) 루카누스 〈파르사리아〉 21의 78.
9) 로마 황제. 재위 218~222.

죽음의 방법 중에서 어느 것이든 좋은 것을 고를 수 있도
록 해두었다.

    할 수 없이 용맹 과감하게 되어[10]

  그런데, 이 사람은 그렇게 호화로운 준비를 한 까닭에,
그때에 이르러서는 오히려 두려움을 느꼈음에 틀림 없다고
생각한다. 그러나, 이 사람보다도 더 억센 사람이 자살을
결심하였을 경우에도 그것이 그 결과를 느낄 여가도 없을
만큼 단숨의 타격에 의한 것인지 어떤지를 보지 않으면 안
된다. 왜냐하면 그들이, 생명이 조금씩 흐르고 있는 것을
느끼면서 단념할 방법도 곁에 주어져 있었을 경우에, 그래
도 역시 결심을 바꾸지 않고 완고하게 그러한 위험한 의사
를 관철했는지 어쩐지는 의심스럽기 때문이다.

  케사르의 내란 때, 루키우스 도미티우스는 아브루치에서
잡혀 독을 마셨는데, 곧 자기의 조급한 행위를 후회하였
다. 우리들의 시대에는 어떤 사람이 죽을 결심을 하고 칼
의 일격을 가하였는데, 육신의 아픔에 팔의 힘이 둔해져서
다시 두 번 세 번, 세게 찌르기는 하였으나, 결국 깊게 찌
를 만한 용기가 나지 않았다.

  플라우티우스 실바누스가 재판에 걸려 있을 때 그의 조
모 우르굴라니아가 그에게 단도를 보냈으나, 그는 자살하
는 데 실패하여, 부하에게 혈관을 끊도록 명령하였다. 티

---

10) 루카누스 〈파르사리아〉 4의 798.

베리우스 황제 시대에, 알부킬라는 자살하려고 하였으나
너무 약하게 상처를 가했기 때문에 오히려 적에게 잡혀 그
들의 방법에 의하여 피살되었다. 대장인 데모스테네스도
시실리아에서 도주한 후에 똑같은 일을 당하였다. 그리고
가이우스 휨 브리아는 자기가 너무 약하게 찔렀기 때문에
부하에게 마지막을 부탁하였다.

　반대로 오스토리우스는 자기의 팔을 사용할 수가 없었으
나 부하의 손을 빌기를 싫어하여 다만 단도를 곧바로 쥐고
있으라고 명하고 자기가 뛰어가서 목을 거기에 찌르고 죽
었다. 사실 이것은 충분히 단련한 목을 갖고 있지 않은 사
람에게는 쉽지 않고 삼키지 않으면 안 되는 음식이다. 그
러니까 황제 하드리아누스는 의사에게 명하여 젖꼭지의 치
명적인 곳을 둥그런 도장으로 표시하게 하고, 자기를 죽이
라고 명령받은 자가 겨냥할 때의 과녁으로 삼게 하였다.
그러므로, 케사르도 어떤 죽음이 가장 바람직한 것인가 하
는 질문을 받고 '가장 불의의 죽음, 가장 짧은 죽음'이라고
대답하였던 것이다.

　케사르가 굳이 그렇게 말하였으므로, 내가 그렇게 생각
하여도 비겁하지는 않다.

　플리니우스는 "짧은 죽음은 인생 최대의 행복이다."라고
말하였다. 사람들은 죽음을 바라보는 것을 두려워한다. 그
러나 죽음과 거래하기를 두려워하여 눈을 떠서 이것을 바
라보는 데 견디지 못하는 자는 죽음의 각오가 되어 있다고
말할 수 없다. 우리들은 사형선고를 받은 자가 그의 종말

을 향하여 뛰어가서 처형을 서두르게 하고 재촉하는 것을
보는데, 이것은 그들이 각오가 되어 있어서 하는 짓은 아
니다. 죽음을 생각하는 여가를 제거하고 싶어서 하는 짓이
다. 죽어 버리는 것이 괴로운 게 아니라 죽는 것이 괴로운
것이다.

　　죽어 있는 것은 아무렇지도 않으나 죽기가 싫은 것이다.[11]

　이 정도의 결단이라면 나에게도 할 수 있었던 경험이 있
다. 이것은 눈을 감고 바다로 뛰어들 듯 위험 속으로 뛰어
드는 것과 마찬가지이다.
　내 생각으로는, 소크라테스의 일생에 있어서 그가 30일
간이나 그 죽음의 판결을 되씹었던 것만큼 빛나는 일은 없
었다고 본다. 그리고 그가 그 기간을 통하여 동요도 변화
도 보이지 않고 확고한 희망을 계속 가지며, 이러한 중대
한 생각 때문에 힘을 내거나 흥분하거나 하지 않고 조용히
오히려 무관심이라고 말하여도 좋을 정도의 언동을 취하
고, 조용히 죽음을 기다리고 있었다는 것 이상으로 빛나는
것은 달리 없다고 생각한다.
　키케로가 그 서한을 보낸 저 폼포니우스 아티쿠스는 병
에 걸려서, 사위인 아그리파와 2,3명의 친구를 불러 놓고,
자기는 지금까지 병을 고치려고 노력했으나 아무 소용이
없었음을 경험하였고, 생명을 연장하려는 것은 고통을 연

─────────────

11) 키케로.

장하거나 증가시키는 것에 지나지 않는다는 것을 경험했다
고 말했다. 때문에 이번에는 생명과 고통 양쪽을 끝내려고
결심하였으니 그들에게 이 결심에 찬동해 주기를 부탁하
고, 만약 그럴 수가 없다면 적어도 자기에게 이 결심을 바
꾸게 하기 위해 헛수고를 하지 말 것을 부탁하였다.

그래서 자살하기 위하여 단식을 시작했는데 우연히도 병
이 나아 버렸다. 죽으려고 하여 취한 이 방법이 그를 건강
하게 만들었다. 의사나 친구들은 모두 축하해 주고 그와
함께 기뻐하였는데, 그러나 그것은 전혀 잘못 생각한 것임
을 알게 되었다. 왜냐하면 그렇게 되어도 그의 의견을 바
꿀 수 없었기 때문이다. 그는 이 길은 언젠가는 지나야만
할 길이고, 겨우 여기까지 왔으니 일부러 다시 되풀이할
필요는 없다고 말하며 듣지 않았다.

이 사람은 죽음을 실컷 안 후에 그것과 만나기를 두려워
하지 않을 뿐만 아니라 더욱 갈망했던 것이다. 사실, 그는
싸움을 시작할 때의 이유를 만족시키고, 나아가 마지막까지
확인하려고 하였다. 죽음을 조금도 겁내지 않는다는 것과
죽음에 임하여 그것을 음미하려는 것에는 큰 차이가 있다.

철학자인 클레안테스의 이야기는 이것과 퍽 흡사하다.
그는 잇몸이 부어서 곪았기 때문에, 의사들은 그에게 단식
을 강력히 권유하였다. 이틀간의 단식으로 상태가 좋아져
서, 의사들은 이제 예전의 생활로 되돌아가도 좋다고 하였
다. 그러나 그는 그 쇠약중에 이미 어떤 쾌감을 맛보았기
때문에 새삼스럽게 뒤로 물러서지 않기로 결심하고, 이미

상당히 걸어온 길을 그대로 돌진하였다.

툴리우스 마르켈리누스라고 하는 로마의 젊은이는 참을 수 없을 정도의 아픈 병에서 벗어나기 위하여 수명을 단축시키려고 생각하고, 의사들이 그렇게 빨리는 낫지 않지만 반드시 좋아진다는 약속을 하였는데도 친구들을 불러 그 일을 의논하였다. 세네카가 말한 바에 의하면, 어떤 사람들은 비겁하기 때문에 그들 자신이 할 수 있을 만한 일을 그에게 권하였다. 다른 사람들은 아부하며 그의 마음에 들 만한 일을 권하였다. 그러나 한 스토아 학자는 이렇게 말하였다.

"마르켈리누스여, 어떤 중대한 일을 생각하듯 고민할 것은 없다. 산다는 것은 대단한 것이 아니다. 당신의 하인이나 가축들도 살고는 있지 않는가. 오히려 훌륭하게, 슬기롭게, 떳떳하게 죽는 것이 중요하다. 당신이 언제부터 똑같은 일을 되풀이하고 있는가를 생각해 보아라. 먹고 마시고 잔다. 마시고 자고 먹고 있을 뿐이 아닌가. 우리들은 언제나 이 쳇바퀴 속을 맴돌고 있는 것이다. 불행한, 참을 수 없는 일뿐만 아니라 삶의 포만도 죽고 싶은 생각을 일으키게 하는 요소이다."

그러나 마르켈리누스는 충고해 주는 사람을 필요로 하지 않았다. 도와줄 사람이 필요하였다. 하인들은 관련되기를 꺼려하였으나, 그 철학자는 하인들에게, "혐의가 걸리는 것은 주인의 죽음이 자살인가, 아닌가 의심스러운 경우뿐이다. 그 밖에는 주인이 죽는 것을 방해하는 짓은 그를 죽이

는 것과 마찬가지로 나쁜 짓이다. 왜냐하면,

   본인의 뜻에 반하여 그 목숨을 살리는 것은 죽이는 것과 마
 찬가지이다.12)

라고 하는 말도 있기 때문이다."라고 일러 주었다. 그리고
그 철학자는 마르켈리누스에게, "우리들이 식사 후에 식탁
에 남은 것을 심부름하는 사람들에게 주듯이 일생을 마친
후에 그때까지 종사해 준 하인들에게 무엇인가를 나누어
주는 것도 나쁜 일은 아닐 것이다."라고 충고하였다. 그런
데 마르켈리누스는 관대하였기 때문에 어느 정도의 돈을
나누어 주고 그들을 위로하였다.
  게다가 그는 죽는 데에 검도 피도 필요로 하지 않았다.
그는 이 삶에서 도피하려고 하지 않고 떠나려고 하였다.
죽음에서 도피하려고 하지 않고 죽음을 시험하려고 하였
다. 그래서 서서히 죽음을 고찰하기 위하여 모든 음식을
끊고 사흘 후에 미지근한 물을 끼었으며 조금씩 쇠약해져
갔다. 그가 말하는 바에 의하면, 거기에는 어느 정도의 쾌
감이 없는 것은 아니었다. 사실, 이렇게 쇠약해짐으로써
심장이 약해지는 것을 경험한 사람들은, "아무런 고통도 섞
이지 않은 일종의 쾌감을 느끼는데, 그것은 마치 수면 상
태나 휴식으로 옮겨져 가는 것 같다."고 말한다. 이상은 관
찰되고 음미된 죽음이다.

---

12) 세네카 《서간》 77.

　그러나 단지 카토의 경우만은 모든 점에서 미덕의 본보기가 되도록, 그의 복받은 운명은 그가 자기와 자기의 몸에 검을 찌른 그 손으로 상처를 입히고 그를 위험 속에서 용기를 잃게 하기는커녕 용기를 북돋우어 죽음과 서서히 대결시키고 그 목을 비틀어 버릴 틈을 준 것 같다. 만약 내가 그의 가장 당당한 모습을 묘사한다고 하면, 당시의 조각가들이 묘사한 것처럼 검을 손에 쥔 모습이 아니라, 피투성이가 되어 자기의 창자를 찢고 있는 모습이었을 것이다. 사실 후자의 죽는 방법이 전자의 죽는 방법보다도 훨씬 무서운 것이기 때문이다.

[제13장]

거짓말에 대하여

사실, 사람들은 나에게 이렇게 말할는지도 모른다. 자기를 주제로 글을 쓴다는 기획은 희귀하고 우수한 인물이며 그 평이 사람들에게 문제의 인물을 알고 싶다는 어떤 욕망을 일으키게 하는 경우라면 허용될 것이다라고. 분명히 그렇다고 나도 인정한다. 직공도 보통 사람을 보기 위해서는 자기의 일에서 눈을 떼려고도 하지 않지만, 누군가 높고 유명한 사람이 마을에 도착하였다고 하면 일터도 가게도 내버려두고 보러 간다는 것도 나는 잘 알고 있다. 자기를 알리려고 하는 것은 사람들에게 모방될 만한 값어치를 가지고 있는 자, 그 생활과 의견이 사람들의 모범이 되는 자 이외에는 누구에게도 알맞지 않는 것이다.

케사르와 크세노폰은 자기의 위대한 행위 속에 그것을 견고한 토대로 하여 그들의 이야기를 튼튼하게 쌓아올릴 만한 것을 가지고 있었다. 그러니까 알렉산더 대왕의 일기라든가, 아우구스투스나 카토나 실라나 브루투스나 그 밖의 사람들이 자기의 행위를 써둔 기록이 있었으면 좋으리라고 생각한다.

사람은 이러한 사람들의 모습을 동상 속에서나 석상 속에서도 아끼고 연구한다. 이상의 충고는 정말 옳은 것이다. 그러나 그것은 나에게는 거의 조금밖에 관계가 없다.

  내가 이것을 읽어 주는 것은 친구들뿐, 그것도 요구가 있을 때
뿐이다. 어디서나, 누구에게나 그러지는 않는다. 그러나 자기의
작품을 광장이나 공중 목용탕에서 읽는 작자는 많을 것이다.[1]

  나는 여기서, 도시의 네거리나 교회나 광장에 놓을 상
(像)을 세우자는 것은 아니다.

    나는 나의 이 작품을 자랑스런 이야기로 크게 보이도록 하고
  싶지는 않다. ……너와 둘이서 조용히 이야기하는 것이다.[2]

  그것은 서재 구석에서 이웃 사람이나 육친이나 친구를
즐겁게 하기 위한 것이다. 그들은 이 영상 속에서 다시 나
와 친하고 다시 나와 사귀는 것을 기뻐할 것이다. 다른 사
람들이 자기에 대하여 이야기할 마음이 생긴 것은 거기에
서 말할 만한 풍부한 자료를 발견했기 때문이다. 나는 거꾸
로 그 자료가 너무나 부족하고 쓸모없어서 사람에게 보이
고 싶은 생각이 일어날 수 없다는 것을 알았기 때문이다.
  나는 기꺼이 사람의 행위를 판단한다. 그러나 내 자신의
행위는 너무나 쓸모없기 때문에, 사람들의 판단에 내놓을
만한 것은 거의 아무것도 가지고 있지 않다. 나는 내 속에
서 좋은 점을 찾지 못하기 때문에, 낯을 붉히지 않고서는
그것을 말할 수조차 없다.
  만약 누군가가 이렇게 나의 조상들에 대하여 그 성격,

---

1) 호라티우스 〈풍자시〉 1의 4의 73.
2) 페르시우스 〈풍자시〉 5의 19.

얼굴, 태도, 일상의 이야기, 운수 등을 들려 준다면 나는 얼마나 좋아할 것인가. 그리고 얼마나 주의깊게 들을 것인가. 정말 우리들의 친구나 조상의 초상을, 그들의 의복이나 무기의 모양을 경멸하는 것은 나쁜 성격에서 온 것이라고 해야 할 것이다. 나는 그들의 필기 도구나 인감이나 기도서나 그들이 사용했던 특수한 검을 보존하고 있다. 그리고 우리 부친이 언제나 손에 쥐고 있던 기다란 채찍도 나의 거실에서 추방하지 않았다.

'부친에 대한 애정이 크면 클수록 부친의 의복이나 반지는 자식에게 귀중한 것이 된다.'[3]

그러나 만약에 내 자손이 나와 다른 생각을 가진다면, 나는 멋있게 그들에게 복수할 것이다. 왜냐하면 그때가 되어, 그들이 아무리 나를 염려해 주지 않는다고 하더라도 나는 그들에 대하여 무관심할 수 있기 때문이다. 이 일로써 내가 세상과 관계를 갖는다고 하면, 그것은 내가 세상으로부터 보다 신속하고 보다 용이하게 쓰기 위한 도구를 빌려오고 있다는 것뿐이다. 그 대신 내 책들의 종이는 포장지가 되어서 시장에서 버터 조각들이 녹아 내리지 않게 해줄 것이다.

> 고기와 올리브가 포장지의 부족을 느끼지 않도록 해주마.[4]
> 그리고 이따금 고등어를 위하여 커다란 저고리를 내어 주마.[5]

---

3) 아우구스티누스 〈신의 나라〉 1의 13.
4) 마르티알리스 〈풍자시〉 13의 1.
5) 카툴루스 〈풍자시〉 94의 8.

또한, 만약 누구 한 사람 내 책을 읽는 자가 없다고 하더라도, 내가 이렇게 많은 여가를 이렇게 유익하고 즐거운 사색으로 보낸 것을 과연 시간의 낭비라고 해야 할 것인가. 나는 나의 형(形)에 맞추어 이 상을 만들어 나가는 동안에, 나의 진정한 모습을 끌어내기 위하여 몇 번이나 자신을 갖추고 몸을 똑바로하지 않으면 안 되었다. 그 때문에 원형이 점점 굳어져서 저절로 어느 정도 그 형태가 정해졌다.

다른 사람을 위하여 자기를 그리면서 나는 처음의 나보다는 분명한 색채를 띠게 된 자신을 그렸다. 내가 내 책을 만들었다고 하느니보다는 책이 나를 만들었던 것이다. 이 책은 저자인 나와 동질의 것, 나만을 다룬 것, 내 생활의 한 요소이다. 다른 모든 책과 마찬가지로 제삼자인 다른 사람을 대상으로 하거나 목적으로 한 것이 아니다. 이처럼 끊임없이, 주의깊게 자기를 연구하는 것을 시간의 낭비라고 해야 할 것인가.

사실, 단지 머리나 말로써 가끔 자기를 조사하고 고치는 데 지나지 않는 사람들은, 그것을 자기의 공부로서, 일로서, 직업으로서, 전심전력으로 그 긴 기록을 쓰는 데 온힘을 다하는 사람만큼 철저하게 자기를 조사하고 자기를 통찰하지는 않는다. 가장 감미로운 쾌락은 확실히 그 사람만의 내부에서 맛보게 된다. 그것은 자기의 흔적을 남기기를 싫어한다. 그리고 모두에게뿐만 아니라 누구에게도 보여지기를 싫어한다.

이 일은 지금까지 몇 번이나 번거로운 생각으로부터 나를 벗어나게 해주었던 것일까. 모든 보잘것없는 생각은 번거로운 생각으로 간주되어야 할 것이다. 자연은 우리들에게 혼자 자기와 대화할 수 있는 위대한 능력을 주었다. 그리고 때때로 우리들을 그곳으로 유도하여, 우리들이 자기의 존재를 유지하고 있는 것은 어느 정도는 사회의 덕택이지만 대부분은 자기의 힘이라는 것을 가르쳐 준다. 나의 공상을 어느 정도 질서 있고 계획적으로 하기 위해서는, 그리고 그것이 바람에 나부껴 이탈하지 않도록 하기 위해서는 그 공상 속에 나타나는 많은 생각의 편린들에 모습을 부여하고 그것을 기록하여 놓는 이외에는 방법이 없다.

나는 나의 몽상을 기록하지 않으면 안 된다고 생각하기 때문에 거기에 귀를 기울인다. 나는 어떤 행위에 대하여 괴로워하면서, 예의와 이성 때문에 터놓고 나무라지 못하고 있었는데, 그것을 몇 번이나 여기에 뱉어 놓은 것일까. 거기에는 세상을 계몽하려는 마음이 없었던 것은 아니다. 그리고 다음과 같은 시의 채찍,

눈 위에다 딱! 콧대에 딱! 사고앙의 등에다 딱.6)

은 생신(生身)에보다는 종이에 새겨 두는 것이 더 효과적이다. 게다가 나는 내 책에 유약을 입히고 기둥을 세우는 데 적당한 무엇을 표절할 수 없을까를 살피게 되었을 때부

---

6) 크레망 마로의 〈풍자시〉의 1절.

터, 여태껏 했던 것보다 더 주의깊게 다른 책에 귀를 기울이게 되었다.

나는 책을 쓰기 위해서는 조금도 공부하지 않았다. 그러나 책을 썼기 때문에 어느 정도는 공부하였다. 만약에 어느 때는 이 저자의, 어느 때는 저 저자의 머리나 다리를 만지거나 잡거나 하는 것도 어느 정도의 공부라고 한다면 말이다. 그리고 나의 의견을 만들기 위해서는 조금도 공부를 하지 않았다. 다만 이전부터 만들어진 의견을 돕고 봉사하기 위하여 공부했을 뿐이다.

그러나 우리들은 이렇게 부패한 시대에 자기를 이야기하는 누구를 신용할 수 있을 것인가. 다른 사람에 대하여 이야기할 때는 거짓말을 해도 크게 덕을 보지 않으며, 이 경우에 있어서도 신용할 수 있는 사람은 거의 한 사람도 없는 것이 아닌가. 도의가 썩었다는 첫째 징후는 진실의 추방인 것이다. 사실 핀다로스[7])가 말하고 있듯이, 진실한 것이 위대한 덕의 시작이다. 그리고 그것은 플라톤이 그의 국가 통치자에게 요구한 제일의 조건이다. 오늘날 우리들의 진실은 실제로 존재하는 것이 아니라 다른 사람을 설득시키고 믿게 하는 것이다. 마치 우리들이 돈이라고 하면, 진짜뿐만 아니라 통용되고 있는 가짜도 그렇게 부르는 것과 마찬가지이다.

우리나라는 옛부터 이 악덕 때문에 비난을 받고 있다. 사실 발렌티니아누스 황제 시대 사람인 마시리아의 살비아

---

7) 기원전 518~438. 그리스의 서정 시인.

누스는, "프랑스 사람에게는 거짓말을 하는 것과 허위의 약
속을 하는 것은 악덕이 아니라 일종의 화법이다."라고 말하
고 있다. 이 증언을 더 극단적으로 말한다면, 이제는 그것
이 그들에게는 미덕인 것이다라고 말할 수도 있다. 우리들
은 어떤 훌륭한 수련이라도 하는 것처럼, 그것으로 자기를
훈련하고 단련시킨다. 실제로, 위장은 현대의 가장 두드러
진 특징 중의 하나이다.

그래서 때때로 나는 다음과 같은 것을 생각한 적이 있
다. 우리들은, 우리들 사이에 이렇게 퍼지고 있는 악덕을
비난받는 것을 다른 어떤 악덕을 비난받는 것보다 더 화를
내는 습관을 가지고 있는데, 그러한 습관은 어디에서 나온
것일까. 우리들이 거짓말쟁이라고 비난받는 것이, 우리들
에 대하여 말로 할 수 있는 최대의 모욕인 것은 어째서인
가 하고 말이다. 이에 대하여 우리들은 자기가 가장 많이
물들어 있는 결점에 대해 스스로 가장 강력하게 변호하는
것은 자연스러운 일이라고 생각한다. 그 비난에 대하여 분
개하고 화를 내는 것으로써 어느 정도 그 죄를 면한 것 같
은 기분을 갖게 된다. 우리들은 실제로 죄를 짓고 있으면
서 적어도 겉으로는 그것을 비난하는 체한다.

그리고 이(거짓말에 대한) 비난은 비겁하고 졸렬한 마음
에 대한 비난도 포함되는 것이 아닐까. 자기가 말한 것을
부정하는 것만큼 분명한 비겁이 또 있을까. 다 알고 있는
것을 부정하는 것만큼 비겁한 짓이 또 있을까.

거짓말을 하는 것은 졸렬한 악덕이다. 옛사람(플루타르

코스를 가리킴)은 이것을 가장 수치스러운 것으로 묘사하여, "그것은 신을 경시하고 동시에 인간을 두려워하는 증거이다."라고 말하였다. 그것이 얼마나 무섭고 더럽고 비도덕적인 짓인가를 이보다 더 적절하게 표현할 수는 없다. 사실, 인간에 대하여 비겁하고 신에 대하여 거만한 것 이상으로 졸렬한 짓이 무엇인가를 생각할 수 있겠는가. 우리들의 상호간의 이해는 말을 통하여 이루어지는 것이므로, 이것을 깨는 자는 사회 전체를 배반하는 자이다. 말은 우리들의 의사나 사상이 전해지는 유일한 수단이며, 우리들의 마음의 대변자이다. 이것이 없다면, 우리들은 서로 맺어지지도 못하고 서로 알 수도 없다. 만약 그것이 우리들을 속인다면, 그것은 우리들의 모든 교제를 끊고 우리 사회의 모든 기반을 붕괴시켜 버린다.

새로운 인도의 어떤 국민[8]은 그들의 제신(諸神)에게 인간의 피를 바쳤다. 그것은 혀와 귀에서 뽑은 피였는데, 즉 말하거나 듣거나 한 거짓말의 죄를 보상하려고 한 것이었다. 저 그리스의 호인(리산데르)은 "어린이는 공기 놀이로써 즐기고 어른은 말로써 즐긴다."라고 하였다.

이미 한 말을 취소하는 여러 가지 방법, 이에 관한 우리들의 명예의 법칙, 그리고 이 법칙의 변천 등에 대해서는 다른 기회에 내가 아는 바를 이야기하기로 하겠다. 그러나

---

[8] 그 이름을 들어도 소용 없다. 그들은 벌써 존재하고 있지 않으니까. 사실 여러 가지 이름이나 옛 토지도 분간할 수 없을 만큼 스페인 사람들에 의한 정복 후의 황폐는 전대미문의 것이었다.

나는 만일 가능하다면, 이렇게 엄밀히 말에 주의하여 신중하게 이야기하고, 거기에 우리들의 명예를 건다는 습관이 어느 시대에서부터 비롯된 것인지를 알고 싶다. 그것이 옛 로마 사람이나 그리스 사람들 사이에 없었다는 것은 쉽게 판단할 수 있다.

그리고 나는 때때로 그들이 서로 거짓말을 하고 서로 저주하면서 그 이상 싸움을 하지 않았다는 것을 기이하게 생각한다. 그들의 의무의 법칙은 우리들의 그것과 다소 달랐다. 어떤 사람은 케사르에게 맞대놓고 도둑놈이라고 하거나 주정꾼이라고 부른다. 우리들은 그들이, 게다가 두 나라의 가장 위대한 대장들이 얼마나 자유로이 상대방에게 욕을 퍼붓고 있었는가를 알고 있다. 그러나 그것은 단지 말로써 할 뿐이었지, 그 이상 발전하지는 않았다.

〔제18장〕

올바른 목적을 위한 그릇된 수단에 대하여

　자연의 조화라는 이 보편성 속에는 놀라운 연관과 일치 관계가 있다. 그리고 그것은 우연적인 것도 아니며, 각각의 지배자에게 인도되고 있는 것도 아니라는 것을 잘 나타내고 있다. 우리들의 신체의 병이나 상태는 국가나 정부 속에서도 보인다. 왕국이나 공화국도 우리들과 다름없이, 태어나서 꽃을 피우며 늙으면 시들어 버린다. 우리들은 무익하고 유해한 체액(體液)의 과잉에 빠지는 수도 있다.

　때로는 좋은 체액이 넘치게 될 때도 있으며―실은 이것마저 의사는 두려워한다. 그들에 의하면, 우리들에게는 무엇 하나 안정된 것이 없기 때문에 너무나 원기왕성하고 강력한 건강은 인위적으로 감소시켜 끌어내리지 않으면 안된다. 그렇지 않으면 우리들의 본성은 어떤 안정된 장소에서도 침착하게 있을 수 없고 그 이상 좋은 데로 올라갈 수도 없게 되어, 오히려 나쁜 데로 급격하게 내려갈 위험이 있기 때문이다. 그러니까 그들은 운동선수들에게 소식을 하게 하고 피를 뽑게 하여 건강 과잉에 걸리지 않도록 하고 있다―때로는 깨끗하지 못한 체액이 넘치게 될 때도 있는데 보통 이것이 병의 원인이다.

　국가도 때때로 과잉에 의하여 병에 걸리는 일이 있다. 그래서 많은 가족이 국가의 부담을 덜기 위해 추방되었다.

그러면 그들은 다른 곳으로 나가서 다른 사람에게 손해를 끼치면서 안주할 장소를 구한다. 그리하여 우리들의 옛 프랑크족은 독일의 구석으로부터 쫓겨나와 갈리아를 점령하고 원주민들을 쫓아 버렸다.

그리하여 저 많은 사람들이 브렌누스[1]나 그 밖의 지휘자를 따라 조수처럼 이탈리아로 흘러 들어갔다. 그래서 고트족이나 반달족이나 현재 그리스를 소유하고 있는 민족이 자기들이 태어난 나라를 버리고 타국에서 더 편히 살 수 있는 토지를 구하였다. 그러니까 이러한 이동의 영향을 받지 않은 나라는 세계에서 2,3개국이 될까말까이다. 로마 사람은 이렇게 해서 식민지를 만들었다. 그들은 그 도시가 과도하게 팽창하는 것을 보고 필요하지 않은 사람들을 추방하고, 그들을 정복한 토지로 보내어 살게 하며 경작을 시켰다.

때로는 일부러 적에게 싸움을 걸었다. 그것은 타락의 어머니라고 하는 안일이 국가에 어떤 아주 나쁜 영향을 끼치면 안 되기 때문에 국민을 긴장시켜 두려는 의도에서만이 아니라,

　　이제 우리들은 오랜 태평으로 손상되어 가고 있다. 전쟁보다
　도 무서운 나태가 우리들을 침해하고 있는 것이다.[2]

국가에서 피를 뽑아 내어 그들의 들끓는 젊은 열기를 조금

---

1) 기원전 3세기의 갈리아 추장.
2) 주베날리스 《풍자시집》 6의 291.

식게 하며, 너무 원기 왕성하여 울창하게 뻗어나간 가지와 잎을 숨어 주기 위해서이기도 하였다.

브레티니 조약에 있어서 영국왕 에드워드 3세는 우리나라 왕과 맺은 전면 강화 중에 브르타뉴 공의 영토 분쟁이 포함되는 것을 원치 않았다. 그것은 그의 병사들을 그 토지에 살게 하고자 한 것이며, 바다 건너편에서 사역한 그들이 다시 영국으로 흘러 들어가게 하지 않도록 하기 위해서였다. 그것은 또한 우리 국왕 필립이 왕자인 쟝을 해외의 전쟁에 파견시키는 데 동의한 이유 중 하나이기도 하다. 그로 하여금 군대에 혈기 찬 많은 젊은이들을 데리고 가도록 하기 위해서였다.

오늘날에도 이렇게 논하는 자는 많다. 그들은 우리들 속에 있는 이 들끓는 감정이 어떤 이웃나라와의 싸움에 의하여 누그러지기를 바라고 있다. 그렇지 않으면 현재 우리들의 신체를 지배하고 있는, 이 죄의 원인이 되는 체액이 어느 다른 곳으로 배출되지 않는 한, 언제까지나 우리들의 열을 끓게 하고 드디어는 우리들 전체의 파멸을 초래할 위험이 있다는 것이다. 분명히 같은 불행이라 하더라도 외국과의 전쟁은 내란보다는 훨씬 조용하다. 그러나 나는 자기들의 행복을 위하여 다른 사람들에게 해를 끼치는 싸움을 바라는 것 같은 이러한 부정한 기획을 신이 용서하리라고는 믿지 않는다.

람누스의 처녀 네메시의 신이여, 내가 정당한 소유자로부터

횡령하려는 마음을 일으키게 하지 않도록 해주오.3)

그러나 우리들의 본성이 무력하기 때문에, 우리들은 때
때로 올바른 목적을 위하여 그릇된 수단을 쓴다는 궁지에
몰리고 만다. 지금까지 가장 고결하고 완전한 입법자로 알
려진 리쿠르고스도 국민에게 절제를 가르치기 위하여 다음
과 같은 극히 부정한 방법을 생각해 내었다. 즉, 그들의 노
예인 일로트족4)에게 강제로 술을 먹게 하고, 그 자신도 주
체하지 못할 정도로 취해 있는 모습을 스파르타 사람들에
게 보여 줌으로써 이 악덕의 더러움을 몹시 혐오하도록 하
였다.5)

이보다 더 그릇된 짓을 한 사람들도 있다. 옛날 그들은
죄인을 어떤 종류의 사형에 처하게 되었을 때도 의사들에
게 산채로 절개하는 것을 허용하고, 내장을 실제 상태에서
봄으로써 의술에 한층 더 확실성을 가하는 것을 허용하였
던 것이다. 이것이 더 부당하다고 하는 이유는, 마찬가지
로 극단적이라 하더라도, 정신의 건강을 위하여 하는 것이
육체의 건강을 위하여 하는 것보다 어느 정도 허용되기 때
문이다. 이를테면, 로마 사람이 국민에게 무용(武勇)과 위
험이나 죽음을 생각하지 않는 기풍을 단련시키기 위하여
투기사(鬪技士)나 검객들이 그들 앞에서 죽을 때까지 치고
받으며 죽이는 몸서리나는 구경거리를 보여 주는 것이 바

---

3) 카툴루스 〈풍자시〉 68의 77.
4) 라코니아의 원주민으로, 스파르타의 노예가 된 사람들.
5) 플루타르코스 《영웅전》, 〈리쿠르고스 편〉 28.

로 그것이다.

이 미치광이의 좋지 않은 유희와, 젊은이들의 죽음과, 피로 써 키워진 쾌락은 달리 무엇을 목적으로 하고 있는 것일까.6)

이 습관은 황제 테오도시우스7) 때까지 계속되었다.

왕이여, 당신의 통치를 위하여 마련해 둔 명예를 받으라. 선 왕의 명예를 이어받고 거기에다 다시 당신에게만 어울리는 명 예를 가하라. 그 고통이 사람들의 구경거리가 되면서도 죽는 사 람이 한 사람도 없도록 하라. 투기장은 짐승들의 피로만 더럽히 게 하고, 무기를 들어 사람을 죽이는 몸서리쳐지는 유희는 중지 해 주기 바란다.8)

매일 눈앞에 백 조(組), 2백 조, 천 조의 인간이 서로 무기를 들고 비상한 용기를 내어, 산산조각이 되도록 서로 치고, 한마디도 약한 소리나 동정을 바라는 소리를 내지 않고, 결코 등을 돌리지 않고, 적의 공격을 피하기 위하여 한번도 비겁한 짓을 하지 않고, 오히려 적의 칼에 목을 내 밀고, 스스로 적의 공격에 뛰어들어가는 광경을 본다는 것 은 진정으로 국민을 교육시키기 위한 훌륭한 모범이며, 그 것은 또한 아주 큰 효과를 가져왔다. 투기사 중의 대부분 은 만신창이가 되어 죽어 가면서, 그 장소에 쓰러져 마지

---

6) (프루덴티우스 〈신마크스를 반박하는 시〉 2.
7) 로마 황제, 재위 379~395.
8) 프루덴티우스 〈신마크스를 반박하는 시〉 2의 643.

막 숨을 거두기 직전에 구경꾼들 쪽으로 사람을 보내어, 자기들이 최선을 다한 의무가 만족스러운가 어떤가를 물어 보았던 것이다. 그들은 싸움을 하거나 죽거나 하는 데도 용감하다는 것만으로는 만족하지 않고, 게다가 쾌활하지 않으면 안 되었다. 그러니까 조금이라도 죽음을 맞이하는 것을 싫어하는 눈치가 보이면 구경꾼들은 그것을 큰 소리로 나무라고 꾸짖었다.

처녀들까지도 그들을 격려하였다.

> 정숙한 처녀들까지도 일격을 가할 때마다 일어나서 승자가 적의 목에 칼을 찌르는 것을 보고 환성을 올리며, 엄지손가락을 아래로 내려 쓰러진 적을 죽이라고 재촉한다.[9]

초기의 로마 사람은 이러한 용기의 본보기로 죄인을 이용하고 있었다. 그러나 나중에는 죄없는 노예나, 투기사가 되기 위해 몸을 판 자유인까지도 이용하였다. 아니 로마의 원로원이나 기사나 부인까지도 이용하였던 것이다.

> 이제는, 그들은 죽음의 투기장에 자기의 몸을 팔고 있다. 그리고 전쟁이 끝났는데도 각자는 서로를 적으로 삼고 있다.[10]

> 이 소동과 새로운 유희에, 칼을 잡아 본 적도 없는 여자들이 부끄러움도 모르고 남자들 틈에 섞여 싸운다.[11]

---

9) 프루덴티우스 〈신마크스를 반박하는 시〉 2의 617.
10) 마닐리우스 ≪성학(星學)≫ 4의 225.
11) 스타티우스 〈실베〉 1의 6의 51.

  나는 이것을 아주 괴상하고 믿을 수 없는 것으로 생각하였을지도 모른다. 그러나 실제로는 우리들도 우리나라의 내란에서 외국 사람들이 돈벌이 때문에 그 피와 생명을 아무 상관 없는 싸움에 걸고 있는 것을 매일 보고 있어, 예사롭게 되어 버렸다.

[제23장]

모든 일에는 그때가 있다는 것에 대하여

켄소르[1]인 대 카토와 자살한 소 카토를 비교해 보는 사람들은, 두 가지의 훌륭하고 유사한 성격을 비교하게 된다. 전자는 후자보다도 모든 면에서 탁월한 재능을 발휘하고, 무훈과 공무에 있어서 후자를 월등히 능가하고 있다. 그러나 소 카토의 미덕은 강력하다는 점에서 이것을 다른 어떤 미덕과 비교한다는 것은 하나의 모독이었을 뿐만 아니라, 대 카토의 미덕보다도 훨씬 순수하였다.

사실, 대 카토의 미덕에 질투와 야심이 섞여 있지 않다고 누가 말하겠는가. 그는 자애롭다거나 그 밖의 모든 미덕에 있어서 그와 당시의 모든 사람들보다도 더 뛰어난 스키피오의 명예를 공격하려고 한 적이 있다. 대 카토에 대하여 여러 가지 이야기되고 있는 것 가운데서 특히 그가 연로하여 그리스어를 공부하기 시작하고, 그것이 마치 오랜 갈증을 해결하는 것 같았다는 것은 그에게 그리 명예로운 일이라고는 생각되지 않는다.

그것은 바로, 우리들이 말하는 늙으면 다시 어린이가 된다는 그것이다. 좋든 나쁘든 모든 일에는 그 시기가 있다. 나의, 하늘에 계신 우리 아버지, 하는 기도도 그 시기가 부적절할 때가 있다. 마치 퀸티우스 플라미니우스[2]가 대장

---

1) 고대 로마의 고관.

으로서 싸움에는 이겼으나, 전쟁 중에 모든 사람들에게서
벗어나 혼자 열심히 신에게 기도드리는 것을 발각당하여
비난을 받았다는 것과 마찬가지이다.

> 지성은 덕행에 있어서도 한계를 지킨다.[3]

　에우데모니다스는 크세노크라테스가 아주 늙어서도 학교
공부에 열중하는 것을 보고, "이 사람은 아직도 배우고 있는
데, 언제쯤 지식을 얻게 될 것인가?" 하고 말하였다.

　그리고 필로포에멘은 프톨레마이오스 왕이 매일 무술 연
습으로 몸을 단련시키고 있는 것을 칭찬하는 사람들에게,
"왕이라는 사람이 저 나이에 무술 연습을 하는 것은 자랑
스러운 일이 아니다. 오히려 이제부터는 그것을 실제로 사
용해야 할 것이다."라고 말하였다.

　젊어서는 준비하고 늙어서는 그것을 사용해야 한다고 지
성인들은 말하고 있다. 그리고 그들이 우리들 본성 속에 인
정하는 최대의 악덕은, 우리들의 욕망이 항상 젊어진다는
것이다. 우리들은 언제나 삶을 되풀이하고 있다. 그러나 우
리들의 공부와 욕망은 때로는 늙은이다워야 할 것이다. 우
리들의 한쪽 발은 이미 무덤 속에 들여놓고 있으면서도 그
욕망과 추구는 지금 막 태어난 것과 같으니까 말이다.

> 죽음이 눈앞에 다가왔다고 하는데, 그대는 대리석을 깎고 무

---

2) 기원전 2세기의 로마 군인.
3) 주베나리스, 6의 444.

덤 대신에 집을 짓는다.4)

나의 기획 중에서 아무리 긴 것이라 해도, 일 년 이상은 걸리지 않는다. 이제부터 나는 끝나는 것밖에 생각하지 않는다. 모든 새로운 희망이나 기획에서 자기를 해방시키고 어디로 가든, 거기서 떠날 때는 거기에 마지막 작별을 고한다. 그리고 매일 자기가 가지고 있는 것을 버린다.

'오래 전부터 나는 아무것도 잃지 않고 벌지도 않는다. 나는 남은 인생의 나그네 길에서는 남을 만큼의 노자만 가지고 있다.'5)

나는 살았다. 운명으로부터 주어진 여정을 다 걸었다.6)

결국 내가 나의 늙음에서 찾는 위안의 전부는, 이 늙음이 나의 마음속에 인생을 어지럽게 하는 여러 가지 욕망이나 마음의 고통을, 즉 세계 정세는 어떻게 될 것인가라든가, 재산·출세·학문·건강 등 자기에 대한 걱정 근심을 경감시켜 준다. 저 대 카토는 영원히 입을 다무는 것을 배워야 할 때에 지껄이는 법을 배우고 있다.

항상 공부를 계속하는 것은 좋으나 학교를 다닌다는 것은 좋지 않다. 늙어서 A·B·C…… 하는 것은 어리석은

---

4) 호라티우스 〈카르미나〉 2의 18의 17.
5) 세네카 ≪서간≫ 77.
6) 베르길리우스 ≪아에네이스≫ 4의 653.

짓이다.

　　사람에게는 각각 취미가 있다. 모든 일이 모든 연령에 알맞
　　는다고는 할 수 없다.[7]

　공부를 하지 않으면 안 된다고 하면 우리들의 분수에 맞
는 공부를 하자.

　어떤 사람이, 그렇게 늙었는데 그런 공부를 해서 무엇을
하려는가라는 질문을 받자, "보다 나은 인간이 되어 보다
행복하게 이 세상을 떠나기 위하여……."라고 대답했다는
데, 우리들도 그렇게 대답할 수 있도록 하자. 소 카토의 공
부도 그러한 것이었다.

　그는 자기의 죽음이 가까워옴을 알았을 때 마침 플라톤
의 영혼불멸의 설을 만난 것이다. 그리고 당연한 일이지
만, 그가 벌써부터 저 세상으로 떠날 모든 차비를 하고 있
지 않았다는 것은 아니다. 이에 대한 안심입명(安心立命)
과 각오와 지식이라면, 그는 플라톤이 그 저서 속에 가지
고 있는 이상의 것을 가지고 있었다.

　그의 지식과 용기는 이 점에 있어서는 철학을 초월해 있
었다.

　그가 그렇게 공부에 열중한 것은 그것을 그의 죽음에 소
용되게 하기 위한 것은 아니었다. 저 중대한 일을 앞에 두
고서도 잠에 방해를 받지 않았다는 사람답게 특히 일부러

―――――――――――――――――――

7) 프세우도 가톨루스. 1의 104.

이상한 것이 아니고 일상적 습관대로 언제나 공부를 한 데 지나지 않았다.

　그는 집정관 직을 거절당하였던 그날밤을 노름으로 보냈다. 죽지 않으면 안 될 그날 밤은 독서로 보냈다. 생명을 잃는다는 것도, 직장을 잃는다는 것도 그에게는 마찬가지 일이었다.

〔제28장〕

미덕에 대하여

  나는 경험에 의하여, 영혼의 격렬한 고양과 확고 불변한 습관 사이에는 커다란 차이가 있다는 것을 알고 있다. 그리고 우리들에게 불가능한 것은 하나도 없다는 것도 알고 있다. 뿐만 아니라 누가 말한 것처럼[1] 신을 능가할 수도 있다는 것을 알고 있다. 신을 능가할 수 있다고 한 이유는 자기의 노력에 의하여 사물이 움직이지 않게 되는 것은 처음부터 본성에 의하여 그러하기보다는 위대하기 때문이다. 더구나 인간의 약함에다 신의 확고부동함을 합칠 수도 있다는 것을 알고 있다. 그러나 그것은 발작적인 데에서 그러하다.

  옛 영웅들의 생애에는 이따금 우리들이 타고난 능력을 훨씬 넘는 것처럼 보이는 기적적이고 눈부신, 폭발적인 행위가 있다. 그러나 실상 그것은 어디까지나 폭발적인 행위인 것이다. 그러한 심경에 우리들의 영혼을 물들게 하고 그것이 일상의 타고난 것으로 되기까지 침투시킬 수 있다는 것은 도저히 생각할 수 없다. 인간이 덜된 데 불과한 우리들도 때로는 다른 사람의 주장이나 모범에 영혼이 자극되어 그것을 일상의 것보다 훨씬 높게 고양시키는 일이 있다.

  그러나 이와 같이 영혼을 재촉하여, 이를테면 그것을 자

---

1) 세네카 〈섭리에 대하여〉 6.

기 밖으로 앗아가 버리는 것은 일종의 격정이다. 왜냐하면
이 소용돌이가 지나가 버리면 어느 사이에 우리들의 일은
저절로 해이해져서 마지막 단계까지는 내려가지 않는다 해
도 적어도 이전의 그대로의 것은 아니기 때문이다. 그렇게
되어 버리면 우리들은 어떤 경우에도, 이를테면 참새를 놓
쳤다든가 컵을 깬 것 갖고도 거의 누구나 할 것 없이 흥분
하게 될 것이다.

질서와 절제와 확고부동 이외의 것이라면 어떤 것이든지
흔히 불완전하고 결점이 많은 인간도 능히 할 수 있다고
생각된다. 그러므로 지성인들은 "어떤 인간을 정당하게 판
단하기 위해서는 특히 이 일상의 행위를 조사하고 나날의
아무렇지도 않은 모습을 포착하지 않으면 안 된다."고 말하
는 것이다.

피론은 무지에 의하여 그렇게 재미있는 학설을 내세웠는
데, 다른 철학자와 마찬가지로 그 생활을 자기의 학설에다
일치시키려고 하였다. 그는 인간의 판단력은 아주 무력하
여 결단도 선택도 할 수 없다고 주장하였고, 또한 모든 사
실을 아무래도 좋은 것으로 보아 항상 판단을 매듭짓지 않
고 유보해 두려고 한 까닭에 언제나 똑같은 태도와 표정을
유지하고 있었다고 한다.

그는 어떤 이야기를 시작하면 이야기의 상대자가 가버려
도 마지막까지 이야기를 계속하였다. 걷고 있을 때는 어떤
장애물이 있어도 걸음을 멈추지 않았다. 그래서 친구들은
그가 절벽에서 떨어지거나 짐차에 부딪히거나 그 밖의 사

고를 내지 않도록 항상 그에게 신경을 쓰지 않으면 안 되었다. 왜냐하면 어떤 것을 두려워하거나 피하는 것은 감각에까지도 어떤 선택이나 확실성이 없다고 하는 그의 주장에 저촉되기 때문이다.

그는 때때로 절개수술과 뜸질을 받았는데, 그것을 태연하게 견디며 눈 하나 깜짝하지 않았다. 우리들의 마음을 이러한 사상으로 옮겨 놓는다는 것은 어려운 일이다. 여기에다 행동에 옮긴다는 것은 더구나 어려운 일이다. 그러나 그것은 불가능하지는 않다. 일반적인 관습에서 벗어난 계획 속에서 항상 견인불굴(堅忍不屈)의 정신으로 이 둘을 결부시키고 그것을 습관화시킨다는 것은 거의 인간의 힘이라고 생각되지 않는다. 어느 날 그는 집에서 누이동생과 심하게 다투고 있는 것이 다른 사람에게 발견되어, 이래서는 그가 말하는 무관심과 모순되는 것이 아니냐는 비난을 받자

"뭐라고? 이런 계집애까지 나의 학설의 증거로 삼지 않으면 안 되는가."라고 말하였다. 또 한번은 개를 피하고 있는 것을 목격당하자 그는,

"인간을 완전히 벗어 버린다는 것은 참으로 어려운 일이다. 사실과 싸우기 위해서는 우선 행위에 의하여 하지 않으면 안 된다. 그리고 그것이 안 될 때는 할 수 없이 이론과 말을 꺼내도록 하지 않으면 안 된다."라고 말하였다.

약 7,8년 전의 일이지만, 여기서 20리 가량 떨어진 곳에(지금도 살고 있는) 어떤 마을 사람이 이 전부터 아내의

질투심 때문에 고통을 받고 있었다. 어느 날 일을 마치고
돌아오자 여느때와 다름없는 날카로운 소리의 환영을 받
고, 그만 견딜 수 없이 화가 치밀어서 들고 있던 낫으로 그
여자를 초조하게 하는 원인인 자기의 '물건'을 깨끗이 끊어
서 그것을 그 여자의 코를 향해 던져 주었다.

또한 우리나라 귀족이며 여자를 좋아하고 정력이 넘쳐
흐르는 젊은이가, 오랫동안 기다리다가 겨우 한 미인의 마
음을 녹여서 드디어 일을 벌이려는 순간 이번에는 자기의
물건이 기운이 빠지고 늘어져 버린 데 실망하여,

　　남근(男根)은 힘없이 늙어빠진 얼굴을 겨우 쳐들 뿐.2)

집으로 돌아오자마자 곧 '그것'을 끊어버리고 빨갛게 피가
묻은 그 희생물을 그 여자에게 보내어 자기의 죄를 사과하
였다. 이것이 만약 키벨레의 신(대지의 신)에 종사하는 신
관들처럼, 이성과 신앙심에 의하여 행해진 것이라면 그 숭
고한 행위에 우리들은 어떤 찬사도 아끼지 않을 것이다.

불과 며칠 전 도르도뉴 강 상류, 우리 집에서 50리 쯤
되는 브라쥬라크에서 어떤 부인이 지난 밤에 까다롭고 성
급한 남편에게 매를 맞고 구박을 받자, 그의 횡포로부터
벗어나기 위하여 자살을 결심하였다. 그녀는 아침에 일어
난 뒤 여느때와 같이 아낙네들과 이야기를 건네며 두서너
가지 부탁을 하고, 자기 여동생의 손을 잡고 다리 위까지

---

2) 티블루스 〈에레게이아〉.

데리고 가서는, 보통때와 조금도 다름 없는 태도로 농담하듯 작별을 한 후에 거꾸로 강물 속에 몸을 던져 자살하였다. 여기서 특히 유의하여야 할 것은 이 계획이 그 여자의 머릿속에서 불과 하룻밤 사이에 무르익었다는 사실이다.

인도의 여자들의 경우는 사정이 다르다. 그들의 습관에 따라 남편은 많은 처를 거느리고 그 중에서 사랑을 가장 많이 받은 아내가 남편의 뒤를 따라 죽게 되어 있는데, 그 여자들은 각각 다른 여자를 물리치고 그 특전을 얻는 것을 일생의 목적으로 하고 있기 때문이다. 그 여자들이 남편을 위하는 친절의 목적도 실은 남편의 죽음의 동반자로 선발된다는 보상 이외의 아무것도 아니다.

> 마지막 횃불이 죽음의 자리에 던져지면, 경건한 여자들의 무리는 머리를 풀고 일어나서 남편의 뒤를 따르려고 서로 다툰다. 죽음이 허용되지 않는다는 것은 치욕이기 때문이다. 이 다툼에서 이긴 여자는 가슴을 설레이며 불 속으로 뛰어들어 타는 입술을 남편의 시체에 갖다댄다.[3]

어떤 사람은 이 동방의 나라에서 남편이 죽은 뒤에 그 아내뿐만 아니라 남편이 귀여워하던 여자 노예들도 매장되는 습관이 행해지고 있는 것을 보았다고 쓰고 있다. 그 방법은 다음과 같은 것이다.

남편이 죽으면 그 과부가 만약 희망한다면—사실 희망하는 자는 거의 없는데—집안일의 뒷처리를 하기 위해 2,3개

---

3) 프로페르티우스. 3의 13의 17.

월의 유예 기간을 청구할 수 있다. 그날이 오면 그 여자는 말을 타고 결혼식 때처럼 화장을 하며, 그 여자의 말대로 마치 이제부터 남편과 함께 잠자리에 들기라도 하듯이 즐거운 표정을 하곤, 왼손에는 화살을 가지고 간다.

이리저리 친구, 친척 등 축제 기분에 들뜬 군중을 거느리고 쾌활하게 걸어서 이윽고 이러한 구경거리를 위한 장소에 도착한다.

그곳은 커다란 광장이며 한복판에 장작을 가득 쌓아올린 구멍이 파 있고 이에 잇따라 4,5단의 높은 언덕이 있어, 그 여자는 거기로 인도되고 뒤이어 진수성찬이 나온다. 식사가 끝나면 그 여자는 춤을 추거나 노래를 부른다. 그리고 그 여자가 가장 좋다고 생각하는 시각에, 장작에다 불을 붙이도록 명한다. 불이 붙으면 그 여자는 아래로 내려가서 남편과 가장 가까운 친척의 손을 잡고 함께 근처 강으로 가, 보석과 의복을 친구들에게 나누어 주고 나서 마치 자기의 죄를 씻기라도 하듯 옷을 모두 벗고 물 속으로 뛰어든다.

물에서 나오면 길이 14자의 황색 천에 몸을 싸고, 다시 남편 친척의 손을 잡고 그 언덕으로 되돌아와서 사람들에게 이야기를 건네고, 어린 자식이 있으면 모두에게 부탁한다. 구멍과 언덕 사이에는 대개 막을 쳐놓아 타오르고 있는 불이 보이지 않도록 되어 있다. 개중에는 용기가 있음을 보이기 위해 그 막을 거부하는 여자들도 있다. 그 여자가 말하고 싶은 것을 다 말하고 나면 한 여자가 머리와 전

신에 칠할 기름이 가득 든 단지를 내민다. 그 여자는 그것
을 자신의 몸에 칠하고 나서 그 기름을 불 속에 던짐과 동
시에 몸도 던진다. 그러면 사람들은 그 위에 계속 장작을
던져 그 여자의 죽음이 지연되지 않도록 해준다. 그리고
그때까지의 그들의 즐거움은 한탄과 슬픔으로 바뀐다.

　만약 신분이 그리 높지 않은 사람인 경우에는, 유해는
매장될 장소로 운반되어 거기에 앉은 채로 놓여지고, 과부
는 그 앞에 무릎을 꿇고 세게 그를 껴안는다. 그래서 그대
로의 자세를 하고 있는 동안에 모두가 그들 둘레에 벽을
쌓는다. 그것이 그 여자의 어깨 높이에 달하면 그 여자의
뒤에서 머리를 누르고 목을 조인다. 그 여자의 숨이 끊어
지면 벽은 다시 높게 쌓여지고 닫혀져서 두 사람은 그 속
에 매장된다.

　이와 같은 나라에서는 비슷한 일이 그들의 나행자4) 사
이에서 행해졌다. 그것은 강제적인 것이 아니고, 일시적인
충동에 의한 것도 아니며, 공공연하게 그 신앙을 선언하여
행해지는 것이었다. 그 방법은, 그들이 어떤 연령에 달하거
나 혹은 어떤 병으로 생명이 위협을 받을 때, 장작을 쌓아
올리고 그 위에 훌륭하게 장식한 침대를 만들어 친구, 친지
들과 어울려 즐겁게 연회를 연 다음, 그는 침대로 가서 앉
는다. 그러고는 그곳에 불을 붙이는데 그래도 손발을 조금
도 움직이지 않는다. 그들 중의 한 사람인 칼라누스는 알렉
산더 대왕의 전군(全軍) 앞에서 이렇게 죽었던 것이다.

―――――――――――
4) 裸行者:나체가 되어 종교적 명상에 잠긴 고대 인도의 고행자.

그들 사이에서는 이와 같이 그 영혼을 불로 정화하고, 망하는 것, 세속적인 것은 전부 태워 저 세상으로 보내지 않는 자는 성자(聖者)로도, 행복한 사람으로도 보지 않는다.

일생 동안 항상 이러한 생각을 한다는 것은 정말 놀랄만한 일이다.

우리들이 논의하고 있는 것 가운데는 '운명'에 관한 것도 포함되어 있다. 그리고 미래의 사실을, 또 우리의 의지까지도 확실하고 어쩔 수 없는 필연에다가 결부시키기 위하여 사람들은 옛날의 다음과 같은 논의(論議)를 구사하고 있다. '신은 확실히 모든 것이 이러이러하게 일어나는 것을 예견하고 있으니, 그것들은 그렇게 일어나지 않으면 안 된다.'라고……. 이에 대하여 우리들의 선생들[5]은,

"우리들이 무엇인가가 일어나는 것을 보듯이 신도 보는 것이지만—왜냐하면 신에게는 모든 것이 눈앞에 있으니 예견하는 것이 아니라 보는 것이다—이 본다는 것은 강제로 일어나는 것이 아니다. 아니 사물이 일어나므로 우리들이 보는 것이지, 우리들이 보기 때문에 사물이 일어나는 것은 아니다. 사실 사물이 지식을 만드는 것이지 지식이 사물을 만드는 것은 아니다. 우리들이 현재 일어나고 있는 것을 보고 있는 것이 일어난 것이다. 그러나 이와는 다른 것이 일어날 수도 있다. 그리고 신은 미리 예견하는 일이 발생하는 원인의 목록 속에 사람이 우발적으로 생겨나는 일의 원인이라고 부르는 것, 신이 우리들에게 부여한 자유 의사

---

5) 신학자들을 가리킴.

에 좌우되는 원인이라고 부르는 것도 넣고 있다. 그래서
신은 우리들이 과오를 범하기를 바라며, 과오를 범하리라
는 것을 알고 있다."라고 대답한다.

그런데 나는 많은 사람들이 이 어쩔 수 없는 필연의 운
명으로 격려하는 것을 보았다. 왜냐하면 만약 우리들의 죽
는 시점이 어떤 점상(點上)에 정해져 있다고 한다면 적이
아무리 총질을 해대도, 우리들의 대담함도, 우리들의 도망
도, 비겁함도 그것을 빠르게 할 수도 없거니와 늦출 수도
없기 때문이다. 이것은 사실 그럴 듯한 말이다. 그러나 그
것을 진정으로 받아들이고 실행하는 사람이 있다면 나는
한번 만나보고 싶다. 그리고 견고한 신념은 마찬가지로 견
고한 행위를 수반한다는 것이 사실이라면, 우리들이 언제
나 이렇게 말하고 있는 신앙은 현 시대에는 확실히 무섭고
천박한 것이다. 그렇지 않다면 신앙이 신앙을 무시하여 함
께 따라오는 것을 나무라고 있다고 생각할 수밖에 없다.

그것은 어쨌든 이에 대하여 다른 누구 못지않게 신뢰할
수 있는 증인, 조앵빌르 경6)이 루이 성왕(聖王)이 성지 팔
레스티나에서 사라센 사람들과 싸웠을 때 그 속에 섞여 있
던 베두인 사람에 대하여 말하는 바에 의하면, 그들은 자
신들의 종교에서 말하는, 각자의 수명은 아득한 옛날부터
피할 수 없는 명령에 의하여 미리 정해지고 열거되어 있다
는 것을 굳게 믿고 있었기 때문에, 싸움에 나갈 때도 발가
벗은 체이며, 다만 터키풍의 칼을 차고 몸에 흰 헝겊을 두

---

6) 1224~1317. 프랑스의 연대기 작가.

를 뿐이었다. 그리고 화가 났을 때 친구에게 내뱉는 가장 심한 욕도 으레, "죽는 것이 무서워 갑옷을 입는 놈처럼 저 주받아라!"라고 말하는 것이었다고 한다.

이상은 우리들과는 전혀 다른 신념과 신앙의 증거이다. 그리고 우리들의 부친들 시대에 플로렌스의 두 수도사가 보여 준 예도 같은 부류의 것이다. 그들은 어떤 학문상의 논쟁을 하고 어느 쪽이 옳은가를 증명하기 위하여, 둘이 함께 광장의 공중 앞에서 불 속에 뛰어들기로 의견이 일치 되었다. 그래서 준비가 완전히 갖추어지고 드디어 실행하려고 할 찰나, 뜻하지 않은 사건 때문에 중지되었다.

한 젊은 터키 귀족이, 이제부터 전투에 들어가려고 하는 아무라트와 후니아드의 양군(兩軍)이 보는 앞에서 혁혁한 공을 세웠다. 그는 아무라트로부터, 그렇게 젊고 전투 경험도 없는데—왜냐하면 그것은 첫 전투였으므로—어떻게 고결하리만큼 용감할 수 있었는가 하는 질문을 받았다. 그러자 그는 자기는 무용(武勇)의 최고의 교훈을 한 마리의 토끼에게서 배웠다고 다음과 같이 대답하였다.

"어느 날 사냥을 나갔다가 집 속에 있는 한 마리 토끼를 발견하였다. 나는 두 마리의 사냥개를 데리고 있었는데, 실패하지 않기 위해서는 화살을 사용하는 것이 좋으리라 생각하였다. 왜냐하면 그것은 다시 없을 절호의 표적이었 으니까. 나는 활을 쏘기 시작하였다. 케이스 속에 있는 화살을 마흔 개인가 쏘았으나 맞히기는커녕 토끼는 꼼짝도 하지 않았다. 마침내는 개를 보내 보았으나 그것도 허사였다. 그리하여 나는 토끼가 숙명적으로 지켜지고 있다는 것, 그리고 화살도 칼도 운명의 허락이 없으면 맞히지 못하리라는 것, 그래서 그 운명을 늦추거나 빠르게 하거나 하는 것은 우리들의 힘을 초월한 일이라는 것을 알았다."

이 이야기는 말이 나왔으니까 하는 말이지만, 우리들의 이성은 어떤 상상에도 영향을 받는다는 것을 보이는 데 도움이 될는지도 모른다.

연령도 명예도 지위도 학식도 다 위대한 한 인물이 나에게, 어떤 이상한 동기가 그의 신앙에 중대한 변화를 낳게 하였다는 것을 자랑하고 있었는데, 그 동기라는 것이 기괴한데다가 아주 요령이 없는 것이었던 까닭에, 나는 오히려 그것은 반대의 논증의 근거가 된다고 생각하였다. 그는 그것을 기적이라고 하였는데, 나도 또한 반대의 뜻으로 그것을 기적이라고 생각하였다.

터키의 역사가들은, 터키의 민중들에게는 그들의 수명이 숙명적으로 어쩔 수 없게 미리 정해져 있다는 신념이 널리 퍼져, 그것이 그들을 위험 앞에서도 태연하게 만들고 있다고 말하고 있다. 내가 알고 있는 한 군주는 이 신념에 의하여 고귀한 이익을 보고 있다. 그러나 거기에는 운명이 계속 그에게 힘을 빌려 줄 때에만 가능한 일인 것이다.

나의 기억으로는 저 오랑쥬 공작의 암살을 기도한 두 사람의 용감한 행위 이상으로 감탄할 만한 것은 없다고 생각된다. 두번째로 습격한 자가 공작을 죽였는데, 그는 앞서 자기 벗이 있는 힘을 다하였음에도 불구하고 실패한 계획

을 어떻게 다시 용기를 내어 실행할 마음이 생겼을까. 그
리고 어떻게 그는 첫번째 사람의 뒤를 따라 똑같은 무기를
사용하면서, 최근의 사건에 비추어 경계를 소홀히 하지 않
고, 경호원들에게 둘러싸인 공작을, 전 시민이 모두 공작
에게 충성을 바치고 있는 거리에서 습격하려는 계획을 감
히 세울 수 있었을까.

생각하면 정말 놀라운 일이다. 확실히 그는 그 일에 굳
게 결심한 손과 강한 열정으로 움직인 마음을 구사하였던
것이다. 단도는 사람을 습격하는 데 권총보다 확실하기는
하지만, 보다 많은 완력과 운동을 필요로 하기 때문에 타
격이 빗나가거나 혼란을 일으키기 쉽다. 이 사람은 죽음을
각오하고 실행하였음에 틀림이 없다. 왜냐하면 위로가 될
만한 희망은 냉정한 이성의 소유자에게는 머물지 않기 때
문이다. 그리고 그 방법은 그가 냉정한 이성이나 용기를
가지고 있었다는 것을 입증하고 있다.

이러한 강력한 확신의 동기는 여러 가지가 있을 수 있다.
왜냐하면 우리들의 사상은 그 자체에나 우리들에게나 생각
한 대로의 것을 하기 때문이다. 오를레앙 근처에서 행해진
암살에는 이와 비슷한 점이 전혀 없다. 그것은 용기보다 우
연이 지배적이었다. 그 타격은 운명이 힘을 빌려 주지 않았
다면 치명적이 되지는 않았을 것이다. 말을 타고 멀리서,
말 위에 흔들리고 있는 상대를 사격한다는 것은 도망치지
못할 바에는 한번 해본다고 생각하는 자의 짓이다.

그것은 그 다음 일을 보면 알 것이다. 왜냐하면 그는 그

러한 끔찍한 일을 저질렀다는 생각에 놀라서 완전히 자제력을 잃고 어떻게 도망쳐야 될지, 또는 어떻게 대답해야 좋을지를 몰라 전전긍긍했으니 말이다. 그는 망설일 필요가 없었다. 강 건너 친구들한테로 뛰어가기만 하면 되는 것이었다.

이 방법은 보다 작은 위험을 겪었을 때 사용한 바 있으며, 또 강폭이 아무리 넓다 하더라도 말이 쉽게 물에 들어갈 수만 있다면, 그리고 강물의 흐름을 잘 보고 미리 건너편 기슭에 안전한 착륙점을 정해 두기만 한다면 그리 위험하지는 않았으리라고 생각한다. 또다른 사람은 무서운 판결을 언도받고, "각오한 바이다. 나의 참을성으로써 모든 사람을 놀라게 해주자."라고 말하였다.

페니키아에 예속된 아사신 사람들은 이슬람 교도 중에서도 신앙심이 아주 두터운데다 미풍양속의 민족으로 알려져 있다. 그들의 천국으로 가는 가장 확실한 방법은 자기들과 반대의 종교를 믿는 누군가를 죽이는 것이다. 그러니까 그와 같이 유익한 목적을 수행하기 위해서 그들은 종종 한 사람이나 두 사람이 자기의 위험을 생각하지 않고 확실히 죽는다는 각오 아래 몸을 던져, 그들의 적을 그 군대의 한복판에 뛰어들어 죽이려고 한다―우리들은 죽인다(assassin)는 말을 그들의 이름에서 차용하고 있다―우리의 레이몽 드 트리폴리 백작도 이런 자들에게 길거리에서 피살되었다.

[제29장]

분노에 대하여

　플루타르코스는 도처에서 감동을 받았는데, 특히 그는
인간의 행위를 판단할 때 더욱 큰 감동을 받는다. 우리들
은 그가 리쿠르고스와 누마1)를 비교한 것 중에서, 어린이
들의 교육과 감독을 그 어머니들에게 일임하고 있는 것은
극히 어리석은 짓이라는 데에 대하여 훌륭한 이야기를 하
고 있는 것을 볼 수 있다.

　아리스토텔레스도 말하고 있듯이2) 우리들의 대부분의
국가는 키클로프스3)들처럼, 아내나 어린이의 지도를 남자
들의 어리석고 분별없는 변덕에 맡겨 두고 있다. 라케다이
몬 사람과 크레테 섬 사람들만이 어린이의 교육을 법률로
정하고 있다.

　국가의 모든 것이 어린이의 교육과 양육 여하에 달려 있
다는 것을 모르는 사람이 있을까. 그럼에도 불구하고 사람
들은 이것을 분별없이 어버이들의 변덕에 맡겨 두고 있는
것이다. 어버이들이 아무리 어리석고 나쁜 사람이라 하더
라도 상관하지 않는다.

　특히 나는 길을 걸으면서 화가 몹시 나 있는 아버지와

---

1) 기원전 8~7세기의 로마 왕.
2) 《니코마코스 윤리학》 10의 9.
3) 그리스 신화의 외눈을 한 거인.

어머니에게 살가죽이 벗겨지도록 얻어맞아서 상처를 입거나 하는 어린이들을 볼 때, 그들의 복수를 위하여 이 어버이들을 웃음거리로 만들어 주고 싶다고 생각한 적이 한 두 번이 아니다. 보아라, 어버이들의 눈에서는 분노의 불꽃이 솟아오르고 있지 않는가.

그들은 분노로 가슴을 태우고, 마치 지주를 잃은 커다란 바위가 산꼭대기에서 굴러 떨어지듯 덤벼든다.4)

—그리고 히포크라테스5)에 의하면 가장 위험한 병은 표정을 바꾸는 병이라고 한다—게다가 그들은 찢어질 듯한 큰 소리로 때로는 막 젖을 뗀 아기에게 야단을 치는 일도 있다. 그리고 어린이들은 얻어맞아서 몸이 상하거나 기절하기도 하는 형편이다. 그러나 우리들의 법률은 조금도 개의치 않는다. 마치 이들의 탈구(脫舊)가 되고 절름발이가 된 손발이 우리들 국가의 손발이 아닌 것처럼 말이다.

당신은 국가에 한 시민을 바쳤다는 것으로써 감사받을 가치가 있다. 그러나 그 아들로 하여금 국가를 위하도록, 농경에 도움이 되고 전시(戰時)에나 평화시에나 유능한 인간이 되도록 가꾸지 않으면 안 된다.6)

분노만큼이나 정확한 판단을 뒤흔드는 감정은 없다. 만

---

4) 주베나리스 ≪풍자시집≫ 6의 647.
5) 그리스의 의학자. 기원전 460~375년경. 의학의 아버지라 불림.
6) 주베나리스 ≪풍자시집≫ 14의 70~2.

약 분노에 사로잡혀 죄인을 처형한 재판관이 있다면, 이를 사형에 처하는 것에 누구라도 이의를 달지 않는 자가 없을 것이다. 그런데 왜 어버이나 교사에게는 어린이들에게 화를 내고 또 매질까지 하는 것이 허용되고 있는가. 그것은 이미 광정(匡正)이 아니라 복수이다.

징벌은 어린이들에게 약이 된다. 마찬가지로 우리들은 환자에게 화를 내고 분노를 터뜨리는 의사에 대하여 참을 수 있을 것인가.

우리들도 올바르게 행동하기 위해서는, 분노를 느낄 때는 일하는 사람에게 욕을 해서는 안 된다. 가슴이 뛰고 흥분을 느끼는 동안에는 벌하는 것을 뒤로 미루도록 하자. 분노가 진정되고 마음이 평정되면, 일은 분명히 다르게 보이게 된다. 화가 날 때는 명령하는 것도 이야기하는 것도 격정이지 우리들 자신은 아니다.

분노를 통해서 보면 과실이 보다 크게 보인다. 마치 안개를 통해서 물체를 보는 것과 같은 것이다. 허기를 느끼는 자는 먹을 것을 주면 된다. 그러나 벌을 주려는 자는 벌에 굶주려서는 안 된다.

그리고 침착하고 분별 있게 주어진 벌은 그것을 받는 자로부터 보다 바르게, 그리고 보다 효과적으로 받아들여진다. 그렇지 않으면 그는 분노에 사로잡힌 주인에게서 부당하게 벌을 받았다고 생각할 것이다. 그래서 주인의 상식에서 벗어난 행동이라든가 화가 나서 상기된 얼굴이라든가, 여느때와 다른 말투라든가, 흥분과 분별 없는 신경질이라

든가, 그러한 것들을 꺼내어 자기의 옳음을 변명하는 데
사용할 것이다.

> 얼굴은 분노에 부풀고 혈관은 검은 피로 물들고 눈은 고르곤
> 의 눈보다도 격렬한 불로 탄다.[7]

수에토니우스는, "루키우스 사투르니누스가 케사르에게
죄의 문책을 받게 되었을 때, 민중의 환심을 사서 — 그는
민중에게 호소하였다—그가 승소하는 데 가장 도움이 된
것은 케사르가 재판중에 적의와 잔혹성을 품고 있었다고
한 것이었다."라고 말하고 있다.[8]

말하는 것과 행하는 것은 다르다. 설교와 설교자는 별도
로 생각하지 않으면 안 된다. 우리들의 시대에 교회의 진
리를 성직자 들의 악덕 때문에 공격하려는 사람들의 논법
는 너무나 임의로운 것이다. 교회는 그 진리의 증거를 성
직자들과는 다른 곳에서 얻고 있기 때문이다. 그들의 논법
은 어리석은 논법이며, 그것으로써는 모든 것을 혼란시켜
버린다.

훌륭한 품성을 가진 사람도 그릇된 의견을 가질 수 있으
며, 나쁜 사람도 진리를 말할 수 있다. 행하는 것과 말하는
것이 일치한다는 것은 확실히 아름다운 조화이고, 말이 실
천을 수반할 때에는 권위와 효과를 한층 더해 준다. 나는
그것을 부정하려고 하지 않는다. 이를테면 에우다미다스(3

---

7) 오비디우스 ≪사랑의 기술≫ 3의 503.
8) 〈수에토니우스 케사르전〉.

세, 스파르타 왕)는 어떤 철학자가 전쟁을 논하는 자리에서, "말은 훌륭하지만 그것을 이야기한 사람이 그대로 하리라고는 믿을 수 없다. 왜냐하면 그의 귀는 나팔 소리에 젖어 있지 않으니까."라고 말하였다. 그리고 클레오메네스(스파르타의 왕)는 어떤 수사학자가 무용(武勇)에 대하여 연설하는 것을 듣고 웃음을 터뜨렸다. 상대방이 화를 내자.

"만약 이에 대하여 말한 것이 제비였다고 하더라도 나는 마찬가지로 웃었을 것이다. 그러나 매였다면 기꺼이 들었을 것이다."라고 말하였다. 나는 옛사람들의 저서 중에도, 진정으로 자기가 생각한 것을 쓰는 사람은 그러한 체하고 쓰는 사람보다도 훨씬 강하게 우리들을 감동시키는 점이 있다고 생각한다.

키케로가 자유에의 사랑을 말하는 것을 들어 보라. 그리고 브루투스가 이에 대하여 말하는 것을 들어 보라. 쓴 것을 읽기만 하여도 후자가 생명을 걸고 그것을 쓰는 사람이라는 것을 알 것이다. 웅변의 아버지라고 하는 키케로에게 죽음의 경멸에 대하여 이야기하도록 해보라. 세네카에게도 같은 이야기를 시켜 보라. 전자의 이야기는 힘이 없고 권태로울 것이다.

그리고 당신은 그가 스스로 결심할 수 없는 것을 당신에게 결심하도록 종용하는 것을 느낄 것이다. 그는 당신에게 조금도 용기를 주지 않는다. 왜냐하면 그에게는 용기가 없기 때문이다. 후자는 당신을 활기 있게 하고 열정적으로 만든다. 나는 어떤 저서를 읽을 때도, 미덕과 의무를 논하는 저자의 경우는 특히 그러하지만, 반드시 그가 어떤 사람이었는가를 자세히 조사한 후에 읽는다.

사실 스파르타에서 에포로이(스파르타의 최고 행정관)들은 방탕한 인간이 민중에게 어떤 유익한 의견을 내놓으면, 그 사나이에게 침묵을 명하고 다른 품행이 단정한 사람에게 의뢰하여 그것을 그 사람의 생각으로서 민중 앞에 내놓았던 것이다.

플루타르코스의 저서를 음미하면 그의 사람됨을 잘 알 수 있다. 나는 그의 마음속까지 알 것 같다. 그러나 나는 그의 생애에 대하여 어떤 기록이 남아 있었으면 한다. 또 나는 이 글에서 옆으로 비껴간 듯하나, 아울루스 겔리우스가 우리들에게 그의 품성에 대하여 다음과 같은 이야기를 써서 남겨 준 데 대해 고맙게 생각한다. 그 이야기는 또 〈분노에 대하여〉라는 나의 글과 관련이 있다.

플루타르코스의 노예 중에 사악하고 질이 나쁘기는 하지만 어느 정도 철학의 가르침을 귀동냥으로 들어 아는 사나이가 한때 어떤 과실을 범하여 플루타르코스의 명에 의해 옷을 벗고 매를 맞았다. 그는 처음에는,

"그것은 이유가 없습니다. 나는 아무것도 하지 않았으니까요."라고 불평을 말했다. 그러나 나중에는 큰 소리로 외치고 주인 플루타르코스를 저주하며,

"당신은 자랑할 만한 철학자가 아니오. 나는 당신이 화를 내는 것은 보기 싫은 짓이라고 말하는 것을 몇 번이나 들었고, 당신은 그것으로 책까지 썼소. 그런데 지금 분노

에 사로잡혀 나를 이렇게 잔인하게 때리게 하는 것은 당신이 쓴 것하고는 모순되지 않소?"

하고 말하였다. 그러자 플루타르코스는 냉정하게,

"뭐라고? 무례한 놈 같으니라고. 무엇을 근거로 지금 내가 분개하고 있다고 판단하느냐? 이러한 내 표정, 내 음성, 내 안색, 내 말이 내가 흥분하고 있다는 것을 너에게 보여 주고 있단 말이냐? 나는 무서운 눈초리를 하고 있고, 혼란된 표정을 하고 있거나, 무서운 소리를 지르고 있다고도 생각하지 않는다. 내 얼굴이 빨갛게 되었느냐? 입에서 거품을 내고 있느냐? 아니면 후회할 만한 말을 하더냐? 또 분노에 사로잡혀 있느냐? 분명히 말하거니와 이러한 것이 진정한 분노의 표시이다."

라고 대답하였다. 그러고는 매질하는 사람을 향하여,

"너의 일을 계속하여라. 이놈과 내가 논쟁을 해도 괜찮으니까."

라고 말했다. 이상이 그 이야기이다.

타렌툼의 아르키타스[9]가 총지휘관으로서 전쟁터에서 돌아와 보니, 관리인의 감독이 소홀해서 집안 꼴이 말이 아니고 농토도 형편없이 되어 있었다. 그래서 그를 불러 "당장 나가거라! 만약 내가 화를 내지 않았던들 너는 혼쭐나게 두들겨맞았을 것이다."라고 말하였다. 마찬가지로 플라톤도 노예의 한 사람에게 화를 냈는데, 그를 벌하는 것을 스페우시포스에게 맡겼다. 자기는 화를 내고 있으니까 자

---

9) 기원전 4세기경의 그리스 철학자·수학자·천문학자·정치가·군인.

신이 직접 손을 대는 것을 사양한 것이다. 라케데이모니아
사람 카릴로스는 자기에 대하여 너무나 거만하고 무례한
노예에게, "제기랄, 만약 내가 화를 내지 않았다면 당장 죽
여 버리고 말았을 텐데."라고 말하였다.

　분노란 자기만을 알고 있는 강한 자존심에서 나온 감정
이다. 우리들은 그릇된 원인으로 마음이 어지러울 때는,
정당한 변명이나 구실을 가져오게 되면 진리와 무고(無故)
함에 대해서까지도 화를 내는 수가 많다. 이에 대하여 나
는 고대의 재미 있는 실례를 기억하고 있다.

　피소10)는 다른 모든 점에선 뛰어난 미덕을 갖춘 사람이
었는데, 어느 날 그의 병사 하나가 양식을 징발하러 갔다
가 돌아왔으나 같이 간 동료를 어디에 두고 왔는지 잘 설
명하지 못하였다. 이에 분노한 그는 분명 이놈이 죽여 버
린 것임에 틀림없다고 판단하여 그에게 곧 사형을 선고하
였다. 그리하여 사형 선고를 받은 병사가 막 교수대로 올
라가려는 찰나 길을 잃었던 동료 병사가 돌아왔다. 전 군
인이 기쁨의 환호성을 올렸으며, 두 사람이 감격에 차 얼
싸안았다. 사형 집행인은 둘을 피소 앞으로 데리고 갔다.
물론 주위 사람들은 피소가 매우 기뻐하리라 기대하고 있
었다.

　그러나 반대였다. 왜냐하면 아직 식지 않은 분노가 수치
심과 억울함 때문에 두 배로 되었기 때문이다. 격정에 사
로잡힌 피소는 언뜻 머리에 떠오른 심술궂은 꾀로써 세 사

10) 기원전 7세기경의 로마 군인.

람 전부를 유죄로 하여 처형시켰다.

그 이유는 첫번째의 병사는 사형 선고를 받았기 때문에, 길을 잃었던 병사는 동료 병사를 사형에 처하도록 하였기 때문에, 사형 집행인은 주어진 명령에 복종하지 않았으니까라는 것이었다.

고집스러운 여자들을 상대하지 않으면 안 되는 사람들은 그 여자들의 흥분에 침묵과 냉정을 가지고 대하여 그 여자들이 분노를 일으킬 때 맞장구치지 않으면 그 여자들이 얼마나 야단법석을 떠는가를 경험하였을 것이다. 웅변가인 코엘리우스[11]는 아주 화를 잘 내는 성격이었다. 어떤 사람이 그와 함께 식사를 하고 있었는데, 그 사람은 온순하고 조용한 사람이었기 때문에 그를 화나게 하지 않기 위하여 그가 말하는 것을 다 인정하고 찬성하기로 작정하고 있었다. 코엘리우스는 자기의 성급함에 이렇게 화낼 구실이 주어지지 않고 경원되는 데 참을 수가 없어서, "제발 내가 말하는 것에 반대 좀 해봐요. 우리들 둘이 있다는 표시가 나게 말야."라고 말하였다.

여자들도 이와 마찬가지로 그 여자들이 화를 내는 것은 상대방도 화를 내주기를 바라기 때문이다. 그 여자들은 연애의 법칙을 모방하고 있는 것이다. 포키온[12]은 어떤 사나이가 그를 몹시 저주하며 연설을 방해하는 데 대하여 자기는 그저 입을 다물고 상대방으로 하여금 하고 싶은 말을

---

11) 기원전 2세기의 로마의 법률가 · 역사가 · 수사학자.
12) 기원전 402~318년경 아테네의 장군 · 정치가.

다하게 하여 분노를 뱉게 하였다. 그 후 그 방해에 대한 이
야기는 한 마디도 하지 않고 아까 중단한 곳에서부터 연설
을 계속하였다. 이와 같은 멸시처럼 통렬한 앙갚음은 없는
것이다.

프랑스에서 가장 화를 잘 내는 사람에 대하여—분노는
결점이긴 하지만 군인에게는 어느 정도 허용되어야 할 것
이다. 확실히 군대에서는 그것이 없어서는 안 될 때가 있
다—나는 종종 "그는 내가 아는 사람 중에서 그 분노를 가
장 잘 억제하는 사람이다."라고 말하곤 한다. 분노는 그처
럼 격렬하게 그를 뒤흔드니까,

　　마치 가시덤불이 활활 소리를 내며 청동솥 밑에서 타고 있을
　때, 물은 끓고 거품을 내며 넘쳐 흘러 그 자체를 억제하지 못해
　서 검은 김을 하늘로 올라가게 하듯이.13)

그는 그것을 진정시키는 데 엄청난 자제력을 발휘하지
않으면 안 되기 때문이다. 그리고 나로서는 이처럼 감추고
억제하는 데 따르는 고통의 감정을 모른다. 또한 나는 비
싼 희생까지 치르면서 지혜를 얻고 싶지는 않다. 나는 그
가 하고 있는 것보다도 나쁜 짓을 하지 않기 위해 얼마나
괴로운 마음을 가지고 있는가를 중요시한다.

또 한 사람은 나에게 자기의 품행이 방정하고 얌전하다
는 것을 자랑하고 있었다. 그것은 아주 희귀한 일이었다.
나는 그에게 이렇게 말했다.

---

13) 베르길리우스 ≪아에네이스≫ 7의 462.

"그것은 분명 훌륭한 일이다. 특히 당신과 같이 높은 신분으로 모든 사람에게 주목받고 있는 사람으로서 언제나 절제 있는 모습만을 보이고 있다는 것은 대단한 일이다. 그러나 중요한 것은 자기 자신의 내용을 충실케 하는 일이다. 마음속에서 괴로워한다는 것은 내 생각으로는 자기를 소중히 하는 것이 아니라고 본다."라고. 나는 그가 이 가면을 유지하고 겉치레를 갖추기 위하여 마음속으로 괴로워하고 있지는 않은가 염려하였던 것이다.

사람이 분노를 드러내지 않으려고 숨기면 그것은 안으로 밀고 들어가게 된다. 이를테면 디오게네스가 선술집에 있는 것을 남이 볼까 봐 두려워서 안으로 들어가 있는 데모스테네스를 향하여, "안으로 들어가면 들어갈수록 안으로 들어가고 싶어지는 것이다."라고 말한 것과 같다. 나는 지성인인 체하려고 자기의 마음을 괴롭히기보다는 조금쯤은 부당하더라도 좋으니 하인의 뺨을 한 번 갈기기를 당신들에게 권유한다. 나는 감정을 누르고 불쾌한 생각을 하느니보다는 밖으로 드러내기를 좋아한다. 감정은 발산시키고 뱉어버리면 누그러진다. 뾰족한 끝을 우리들 자신에게 들이대느니보다는 밖으로 작용하는 것이 좋다. '밖으로 나타난 악덕은 비교적 가벼운 것들이다. 악덕은 건전한 그늘에 숨어 있을 때가 가장 위험하다.'14)

나는 우리 집안에서 화를 내도 좋다고 허용된 사람들에게 다음과 같이 가르치고 있다. 첫째, 분노를 절제하여 무

---

14) 세네카 ≪서간≫ 56.

엇에든지 괜히 화를 터뜨리지 말 것. 그렇게 되면 효과와
권위가 없어지기 때문이다. 분별없이 언제나 화를 내면 모
두가 그것에 익숙해져서 누구나 그것을 무시하게 되어 버
린다. 머슴이 도둑질했을 때 그것에 대하여 당신이 야단을
쳐도 그에게는 전혀 효과가 없어질 것이다. 왜냐하면 그가
컵 씻는 방법이 좋지 않다든가 걸상을 잘못 놓는다든가 할
때의 꾸지람은 언제나 화를 낼 때 하던 욕설과 다름이 없
기 때문이다. 둘째, 아무도 없는 데서 화를 내지 말 것, 그
래서 그 힐책이 던져진 사람에게 들리도록 주의할 일이다.
왜냐하면 주인들은 잘못을 저지른 당사자가 눈 앞에 나타
나기 전부터 화를 내기 시작하여 그 당사자가 사라져 버린
뒤에도 계속해서 화를 내는 것이 일쑤이기 때문이다.

　　착란된 분노는 자기에게 터뜨린다.[15]

　그들은 자기들의 그림자에 도전한다. 그 분노의 바람을,
처벌되는 자도 괴롭게 생각하는 자도 없는 데로 몰고 간다.
다만 그것과 아무런 관계가 없는 사람들의 귀가 그들의 야
단 소리에 막힐 뿐이다. 나는 마찬가지로 덤벼들 사람도
없는데 화를 내고 야단을 치는 것을 비난한다. 그것은 상
대자가 있을 때를 위하여 소중히 해두어야 하는 것이다.

　　마치 황소가 싸우기 전에 무서운 소리를 내고, 분노를 뿔로
　시험해 보기 위하여 나무에 부딪치거나 바람을 일으켜 모래를

---

15) 클라우디아누스 〈에우트로피우스를 반박하는 시〉 1의 237.

일게 하고 싸움을 알리는 것처럼.16)

나는 화를 낼 때에는 될 수 있는 한 크게 화를 낸다. 그
러나 또 될 수 있는 한 짧게, 남 모르게 화를 낸다. 그 속
도와 격렬함에 자기를 잃고 마는데, 그 때문에 분별력도
없고, 아무렇게나 있는 욕을 다 퍼붓는 정도의 혼란에 빠
지지는 않는다. 그리고 나의 혀끝이 상대의 제일 아픈 데
를 겨냥하는 것을 잊지 않는다―나는 보통 화를 낼 때는
혀밖에 사용하지 않는다―우리 하인들은 조그만 과실보다
도 큰 과실의 경우에 덕을 보았다. 조그만 과실은 느닷없
이 나를 엄습한다.

그리고 좋지 않은 것은, 한번 절벽을 뒹굴기 시작하면
무엇이 뒹굴게 하였는가는 문제되지 않고 언제나 밑바닥까
지 떨어지고야 만다는 것이다. 그 낙하는 저절로 속도를
더하고 격렬하게 된다. 그러나 중대한 과실의 경우는 누구
의 눈에도 그 시비(是非)가 분명하기 때문에 모두 당연히
나에게 야단맞을 것을 기대한다. 그것만으로 나는 만족한
다. 나는 그들의 기대를 피해서 쾌적한 기분이 된다. 나는
이러한 큰 과실에는 긴장하고 마음의 준비를 한다. 만약
이에 좌우될 경우, 나는 화가 치밀어올라서 사정없이 화내
게 될 것이 두렵다. 마음의 준비를 하고 기다리고 있으면
그것에 휩쓸리지 않도록 주의한다는 것은 쉬운 일이며, 이
감정이 아주 격렬한 것이라 하더라도 그 자극을 물리칠 정

---

16) 베르길리우스 ≪아에네이스≫ 12의 103.

도의 자제력은 나도 가지고 있다. 그러나 준비가 없는데 느닷없이 이 감정에 사로잡히면, 그 원인이 아주 보잘것없는 것이라 하더라도 그것에 좌우되어 버린다.

그래서 나는 나하고 싸움을 일으킬 만한 사람들에게 이렇게 약속해 둔다. "당신 쪽에서 내가 먼저 흥분하기 시작했다고 보면, 좋건 나쁘건 나에게 하고 싶은 이야기를 말하도록 내버려두기 바란다. 당신이 그러한 경우엔 나도 그럴 테니까."라고. 분노의 바람은 두 분노가 부딪칠 때밖에 일어나지 않는다. 그리고 이 두 분노는 서로 일으키는 것이지 동시에 일어나는 일은 없다.

각자의 분노를 마음껏 터뜨려 보아라. 그렇게 하면 우리들은 언제나 평화로울 수 있다. 이것은 유익한 법칙이지만 실행하기는 어렵다. 이따금 나는 집안을 규제하기 위하여 실은 조금도 화가 나지 않았는데도 화를 낸 체할 때가 있다. 연령이 나를 한층 날카롭게 함에 따라서 나는 그것에 좌우되지 않도록 노력하고 있다. 그리고 여태까지 나는 가장 화를 내지 않고 까다롭지 않은 인간의 부류에 속해 있었는데, 이제부터는 그렇게 되어도 구실이 서며, 까다로울 수 있는 연령이 되어버린 만큼 될 수 있으면 그렇게 하지 않으려고 한다.

이 장을 맺게 됨에 있어서 또 한마디만 해둔다. 아리스토텔레스는, "분노란 때로는 무용의 무기로서 도움이 된다."라고 말하고 있다. 그것은 참으로 그럴듯한 말이다. 그러나 이에 반박하는 사람들의 대답 또한 재미있다. "분노란

새로운 사용법을 필요로 하는 무기이다. 왜냐하면 다른 무
기는 우리들이 움직이지만 이 무기는 우리들을 움직이기
때문이다. 우리들의 손이 그것을 이끄는 것이 아니라 그것
이 우리들의 손을 이끌기 때문이다. 그것이 우리들을 포착
하는 것이지, 우리들이 그것을 포착하는 것이 아니기 때문
이다."라고.17)

[제31장]

---

17) 세네카의 의견. 앞서 나온 아리스토텔레스의 의견은 세네카가 인용한 것
   임. 세네카 〈분노에 대하여〉 1의 17.

수 상 록

제3권

후회에 대하여

다른 사람들은 인간을 만든다. 나는 인간을 묘사한다. 그런데 아주 못생긴 어느 개인을 그린다. 만약에 내가 그를 다시 만들게 된다면, 지금의 그와는 아주 다른 사람을 만들어 낼 것이다. 그러나 벌써 저질러진 일이다. 그런데 나의 묘사의 필치는 비록 그때마다 변화하고 다르기는 하지만 결코 정도(正道)에서 벗어나지는 않는다. 세계란 영원한 동요에 지나지 않는 것이다. 거기서는 만물이 끊임없이 움직이고 있다. 대지도, 코카서스의 바위들도, 이집트의 피라밋도 공전과 자전으로 움직이고 있다. 항구불변이란 것조차도 좀더 미약한 움직임에 불과한 것이다.

나는 나의 대상인 나를 확정할 수가 없다. 그는 태어날 때부터 취해서 몽롱한 채로 비틀거리며 걸어간다. 그에게 관심을 갖는 순간, 나는 그의 생긴 대로의 모습을 포착한다. 나는 존재를 묘사하지 않는다. 추이(推移)를 묘사한다. 시대마다의 추이가 아니고, 또는 사람들의 말마따나 일곱 해마다의 추이가 아니라 하루하루의, 순간순간의 추이를 묘사하는 것이다. 나는 나의 이야기를 그때그때에 맞추어 나가야 한다. 나의 이야기는 단지 우연적인 것만이 아니라, 어떤 의도에 의해서도 금방 변하는 수가 있다. 내가 만들고 있는 것은 잡다한, 시시로 변하는 사건들과 확정적이지 않은 상상들이며, 경우에 따라서는 상반되는 상상들의 기록부이다.

내가 다른 사람이 되기 때문인지, 아니면 사물들을 다른 상황과의 고찰하에서 파악하기 때문인지, 어쨌든 나는 아마도 자가당착에 잘 빠지는 모양이다. 그러나 그것은 데마데스[1]의 말마따나, 나는 결코 진실에 반하는 이야기는 말하지 않는다. 만약에 나의 영혼이 어떤 항구적인 성격을 가질 수 있게 된다면, 나는 이것저것 시험해 보기를 그만두고 하나의 확고한 결정을 내릴 것이다. 그러나 나의 영혼은 언제나 수업과 시련의 과정에 있다.

나는 여기에서 하나의 낮고 수수한 인생을 드러내 놓는다. 그러나 그것은 아무래도 좋다. 모든 철학은 한낱 단순한 시민의 생활에도, 그것보다 더 호사스러운 생활에도 결부된다. 인간은 누구나 인간 조건의 전모를 지니고 있는 것이다.

대개의 저자들은 어떤 독특하고 기이한 표적을 통해 자기를 사람들에게 알린다. 나는 나의 인간으로서의 실체를 통해서, 문법가라든가 시인이라든가 법률가라든가 그러한 따위로서가 아니라, 미셸 드 몽테뉴로서 나를 사람들에게 알리는 최초의 사람이다. 만약에 세상 사람들이 내가 너무 나의 이야기를 하는 것을 나무란다면, 나는 그네들이 자기 생각마저도 하지 않는 것을 못마땅하게 여길 것이다.

그러나 이처럼 개인적인 생활만 하고 있는 내가 세상 사

---

1) 기원전 4세기 아테네 대웅변가의 한 사람.

람들에게 널리 알려지려 드는 것은 과연 옳은 일일까. 또 격식과 기교가 그토록 신용받고 권위를 떨치고 있는 세상에 날째로, 단순한 미가공(未加工)의 성과를, 그리고 그나마도 진실로 아직은 빈약한 자질에서 빚어진 것들을 내놓는 것은 옳은 일일까. 작가로서의 기량도 없이 책을 저술한다는 것은, 돌이나 혹은 그것과 비슷한 것도 없이 담을 쌓는 것과 같지 않을까.

음악의 환상들은 우연에 의하여 인도된다. 그러나 적어도 이 점에 있어서는 나는 학교 교육대로의 규칙을 지키고 있다. 즉 일찍이 그 어떤 사람도 내가 다루기로 한 주제에 관한 나의 경우 이상으로 자기의 다루는 바 주제를 투철히 이해하고 익히고자 했던 사람은 하나도 없었다는 점, 그리고 이 점에 있어서는 나는 현재 살아 있는 그 누구보다도 조예가 깊다는 점 말이다. 둘째로 일찍이 그 어떤 사람도 자기가 다루는 주제를 나만큼 깊이 파고든 일이 없었고, 그 각 부분이나 결과를 나 이상으로 유난히 꼼꼼스럽게 밝혀 본 사람은 없었으며, 또 자기 일에 있어서 자기가 세운 목적에 나 이상으로 정확하게, 완전히 도달한 일이 없었다는 점이다. 그것을 완수하기 위해서 나는 다만 거기에 충실성 만을 기울이면 되는 것이다. 그 충실성은 이미 다시 없이 진지하고 순수하게 거기에 기울어지고 있다.

나는 진실을 말한다. 그리고 늙어감에 따라 좀더 과감해진다. 관습은 이 나이에게는 수다를 떨 자유와 주착없이 자기 이야기를 지껄일 자유를 더 많이 허용하는 것 같기 때문이다. 여기서는 흔히 나의 눈에 뜨이는 바 그 기능공과 그가 하는 일이 서로 어긋나는 현상 같은 것은 일어날 수 없다. 그렇게 신사적인 사람이 이런 바보 같은 글을 썼을까, 또는 이렇게 박식한 책이 글쎄 그 성실하지 못한 사람에게서 나왔을까 하는 따위의 현상은 생길 수 없다.

만약에 어떤 사람에게 있어 그 대화는 평범한데 작품이 희귀하다면, 이것은 즉 그의 능력은 그의 내면에 있는 것이 아니라 그것을 빌려온 곳에 있다는 것을 의미한다. 유식한 사람도 모든 것에 유식하지는 않다. 그러나 유능한 사람은 매사에 유능하며 심지어는 아무것도 모르는 데에도 유능하다.

여기서는 내가 쓴 책과 나와는 똑같은 걸음걸이로 보조를 맞춰 나간다. 다른 사람의 경우에는 작품을 작가와 분리해서 찬양 또는 비방할 수도 있다. 여기서는 안 된다. 어느 한쪽을 건드리는 사람은 다른 한쪽도 건드리게 마련이다. 이것을 모르고 내 책을 비판하는 사람은 나에게보다도 자기 자신에게 더 큰 잘못을 저지르는 것이다. 이를 알고 하는 사람은 나를 완전히 만족시킨다. 만약에 내가 분별력 있는 인사들로 하여금, 내가 학식이 있었다면 능히 그것을 나에게 유리하게 사용할 수 있었던 사람이며, 마땅히 좀더 훌륭한 기억력의 도움을 받을 만한 인물이었다고 느끼게 할 세상 사람들의 칭찬을 요행히 받을 수만 있다면, 나는 분에 넘치게 행복한 사람이다.

여기서 나는 내가 종종 말하는 바, 나는 후회하는 일이

좀체로 없고, 나의 양심은 천사나 말의 양심으로서가 아니라, 인간의 양심으로서 스스로 만족하고 있다는 것에 대해 양해를 구해 두기로 한다. 그리고 여전히 또 이 후렴은 격식상의 후렴이 아니라, 아무런 다른 속셈도 없는, 철두철미한 겸허를 의미하는 후렴이며, 내가 하는 말은 캐묻는 말이고 아무것도 모르는 사람의 말이며, 결국에 가서는 순전히, 다른 생각 없이 널리 인정되어 있는 바 생각을 따른다는 것을 덧붙여 둔다. 나는 결코 설교하지 않는다. 그저 이야기할 따름이다.

무릇 진정한 악덕치고 사람의 비위를 거슬리지 않고, 온전한 판명의 규탄을 받지 않는 악덕이란 없는 법이다. 사실 악덕에는 너무도 뚜렷한 추악과 거북함이 있어서, 아마도 악덕은 우둔함과 무지의 소산이라고 하는 사람들의 말이 옳을지도 모른다. 악덕을 알고도 이를 미워하지 않기란 그만큼 상상하기 어렵다. 악의는 자체의 독의 대부분을 들이마시고 그것에 중독된다.

악덕은 마치 종기가 살에 흉터를 남기듯 영혼에 뉘우침을 남긴다. 그래서 영혼은 항상 자신을 물어뜯어 피투성이가 된다. 왜냐하면 이성은 다른 슬픔과 고통들을 지워 버리지만, 그 대신 후회함의 고통을 낳기 때문이다. 그런데 그것은 그 손에서 태어나기 때문에 그만큼 더 고통스럽다. 마치 열병의 오한과 발열이 외부에서 오는 추위와 더위보다도 혹독한 것과 마찬가지이다. 나는 이성과 자연이 단죄(斷罪)하는 것들을 악덕으로 간주할 뿐만 아니라, 또한 여론이 악덕으로 몰아 버린 것들까지도 악덕으로 간주한다. (그야 각각 정도의 차는 있지만) 설령 그 여론이 허위요, 잘못된 것이라 해도 법률과 관례가 허용하고 있는 이상은 이를 따르는 것이다.

마찬가지로 선으로서 잘 타고난 천성을 즐겁게 해주지 않는 선은 없는 법이다. 확실히 우리 인간은 선행을 하면 뭔지 모를 흐뭇함을 느끼고, 그것이 우리들 마음속에 즐거움을 주며, 어진 양심에 수반되는 고결한 긍지를 느끼게 한다. 뻔뻔스럽게 악덕을 자행하는 영혼은—예컨대 몰리에르의 동 주앙처럼—혹 안심은 마련하는 수도 있을지 모르나 기쁨과 만족은 도저히 얻을 수 없다. 이토록 썩은 시대의 오염을 모면했다고 스스로 느끼고 마음속으로,

"누구든 내 마음속 깊이까지 들여다보는 사람이 있다면, 아무리 그렇더라도 그는 나에게서 죄가 될 짓을 발견하지 못할 것이다. 나는 누구 한 사람도 불행과 파멸에 빠뜨려 놓은 일도 없고, 복수나 투기를 해본 일이 없고, 나라의 법을 어겨 본 일도 없고, 혁신과 혼란을 획책한 일도 없고, 약속을 저버린 일도 없으며, 또 문란한 요즘 세상 풍조가 모든 사람들에게 무슨 짓을 허용하고 충동하더라도, 나만은 일찍이 프랑스인의 재산이나 주머니에 손을 대본 일이 없고, 전시에나 평화시에나 오직 내것만으로 살아왔으며, 품 값을 치르지 않고서는 누구에게 일을 시켜 본 일이 없다." 고 말할 수 있는 것은 하찮은 낙이 아니다. 양심의 이러한 증언은 영혼을 즐겁게 해준다. 그리고 이러한 자연이 주는

즐거움은 우리들에게 크나큰 혜택이며, 우리에게 어김없이
베풀어지는 유일한 보수이다.

덕행의 보답을 남의 칭찬 위에 두는 것은 너무나 불안정
하고 어지러운 기초를 잡는 것이다. 특히 오늘날 같은 부
패와 무지의 시대에 있어서는 민중의 호평이 차라리 모욕
인 터에…… 도대체 누구에게 칭찬할 만한 대상의 감별을
맡기고 있는가. 제발 바라건대 사람마다 자기 명예를 도모
해서 쓰는 그러한 묘사가 말하는 식의 선인일랑 되지 않기
를 빈다. "지난날의 악덕이 오늘의 세상 풍조가 되었다."2)
나의 친구 중 모씨는 종종 흉금을 터놓고 나를 꾸짖고 몰
아세우기도 하였다. 자발적으로 그러기도 했고, 나의 부탁
으로 그러기도 했다.

그것은 잘 타고난 영혼에게는 애오라지 유일성에서만이
아니라 감미로움에 있어서도 또한 우정의 모든 다른 의무
를 능가하는 하나의 의무이기에 그랬던 것이다. 나는 그것
을 항상 쌍수를 들고 예의와 감사로써 맞아들였다. 그러나
지금 이 시점에서 양심껏 말한다면, 나는 흔히 그들의 비
난과 칭찬에서 그 평가가 매우 잘못되어 있는 것을 발견해
서 그들 식으로 훌륭하게 행동하느니보다도, 오히려 그들
이 규정하는 바 과실을 저지르는 편이 더 큰 과실을 저지
르지 않는 길이라고 생각될 정도였다.

특히 우리들처럼 다만 우리 자신밖에는 보여줄 것이 없
이 사적인 생활을 하고 있는 사람들의 경우에는, 모름지기

---

2) 세네카.

자기의 내면적 지주를 세워 놓고 이로써 자신의 모든 행동을 시험해 보아야 한다. 이를 시금석으로 삼아 때로는 자기를 어루만져 주고, 때로는 벌을 내리고 하는 것이다. 나는 나를 심판하기 위해 나의 법률과 나의 법정을 가지고 있다. 그리고 다른 곳에서보다도 여기에 더 자주 호소한다. 나는 곧잘 남의 의견에 좇아 나의 행동을 억제하지만, 그 대신 이를 확대하는 데는 오직 나의 의견밖에는 따르지 않는다.

당신이 비겁하고 잔인한지, 또는 충직하고 헌신적인지의 여부를 아는 것은 오직 당신뿐이다. 남들의 눈에는 결코 당신이 보이지 않는다. 그들은 당신의 본성을 보기보다는 오히려 기교를 본다. 그러니 그들의 판결에 개의치 마라. 당신 자신의 판결을 중히 여기라. "그대가 그대에게 내린 판단을 채택할 일이다."3) "미덕과 악덕의 내면에 있는 양심이야말로 그 무게가 막중하다. 이 양심이 제거되는 날에는 모든 것이 땅에 떨어지고 만다."4)

그러나 사람들이 말하는 바와 같이 '후회는 죄의 바로 뒤를 좇는다'고 하는 것은, 깊숙이 숨어 있는, 우리들의 마음 속에 마치 자기 집에 있는 것처럼 숨어 있는 죄에는 적합하지 않은 모양이다. 우리들은 갑자기 우리들을 엄습하고, 격정이 그쪽으로 우리들을 밀고 가는 악덕에 대해 그것을 범한 일이 없다고 부인도 부정도 할 수 없다. 그러나 오랜

---

3) 키케로.
4) 키케로.

습관에 의하여, 강인한 의지 속에 뿌리를 박고 닻을 내리고 있는 악덕은 그렇게 쉽게 부정할 수 없다. 후회는 우리들의 의지에 대한 부정이며, 우리들의 사상에 대한 반박이긴 하지만, 그것은 우리들을 어느 쪽으로든 끌고 나간다. 그것은 그5)로 하여금 그의 옛덕과 절제를 부인시키기도 하는 것이다.

    왜 나는 젊은 시절에 지금과 같은 마음을 갖지 못하였던가.
    아니면 왜 지금의 이 마음에 젊은 시절의 홍안(紅顔)이 돌아
   오지 않는 것일까.6)

사생활에 있어서까지 질서를 유지하고 있다는 것은 실로 훌륭하다. 누구나 연극에 참여하여 무대 위에서 훌륭한 인물의 역할을 할 수는 있다. 그러나 마음속에서, 모든 것이 우리들에게 허용되고 일체의 것이 눈에 뜨이지 않는 곳에서 올바름이 유지된다는 것은 중요한 일이다. 그 다음 단계는 자기 집에서 누구에게도 일일이 설명할 필요 없는 일상적 행위에 있어서, 하등의 노력도 기교도 필요로 하지 않는 행위에 있어서 올바름을 유지하는 일이다. 그러니까 비아스7)는 훌륭한 가정 상태를 묘사하여, '그 집 주인은 자기의 의사로서 집에 있을 때나 바깥에서 법률과 사람의 구설을 두려워할 때나 똑같은 태도를 취한다.'8)라고 말하

----

5) 다음 시구에 나오는 리그리누스를 말함.
6) 호라티우스 ≪서간≫ 4의 10의 7.
7) 그리스 칠 현인(七賢人) 중의 한 사람.
8) 플루타르코스 ≪윤리논집≫ 〈칠 현인의 향연 편〉.

고 있다.

그리고 줄리어스 드루수스[9]는 목수들이, 3천 에퀴로 "당신의 집을 이웃 사람들이 볼 수 없도록 지어 주겠다."고 한 제의에 대해, "6천 에퀴를 줄 테니 누구나 어느 곳으로 부터도 볼 수 있도록 해다오." 하는 훌륭한 대답을 하였다.[10] 사람들은 아게실라우스가 여행할 때는 자기의 행위를 민중이나 신이 볼 수 있도록 하기 위하여 늘 신전에 투숙한 것을 찬양하고 있다.[11] 어떤 사람은 세상 사람들로 부터는 경탄을 받으면서 자기 처와 머슴들에게는 무엇 하나 뛰어난 점을 보이지 못하였다.

어느 누구도 자기 집에서 뿐만 아니라 자기 나라에 있어서도 예언자일 수 없다는 것은 역사가 말해 주고 있다. 그것은 보잘것없는 일에 대해서도 마찬가지이다. 다음의 하찮은 예에서도 위대한 예의 모습을 볼 수 있다. 우리의 가스코뉴 지방에서는 내가 쓴 것이 인쇄되고 있는 것을 이상하게 생각하고 있다. 나에 대한 지식은 우리 집에서 멀어질수록 값어치가 증가한다. 기엔느 주(州)에서는 내가 인쇄소를 사지만, 그 외에는 모두가 나를 사준다. 이 세상에 살고 있는 동안에 몸을 숨기고 있는 사람은 그러한 일을 바라고, 죽어서 이 세상에 없게 된 후 세상의 존경을 받으

---

9) 마르크스 리비우스 드루수스의 잘못 표기. 기원전 91년의 로마 호민관으로서 민중을 위하여 여러 가지 개혁안을, 특히 동맹 시민에게 로마 시민권을 주는 법안을 냈다가 반대파에 의해 암살당함.
10) 플루타르코스 ≪윤리논집≫ 〈정치론〉.
11) 플루타르코스 ≪윤리논집≫ 〈아게실라우스 편〉 14

려 하고 있다. 나에게는 죽은 후의 존경 따위는 없는 게 더
욱 좋다. 내가 세상에 몸을 던지는 것은 살고 있는 동안에
세상으로부터 나의 몫을 받고 싶기 때문이다. 죽은 후에는
그 따위 몫은 받지 않아도 좋은 것이다.

사람들은 공적인 일로부터 돌아오는 사람을 존경하면서
그의 집 문까지 바래다 준다. 그는 옷을 벗으면서 동시에
그의 역할도 벗어 버린다. 그러면 그는 그때까지 높이 올
라가 있었던 만큼이나 밑으로 떨어지고 만다. 집안에 들어
서면 거기에 있는 것은 혼란과 비속한 것뿐이다. 비록 거
기에 질서 있는 행위가 보인다 하더라도, 그러한 비속하고
사적인 행위 속에 그것을 인정한다는 것은 여간 투철한 판
단이 없고서는 안 되는 것이다. 게다가 질서라는 것은 눈
에 뜨이지 않는 수수한 덕이다.

성벽의 돌파구를 점령하고 사절(使節)의 선두에 서며,
국민을 통치한다는 것은 화려한 행위이다. 욕을 한다거나,
웃는다거나, 판다거나, 돈을 지불한다거나, 사랑한다거나,
미워한다거나, 자기 가족들과 즐겁게 이야기를 나눈다거
나, 방종하지 않고 모순된 이야기를 하지 않는다거나, 하
는 것은 그 이상으로 희귀하고 어렵고 더구나 눈에 띄지
않는 행위이다. 그런 점에서 은둔 생활이란, 누가 뭐라 하
더라도 다른 생활과 마찬가지로, 혹은 그 이상으로 험하고
고된 의무를 지니고 있는 것이다. 아리스토텔레스도 개인
인 경우에 공직에 있는 사람들보다도 덕에 대하여 어렵고
도 커다란 봉사를 하고 있다고 말하고 있다.12)

우리들은 양심보다는 명예 때문에 사람들 앞에 설 기회
에 대비하는 것이다. 그러나 명예에 이르는 가장 빠른 첩
경은 우리들이 명예를 위하여 하는 일을 양심을 위하여 하
는 일로 바꾸는 것이다. 그리고 나에게는 알렉산드로스가
무대 위에서 보이는 용기는 소크라테스가 평범하고 두드러
지지 않는 행위 속에서 보이는 용기에 비하면 훨씬 약한
것같이 생각된다. 소크라테스를 알렉산드로스의 지위에 놓
고 생각하는 것은 쉬운 일이지만, 알렉산드로스를 소크라
테스의 지위에 놓고 생각하는 것은 어려운 일이다. 전자에
게 '당신은 무엇을 할 수 있느냐?'고 묻는다면 '세계를 정복
하는 일!'이라고 대답할 것이고, 후자에게 묻는다면 '인간
의 생활을 그 자연의 상태에 맞게 영위케 하는 일!'이라고
대답할 것이다. 이것이 훨씬 보편적이고 보다 중요하며 보
다 적합한 지식이다. 영혼의 가치는 높이 올라가는 일이
아니라 질서 있게 행하는 것에 있다.

영혼의 위대함은 위대함 속에서가 아니라 평범함 속에서
발휘되는 것이다. 우리들을 내부에서 판단하고 음미하는
사람들은 우리들의 공적인 행위의 화려함에 대하여 그렇게
크게 평가하지 않으며 오히려 그것을, 무겁게 가라앉은 진
창 속에서부터 샘솟는 몇 줄기의 가느다란 분수에 지나지
않는다고 생각한다. 그러나 똑같은 경우에, 우리들을 그
용감한 외모에 의하여 판단하는 사람들은 우리들의 내부
상태까지도 똑같이 용감한 것으로 결론짓는다.

12) 아리스토텔레스 《니코마코스 윤리학》 10의 7.

그래서 자기들과 같은 평범한 기능과, 자기들을 경탄케
하고 자기들이 미칠 수 없는 저 다른 능력을 결부시켜 생
각하지 못한다. 그러니까 우리들은 악마에게 무서운 모습
을 부여하는 것이다. 그리고 누구나 티무르13)에게는, 그
에 대한 평가에서 받은 인상에 따라 위로치켜 올라간 눈,
크게 벌어진 콧구멍, 무서운 얼굴, 커다란 키를 상상한다.

만약 이전에 내가 에라스무스14)를 만나게 되었다면, 나
는 그가 하인에게나 여인숙의 여주인에게 말한 것을 전부
금언과 격언으로 받아들이지 않을 수 없었을 것이다. 우리
들은 어떤 직공이 화장실이나 그의 아내 위에 다리를 벌리
고 있는 것을 상상하기는 쉬우나, 인격이나 재능이 뛰어난
일국의 재상이 그렇게 하고 있는 것을 상상하기는 어려운
일이다. 우리들은 그러한 사람들이 높은 자리에서 내려와
우리들과 같은 생활을 하리라고는 생각할 수 없다.

악한 영혼이 어떤 외부의 자극에 의하여 좋은 일을 할
수 있는 것처럼 유덕한 영혼도 때로는 나쁜 일을 할 수 있
다. 그러니까 그것을 판단하기 위해서는 그 얼이 안정하고
있을 때—만약에 종종 그러한 일이 있다면—영혼이 자기
집에 있을 때 하지 않으면 안 된다. 혹은 적어도 영혼이 보
다 안정한 상태에 가깝고, 자연의 상태에 가까울 때가 아
니면 안 된다. 선천적 경향은 교육에 의하여 조장되거나
강하게 되기는 하지만 변화되거나 극복되는 일은 거의 없

---

13) 1336~1405, 아시아를 정복한 몽고제국의 영웅, 제2몽고제국의 창설자.
14) 1465.6~1536 네덜란드의 인문학자.

다. 오늘날에도 몇천의 성질이 상반된 교육의 손에서 빠져
나와, 혹은 미덕에로 혹은 악덕에로 줄달음치고 있다.

　　좁은 울 속에서 길들여져서 야성을 잊고, 무서운 모습을 버
　리고, 인간에게 순종하도록 되어 있는 짐승도 한번 마른 그 입
　에 몇 방울의 피가 들어가기만 하면 갑자기 사납게 되어, 피를
　맛본 그 목은 부풀어 오르고, 미친 듯이 날뛰며 겁을 먹은 주인
　에게 달려든다.15)

　우리들은 그 타고난 성질을 근절할 수는 없다. 다만 그
것을 덮고 감출 뿐이다. 라틴어는 나에게 모국어와 같은
것이며, 나는 그것을 프랑스어보다 더 잘 알고 있다. 그러
나 말하거나 쓰는 데 그것을 전혀 사용하지 않은 지가 이
미 40년이나 된다. 그런데 내 생애에서 두 번인가 세 번,
극도의 급격한 격정에 사로잡혔을 때, 그리고 그 중의 한
번은 그때까지도 건강하시던 부친이 갑자기 실신하여 내
팔에 쓰러진 일이 있었는데, 그럴 때 내 뱃속에서 튀어나
온 말은 언제나 라틴어였다. 본성은 오랜 습관에도 불구하
고 머리를 들며 무리하게 얼굴을 내미는 것이다. 그러한
예는 다른 많은 사람에게도 흔하게 있는 일이다.

　현재 새로운 사고에 의하여 세상의 도덕을 바로잡아보려
고 한 사람들은 표면의 악덕은 개혁하였으나 본질적인 악
덕에 있어서는 그것을 증가하지는 않았다 하더라도 그대로
허용하고 있다. 그리고 그 증가의 위험도 다분히 있다. 우

---

15) 루카누스 〈파르사리아〉 4의 237.

리들은 이 표면적인 임의의 개혁에 안심하고, 다른 일체의 일을 하는 데 게으르기 일쑤이다. 표면적인 개혁이 괴롭지도 않거니와 인정받는 일도 크기 때문이다. 그리하여 우리들은 안이하게, 타고난 피와 살이 되어 내부에 뿌리를 박고 있는 여러 가지의 악덕을 받아들이고 마는 것이다.

이에 대하여 다소 우리들이 경험한 바를 살펴보기로 하자. 누구나 자기 자신에 귀를 기울인다면, 자기 속에 자신의 지배적인 본성이 교육에 대하여, 또는 그 본성에 반하는 갖가지 감정의 소용돌이에 대하여 투쟁하고 있다는 것을 느낄 수 있다. 그러나 나는 그렇게 격정에 좌우되는 편이 아니다. 나는 묵중한 물체와 같이 거의 언제나 내 울타리 안에 있다. 비록 내 울타리 안에 있지 않을 때라 하더라도 언제나 그 가까이에 있다. 나의 방종은 나를 멀리 데려가지는 않는다. 거기에는 극단적이고 이상한 것은 하나도 없다. 게다가 나는 건전하고 굳건한 회복력을 가지고 있다.

현대 사람들에게 공통된 참다운 죄과(罪過)는, 그들의 은퇴 생활까지도 부패와 부정으로 차 있고, 그들의 개선의 관념까지도 때묻어 있으며, 그들의 속죄까지도 그들의 죄와 거의 같을 정도로 병적이고 잘못되어 있다는 것이다. 어떤 사람들은 타고난 애착에 의해서인지 아니면 오랜 습관에 의해서인지, 악덕에 집착하고 있기 때문에 그 더러움을 모르고 있다. 그리고 그외의 사람들은—그 중에는 나도 들어 있지만—악덕을 부담스럽게 생각하고 있기는 하지만, 그 무게를 쾌락이나 그 외의 이유로써 상쇄하고 있다. 그리하여 그 부담을 감수하거나 어떤 희생을 치르고서라도 거기에 탐닉하고 있다. 잘못된 것이기도 하거니와 비겁하게 생각할 일이다.

그러나 우리들은 그 쾌락과 그 죄와의 균형이 너무 동떨어진 것이니까, 그만큼의 쾌락이 있는 것이라면 다소의 죄는 관대히 봐주어도 좋다고 생각하고 있는지도 모른다. 유용한 것이라면 다소의 악덕은 관대히 보아 주어도 좋다고 생각하는 것과 같은 이치이다. 이것은 도둑질에 있어서와 같이 그 죄의 밖에 있는 부차적인 쾌락뿐만이 아니라, 여자와의 교제에 있어서와 같이 그 자체의 행사에 있는 쾌락에 대해서도 마찬가지이다. 후자의 경우, 그것에의 자극은 강력하고 때로는 제어할 수 없을 정도라고 한다.

지난번에 나는 어떤 친척의 영지인 아르마냑으로 갔을 때, 나는 모두가 도둑놈이라는 별명으로 부르고 있는 한 농부를 만났다. 그는 다음과 같이 그의 생애를 이야기하였다. 그는 거지의 자식으로 태어나서 자기의 손으로 일하여 빵을 벌었으나, 도저히 가난을 이겨낼 수 없다고 생각한 끝에 도둑질을 하기로 작정하였다. 그래서 젊은 시절을 줄. 곧 그렇게 보냈는데 힘이 센 덕택에 언제나 안전하였다. 왜냐하면 그는 남의 땅의 곡식이나 포도를 도둑질하였는데, 그것은 언제나 아주 먼곳에서, 한 사람이 하룻밤 동안에 도저히 그만큼을 어깨에 메고 올 수 있으리라고는 상상도 못할 정도의 많은 양을 운반하였기 때문이다. 게다가 그는 용의주도하게도 사람들에게 끼치는 손해를 균등하게

나누었던 까닭에, 한 사람 한 사람의 손해는 그리 큰 것이
아니었다.

그는 지금은 나이를 먹었지만, 공공연히 말하고 있는 이
장사 덕택으로, 그와 같은 신세의 사람으로서는 부유한 편
이다. 그래서 그 이익에 대하여 신에게 사죄하기 위하여
옛날에 도둑질한 집의 상속인들에게 매일 은혜를 베풀며
보상하고 있다. 만약 자기 힘으로 그것을 다하지 못할 때
는—왜냐하면 한꺼번에 다할 수는 도저히 없기 때문에—자
기 상속인들에게 자기만이 알고 있는 각자에게 준 손해 액
수에 따라서 자기 후계자에게 의무를 전가 한다고 말하고
있다.

거짓인지 진실인지는 모르지만, 어쨌든 그렇게 말하고
있는 것으로 보아 이 사나이는 도둑질을 불명예스럽고 가
증스러운 행위로 보고 있기는 하지만, 그러나 가난보다는
차라리 낫다고 생각하고 있는 것 같다. 도둑질한 것에 대
해서는 단순하게 후회하고 있는데, 그것이 그와 같이 보상
되고 있는 데 대해서는 그다지 후회하고 있지도 않다. 이
예는, 우리들을 악덕에다 결부시키고 우리들의 판단력까지
도 거기에다 결부시켜 버리는 습관 때문도 아니고, 우리들
의 영혼을 뒤흔들어 혼란케 하고 맹목적으로 하며, 우리들
의 판단력의 전부를 악덕의 세력으로 밀어넣는 저 격정 때
문도 아니다.

나는 언제나 내가 하는 일을 나의 온힘을 다하여 한다.
그래서 온몸이 한덩어리가 되어 나아간다. 어떤 동작에도

나의 이성의 눈을 피하고 숨어 버리는 일이란 거의 없다. 나의 속에 있는 모든 부분이 일치한 동의—거기에는 분열도 모의도 없다—에 의하여 인도되지 않는 것은 거의 없다. 나의 판단은 그것에 대한 모든 비난과 모든 칭찬을 받아들인다. 그래서 한번 받아들인 비난은 늘 간직한다. 왜냐하면 나의 판단은 말하자면 탄생 이래로 항상 동일하기 때문이다. 그것은 동일한 경향, 동일한 길, 동일한 힘을 가지고 있다. 세상 사람들의 의견에 대해서는, 나는 어린 시절부터 항상 내가 머무를 장소에 정착하고 있다.

죄 가운데도 충동적이고 급격하며 돌발적인 것이 있다. 그것에 대해서는 언급하지 않기로 한다. 그러나 나는 그 이외의 몇 번씩 심사숙고를 거듭한 죄, 혹은 소질에서 오는 죄, 직업적으로까지 되어 버린 죄는 그 죄를 소유하는 사람들의 이성이나 양심이 끊임없이 그것을 요구하고 바라는 일이 없는 한, 그렇게 오랫동안 같은 마음속에 머무르고 있었으리라고는 도저히 생각할 수 없다. 그리고 마음이 자랑으로 삼고 있는 저 후회가 꼭 형편이 좋을 때 마음에 나타난다는 것도 나에게는 생각할 수 없다.

나는 피타고라스 파(派)의 '인간은 신탁을 받기 위하여 제신의 상(像)에 접근할 때에는 다른 새로운 영혼을 갖는다.'고 하는 학설에도 승복하지 않는다. 인간의 영혼에는 그러한 일에 맞는 정결과 순결의 증거가 너무도 적기 때문에 그럴 때는 영혼은 이상하고 새로운, 그때에 한한 것이 되지 않으면 안 된다고 하는 의미라면 별문제이다.

이와 같이, 후회하는 사람들은 스토아 학파의 가르침과 전혀 상반된 것을 행한다. 스토아 학파는 우리들 속에서 인정하는 결함과 악덕을 고치도록 명하지만, 그것을 너무 염려한다거나 슬퍼하는 것은 금하고 있다. 그런데 그들은 마음속으로 크게 후회하고 있는 것처럼 우리들을 믿게 한다. 그러나 개선도 광정도, 아니 그뿐만 아니라 죄의 중지까지도 전혀 나타내지 않는다. 사실은 병을 쫓아내지 않으면 치유라고는 할 수 없다. 만약 후회가 저울의 한쪽 위에 올라 앉는다면, 다른 쪽의 죄는 껑충 올라갈 것이다. 신앙은 만약에 거기에 일상의 품행과 생활을 결부시킨다면, 그것처럼 꾸미기 쉬운 것은 없으리라 생각된다. 신앙의 본질은 난해하고 두드러진 것이 못 되지만 그 외관은 따르기 용이하고 화려한 것이다.

나에 대하여 말하면, 나는 아주 다른 인간이 되고 싶을 때도 있다. 나의 일반적인 형식을 전부 비난하고 불만으로 생각할 수도 있다. 그리고 신에게 나를 완전히 다시 만들고, 나의 타고난 나약함을 용서해 달라고 기원할 수도 있다. 그러나 그것을 나는 후회라고 불러서는 안 된다고 생각한다. 그것은 내가 천사도 아니고 카토도 아님을 애석하게 여기는 것을 후회라고 불러서는 안 되는 것과 같다. 나의 행위는 나의 존재와 나의 성격에 의해 규제되며, 그것에 적응하고 있는 것이다. 나는 그 이상의 것을 할 수 없다.

후회란 진정한 의미에서는 우리들의 힘이 미치지 못하는 것과는 관계가 없다. 그것은 오히려 유감이라고 하여야 할

것이다. 나는 나의 천성보다 높고 훌륭한 천성을 얼마든지
상상한다. 그러나 그 때문에 나의 능력이 좋아지지는 않을
것이다. 나의 팔과 정신이 그 이상 강한 다른 팔과 정신을
생각하였다고 해서 강해지지 않는 것과 마찬가지이다. 만
약 우리의 것보다 고귀한 행위를 상상하고 희망함으로써
우리들의 행위를 일일이 후회하지 않으면 안 된다고 한다
면, 우리들은 우리들의 가장 죄 없는 행위까지도 후회하지
않으면 안 될 것이다. 왜냐하면 우리들이 더 뛰어난 자질
을 갖춘 사람이었다면 그러한 행위를 더 완벽하게, 그리고
훌륭하게 완수하였을 것이라고 믿고, 우리들도 그와 마찬
가지로 하고 싶다고 생각하기 때문이다.

이제 나이를 먹어 젊은 시절의 행위를 돌이켜 생각해 보
건대, 나는 내 나름대로 대개 질서 있게 처신하였다고 생
각된다. 그것은 내가 버티고 견딜 수 있었던 전부이다. 자
랑으로 삼는 것은 아니지만 같은 상황 아래서는 나는 언제
나 그렇게 할 것이다. 그것은 부분적인 흠이 아니라 나의
전신에 물든 빛깔이다. 나는 표면상의 철저하지 못한 형식
적인 후회를 모른다. 후회라고 불리기 전에 그것은 모든
면에서 나를 공격하고, 신이 나를 보살펴 주는 것과 같은
정도로 깊게 그리고 골고루 나의 오장육부를 찢고 괴롭힐
것이다.

일에 관해서 말하면, 나는 실수로 말미암아 많은 행운을
놓쳤다. 그러나 생각 그 자체는 그때그때 사정에 따라 여
간 훌륭한 것이 아니었다. 그 생각의 실천 방법이란 것은

언제나 쉽고 가장 확실한 길을 취한다는 것이다. 과거의
판단에 대해서는 나는 나의 법칙에 따라 그때그때 상황에
슬기롭게 대처했다고 생각한다. 그리고 이제부터 천 년 후
의 같은 경우에도 마찬가지일 것이다. 나는 이제 그것이
어떠한가가 아니라, 그것을 생각하고 있었을 때 어떠하였
는가를 문제삼고 있다.

　모든 계획의 적부(適否)는 그 시기에 있다. 그 동기나
사실은 끊임없이 변전한다. 나는 내 생애 가운데서 몇 번
이고 실패에 부딪혔는데, 그것은 좋은 생각이 결여되어서
가 아니라 행운을 만나지 못하였기 때문이었다. 우리들이
다루는 사실에는 비밀의, 예견할 수 없는 부분이 있다. 특
히 인간의 본성 속에는 밖으로 드러나지 않는, 눈에 보이
지 않는, 때로는 그 본인도 모르는 성질이 있어서, 그것이
어떤 우연한 사정에 의하여 나타나고 깨어나는 수가 있다.

　그러니까 비록 나의 지혜가 그것을 통찰하거나 예견할
수 없다고 하더라도 나는 그것을 나무라지는 않는다. 나의
지혜의 작용에는 한계가 있다. 결과가 나로 하여금 지게
한 것이다. 그래서 만약 결과가 내가 거부한 쪽으로 운명
을 돌린다고 해도 어떻게 할 수 없다. 나는 나를 나무라지
않는다. 나의 운을 나무라지만, 내가 한 일을 나무라지는
않는다. 그것이 후회라고 불릴 수는 없다.

　포키온16)은 아테네 사람들에게 어떤 의견을 부여하였는
데, 실천되지 않았다. 그러나 결과는 그의 의견과는 반대

---

16) 기원전 400~317년경, 아테네의 장군·정치가·철학자.

로 되어 오히려 잘되었던 것이다. 어떤 사람이 그에게 "어떤가요, 포키온? 이렇게 일이 잘되었으니 만족한가요?" 하고 묻자 그는, "물론 만족하고 있지요. 하지만 나는 그런 의견을 말한 걸 후회하지 않소." 하고 대답하였다.17) 나는 친구들에게서 의견을 요청받으면 솔직하게 분명히 말한다. 세상 거의 모든 사람들처럼, "일이 위험하니까 결과는 나의 의견과 반대로 될는지 모른다. 그렇게 되면 모두 나의 의견을 나무랄는지도 모른다." 하는 따위의 생각으로 주저하지 않는다. 나는 그런 것에 개의치 않는다. 왜냐하면 그것을 나무라는 그들이 잘못이며, 나는 그들에게 그 의무를 거절할 수 없기 때문이다.

나는 나의 과실이나 불행에 대해서는 나 이외의 다른 누구도 나무라지 않는다. 나는 다른 사람의 의견을 형식적·의례적으로밖에는 전혀 실천하지 않기 때문이다. 학문적인 지식이나 사실의 지식을 필요로 할 때는 별문제이지만 말이다. 그러나 나의 판단만을 실천하면 좋을 사실에 있어서 다른 사람의 사리(事理)는 나의 생각을 지탱케 하는 데는 도움이 되지만, 나의 의견을 번복시키는 데는 거의 도움이 되지 않는다. 나는 다른 사람의 말은 무엇이든지 반갑게 정중히 듣는다. 그러나 나의 기억으로는, 지금까지 나는 자신의 의견밖에는 믿은 일이 없다.

나의 생각에 의하면, 다른 사람의 의견은 파리나 먼지와 같은 것에 불과하여, 나의 의사에 별로 영향을 미치지 않

---

17) 플루타르코스 ≪윤리논집≫ 〈고대 제왕 및 제 황제 경귀집〉.

았다. 나는 나의 의견을 그렇게 중히 여기지 않지만, 마찬
가지로 다른 사람의 의견도 그렇게 중히 여기지 않는다.
운명은 나에게 알맞게 보답해 준다. 나는 다른 사람에게서
의견을 구하지 않으며, 다른 사람에게 의견을 제기하는 일
은 더욱 드물다. 그리고 어떤 공적이거나 사적인 계획에
있어서도 나의 의견으로써 수정되거나 개정되거나 하는 일
은 없다. 어쩌다가 나의 의견에 따른 사람들도 그 후 곧 나
와는 다른 어떤 두뇌에 좌우되는 것이었다.

그러나 나는 나의 평온(平溫)의 권리를, 나의 권위의 권
리만큼이나 바라지 않는 사람이니까 오히려 그러기를 바라
는 것이다. 사람들은 나를 그러한 상태로 내버려 둠으로써
나로 하여금 나의 주장대로 하게 해준다. 나의 주장이란
내 속에 안주하고 스스로 만족하는 것이다. 다른 사람들의
이해와 교섭 없이, 그리고 그들의 보호를 생각하지 않고
지낼 수 있다는 것은 나에게는 반가운 일이다.

나는 어떤 일이든지 지나가 버린 후에는 그것이 어떻게
되든 지나치게 신경쓰지 않는다. 사실 그것은 그럴 수 밖
에 없었다고 생각하면 마음이 편하다. 주지하는 바와 같이
그것은 전부 이 세계라는 커다란 흐름 속에, 스토아 학파
의 이른바 여러 가지 원인의 연쇄 속에 있다. 이 세계의 질
서가 과거도 미래도 완전히 뒤엎어지지 않는 한, 여러분의
사상은 희망에 의해서든 상상에 의해서든 그 중의 한 점도
바꿀 수 없는 것이다.

게다가 나는 나이가 들면 으레 뒤따르는 후회를 싫어한

다. 옛날 어떤 사람이 관능적인 욕구에서 해방된 것을 연령에 감사한다고 말하였는데[18] 그는 나의 견해와 다르다. 나는 연령 때문에 무력해짐이 어떤 이익을 준다 하더라도 그것에 감사할 마음은 일지 않는다.

'제아무리 신이 인간에게 심술궂다 하더라도, 인간에게 무력이라는 것이 가장 좋은 것의 하나로 꼽힐 수는 없다.'[19] 우리들의 욕정은 나이가 들면 희미해진다. 행위 뒤엔 깊은 권태가 우리들을 사로잡아 버린다. 그 점에 있어서 나는 하등 의식의 작용을 인정치 않는다. 노령의 비애와 쇠약이 우리들에게 권태롭고 카타르[20]에 걸린 덕성을 남긴다. 우리들은 노령이라는 자연의 변질에게 모든 것을 빼앗기나 그렇다고 해서 판단력까지도 퇴화시켜서는 안 된다.

나는 과거에도 젊음과 쾌락 때문에 관능적 욕구 속에 있는 악덕의 모습을 분간하지 못한 적이 없었고, 지금도 노령에서 오는 혐오 때문에 악덕 속에 있는 쾌락의 모습을 분간하지 못하는 일은 없다. 이제 나는 그 속에 있지는 않으나 그것을 그 속에 있을 때와 마찬가지로 판단한다. 나는 이성을 모질고 주의깊게 뒤흔들어 보지만, 나의 이성은 내가 가장 방자하였던 시대와 똑같다는 것, 단지 아마도 나이를 먹었기 때문에 그 몫만큼 쇠약하고 감퇴하였으리라는 것을 알 수 있다. 그리고 이성은 나의 신체적 건강을 위

---

18) 어떤 사람이란 소포클레스를 가리키고 있다. 〈연령론〉 14.
19) 퀸틸리아누스 《변호술교정》 5의 12의 19.
20) 조직의 파괴를 수반하지 않는 점막의 삼출성(滲出性) 염증.

하여 그 쾌락에 몸을 던지기를 거부하지만, 정신적인 건강을 위한다면 예전과 마찬가지로 그것을 거부하지 않을 것이라고 생각한다.

나는 나의 이성이 전쟁 밖에 내밀려 있다고 하여 옛날보다 용감하다고는 생각하지 않는다. 나에 대한 유혹이 너무나 희미해지고 상처입고 쇠약해졌기 때문에, 단지 이성이 그것에 대항할 만한 값어치가 없어졌을 뿐이다. 나는 다만 손을 앞으로 내밀기만 하면 그것을 쫓아 버릴 수가 있다. 만약에 지금의 이성을 저 옛날의 정욕 앞에 내놓는다면, 그것을 참을 수 있는 힘이 없지 않나 하고 생각한다. 나의 이성이 젊었을 때와 다른 판단을 조금도 하고 있는 것 같지는 않고 그리고 어떤 새로운 지혜를 얻으려고 하는 것 같지도 않다. 그러니까 거기에 어떤 회복이 있다고 하더라도 그것은 쇠약해져 버린 회복에 지나지 않는 것이다.

병에 걸린 덕택으로 이성이 건강할 수 있다는 것은 얼마나 비참한 치유라고 할 것인가. 이 의무—정욕을 제어한다는—는 우리들의 불행이 해야 할 일이 아니라, 우리들의 건강한 판단이 해야 할 일이다. 나를 제 아무리 병이나 고통으로 공격하더라도, 그것으로 나에게 어떤 일을 시킬 수는 없는 것이다. 나는 다만 그것을 저주할 뿐이다. 그러한 일은 매를 맞지 않으면 눈을 뜨지 않는 사람들에게나 할 일이다. 나의 이성은 행운 속에서 자유로이, 생생하게 움직이고 있다. 그것은 쾌락을 소화한다기보다는 불행을 소화한다는 것에 더 분망해진다.

나는 맑은 날에 더욱 잘 보인다. 건강은 병보다 더 쾌활하게, 그리고 더 유익하게 나를 충고한다. 나는 건강을 향유하고 있을 때 더욱 회심과 규율 있는 생활을 향하여 전진하였다. 만일 노쇠의 비참과 불행이 건강하고 생기 있고 원기에 찬 행복한 시대보다 바람직하다고 생각한다면, 그리고 내가 존재하였다는 것에 의해서가 아니라 존재하기를 그만둔 것에 의하여 세상 사람들에게서 존경을 받는다면, 그 억울함과 굴욕에 나는 참을 수 없을 것이다.

인간의 지복(至福)은 행복하게 사는 데 있는 것이지, 안티스테네스[21]가 말한 것처럼 행복하게 죽는 데에 있는 것이 아니다. 나는 괴물처럼 보잘것없는 인간의 머리와 몸뚱이에다 철학자의 꼬리를 붙이는 일을 바라지 않았고, 그 빈약한 꼬리가 나의 생애의 가장 아름답고 충실한 부분을 지워 버리거나 배반하기를 바라지 않았다. 나는 자신의 전부를 어느 곳에나 한결같이 나타내고 싶다. 만약 다시 한번 살게 된다면, 역시 지금까지 살아온 것과 마찬가지로 살 것이다.

나는 과거에 대하여 후회하지 않거니와 미래에 대하여도 두려워하지 않는다. 그리고 나의 생각이 틀리지 않는다면 나는 안에서나 밖에서나 똑같이 걸어왔다. 나의 몸의 각 부분이 하나하나 때를 맞추어 순조로운 추이(推移)를 한 것은 운명으로부터 받은 가장 큰 은혜 중의 하나이다. 그것이 움이 돋고 꽃이 피고 열매를 맺는 것을 나는 보았다.

---

21) 기원전 444~371년경, 그리스 철학자.

그것은 실로 행복한 일이었다. 왜냐하면 그것은 자연스럽기 때문이다. 내가 지금 걸린 병도 그것이 때맞춰 찾아 와서 나의 과거의 오랜 행복을 되새기게 해주는 것인 만큼, 그만큼 더욱 조용히 그것을 인내하고 있는 것이다.

이와 같이 나의 지혜도 그때나 지금이나 똑같은 크기였을는지 모른다. 그러나 젊었을 때의 것이 지금보다 훨씬 화려한 움직임을 나타내고 싱싱하고 쾌활하며 자연스러웠다. 그것이 이제는 약하고 까다롭고 고통스러운 것으로 되어 버렸다. 그러니까 나는 그러한 우발적이고 고통스러운 개선을 물리치고 있는 것이다.

신이 우리들의 마음을 움직이는 것이 아니면 안 된다. 우리들의 양심은 정욕의 쇠퇴에 의해서가 아니라 이성의 강화에 의하여 저절로 잘되는 것이 아니면 안 된다. 정욕이 노인의 눈곱 낀 흐리멍텅한 눈에 나타난다고 하여, 그 자체가 빛깔이 엷어지거나 퇴색하지는 않는다. 우리들은 절제 그 자체를 위하여, 그것을 명한 신에 대한 존경을 위하여 사랑하지 않으면 안 된다. 그리고 또한 순결도 마찬가지이다. 카타르에서 주어지는 것, 결석 때문에 받는 것은 순결도 아니며 절제도 아니다.

우리들은 정욕의 매력이라든가 힘이라든가 마음을 녹일 것 같은 아름다움을 본 적도 없거니와 알지도 못하면서, 그것을 경멸한다거나 정복한다거나 우쭐댈 수는 없다. 나는 그 어느 쪽도 알고 있기 때문에, 그것을 말할 수 있다. 그러나 나이가 듦으로 해서 우리들의 영혼은 젊었을 때보다 훨씬 번거로운 병이나 결함에 빠지기 쉬운 것 같다. 나는 젊었을 때—모두가 수염이 없는 내 턱을 나무랄 때—이렇게 말하였다. 나는 지금 머리가 희어지고, 말하는 것이 사람들로부터 신용을 받게 되었으므로 다시 이렇게 말하는 것이다.

우리들은 눈앞에 있는 사물에 대한 까다로움과 혐오를 지혜라고 부른다. 그러나 실은 우리들은 악덕을 멀리 하는 것이 아니라 오히려 그것을 다른 악덕으로 바꾸고 있다. 어리석고 쓰러져 가는 자존심, 지긋지긋한 수다, 가시돋친 기분 나쁜 마음과 미신, 쓰지도 않은 돈에 대한 익살스러울 정도의 걱정 따위. 이외에도 더욱 나는 거기에다가 부러움이나, 부정이나, 악이 더 강해지는 것을 보는 것이다. 나이가 들면 우리들의 얼굴에보다는 마음에 더 많은 주름이 잡힌다. 그러니까 늙으면 시끄럽고 곰팡내가 나지 않는 일이란 거의 없다. 있다고 하더라도 드문 것이다. 인간은 성장을 향해서도, 감퇴를 향해서도 전신으로 나아간다.

소크라테스의 예지와 그의 처형(處刑)에 대한 여러 가지 사정을 살펴 보면, 나는 그가 일흔 살이나 되어서 그의 풍부한 정신의 작용과 여느때의 명석함이 마비 되는 것이 눈앞에 다가왔기 때문에, 일부러 꾸며서 스스로 죽음에 뛰어든 것이 아닌가 생각하고 싶다.

나는 매일같이 많은 나의 친구들에게서 노령이라는 것이 얼마나 큰 변모를 가져오는가를 본다. 그것은 무서운 병이며 우리들이 모르는 사이에 자연히 악화되어 가는 병이다.

우리들은 그것이 우리들에게 주는 여러 가지 결함을 피하기 위하여, 혹은 적어도 그 결함의 진행을 무디게 하기 위하여 비상한 노력과 주의를 기울이지 않으면 안 된다. 나는 자신을 보호하기 위하여 모든 노력을 하고 있음에도 불구하고 그것이 한 걸음 한 걸음 내 앞으로 다가오는 것을 느낀다. 나는 될 수 있는 한 저항하고 있다. 그러나 마침내는 그것이 나 자신을 어디로 데리고 갈지 모른다. 어쨌든, 어떻게 되든 내가 어느 지점에서 쓰러졌는가, 그것만을 모두가 알아 준다면 만족한다.

[제2장]

마차에 대하여

위대한 저술가들이 여러 가지 원인에 대한 설명에 있어서 진실하다고 생각할 뿐만 아니라 자기로서는 믿지 않는 것이라 하더라도 어떤 독창성과 아름다움을 갖추고 있는 것이기만 하면, 그것들을 사용하고 있다는 것을 증명하기란 쉬운 일이다. 그들이 교묘하게 설명하기만 하면 그것으로 충분할 만큼 진실하고 유익하다는 것이다. 우리들은 확신을 가지고 그것이 주된 원인이라고는 말할 수 없다. 우리들은 많은 원인을 쌓아올려 어쩌다가 그 속에서 주된 원인을 찾아낼 수 있지 않을까 생각해 볼 뿐이다.

> 단 하나의 원인만을 들어서는 충분하지 않다. 많은 원인을 들지 않으면 안 된다. 그 중의 하나가 옳은 것이리라.[1]

하품을 하는 사람을 보고, "당신에게 신의 은총이 있기를 바랍니다." 하고 말하는 습관은 어디서 나온 것이냐고 묻는다. 우리들은 세 가지의 숨을 쉰다. 밑에서 나오는 것은 더러운 것이다. 입에서 나오는 것은 다소 걸귀라는 비난을 받는다. 세번째 것이 하품이다. 이것은 머리로부터 나와서 남에게 비난을 받지 않기 때문에, 우리들은 그와

---

1) 루크레티우스 《사물의 본성에 대해서》 6의 703.

같이 점잖게 받아들이는 것이다. 이 교묘한 이론을 비웃지 말아야 한다. 이것은 아리스토텔레스가 말한 것이다.[2]

나는 플루타르코스 속에서 읽은 것으로 기억하고 있는데 —그는 내가 알고 있는 모든 저자 중에서 가장 훌륭하게 자연에다 기교를, 지식에다 판단을 섞어 놓은 사람인데— 그는 바다 위를 여행하는 사람들에게 일어나는 멀미의 원인을 공포에서 오는 것으로 보고 있다. 그는 어떤 원인을 찾아내서 공포가 그러한 결과를 가져오는 것을 증명하고 있다.[3] 나는 멀미가 여간 심하지 않은데, 그 원인이 나에게는 맞지 않는다는 것을 잘 알고 있다. 나는 그것을 추론(推論)에 의해서가 아니라 움직일 수 없는 체험에 의해서 알고 있다.

어떤 사람에게서 들은 이야기지만, 위험에 대한 불안을 전혀 느끼지 않는 동물이, 특히 돼지가 종종 멀미를 한다는 것은 열거할 필요조차 없다. 그리고 나의 친지가 나에게 직접 증언한 것인데, 그는 멀미가 여간 심하지 않지만, 두세 번 커다란 파도를 만나니 공포 때문에 오히려 구역질이 멎더라는 실례를 들 것까지도 없다. 마치 어떤 옛사람이 "매우 기분이 나빠서 위험을 생각하고 있을 수 없었다."[4]고 말한 것과 같다.

나는 바다 위에서나 어디에서나 무서움을 느껴 본 적이 없다—무서워하는 것이 당연하다고 생각되던 기회는 꽤 많

2) 아리스토텔레스 〈프로프레마타〉 33의 9.
3) 플루타르코스 《윤리논집》 〈자연학적 제문제〉.
4) 세네카 《서간》 53.

았다. 만약 죽는다는 것이 이에 해당한다면 말이다—적어도 그 때문에 법석을 떨거나 눈이 아찔한 적은 없다. 공포는 용기의 부족에서도 오지만 때로는 판단의 부족에서도 온다. 나는 내가 부딪친 어떤 위험에도 눈을 크게 뜨고, 사로잡히지 않는 건전하고 완전한 눈으로 응시했다. 게다가 무서워하는 데에도 용기가 필요한 것이다. 이전의 나의 용기는, 나의 도피를—공포 없이,라고 말할 수는 없지만—다른 사람들에 비하여 놀라움이나 두려움 없이 질서 있게 행하는 데 도움이 되었다. 흥분은 하였지만 넋을 잃지는 않았다.

위대한 일은 그 위를 간다. 침착하게 분명한 도피를 보일 뿐만 아니라 당당한 도피를 보인다. 알키비아데스가 전우(戰友)인 소크라테스에 대하여 다음과 같이 이야기하고 있다.

"나는 아군이 궤주(潰走)한 후, 퇴각자의 제일 뒤에 그와 라케스의 모습을 발견하여, 안전한 위치에서 천천히 그들을 관찰할 수 있었다. 왜냐하면 나는 말을 타고 있었고 그들은 걷고 있었으니까, 우리들은 그렇게 싸우고 있었던 것이다. 나는 우선 그가 라케스에 비하여 얼마나 계략과 과단성을 보이고 있는가를 보았다. 다음에 그의 걸음걸이가 여느때와 다름없이 여유 있는 것을 보았다. 그리고 그의 강건하고 침착한 시선이 자기 주위의 정세를 정확하게 판단하고 때로는 아군을, 때로는 적군을 바라보며 아군에 대해서는 격려를 하고 적군에 대해서는 자기 목숨을 빼앗

으려는 자에게 이 피와 목숨을 비싸게 팔아 주리라 하는
것 같았다. 그들 둘은 이렇게 하여 도주하는 것이었다. 사
실 적은 이러한 사람들을 공격하지 않는 법이다. 오히려
두려워하는 자를 쫓는다."

  이상이 저 위대한 장군의 증언인데, 이것은 우리들에게
우리들이 항상 경험하는 것, 즉 위험으로부터 무턱대고 벗
어나려는 것 이상으로 우리들을 위험 속으로 몰아넣는 일
은 없다는 것을 가르쳐 준다. '두려워하는 일이 적으면 적
을수록 일반적으로 위험에 부딪히는 일이 적다.'5) 우리나
라 사람들이 일반적으로, "그는 죽음을 생각하고 죽음을 예
견하고 있다."는 말을 "그는 죽음을 두려워하고 있다."고 말
하는 것은 잘못이다.

  예견한다는 것은 우리들에 관한 좋은 일에도, 나쁜 일에
도 다같이 어울리는 것이다. 위험을 고찰하고 판단하는 것
은 위험을 두려워하는 것과는 다르다. 나는 내가 이 공포
의 감정이나 그 외의 어떤 강렬한 감정의 급격한 타격에도
감내할 수 있을 만큼 충분히 강하다고는 생각하지 않는다.
만약 한 번이라도 그것에 져서 쓰러진다면, 나는 결코 두
번 다시 일어날 수 없을 것이다. 만약 누가 나의 일의 다리
를 걸어 넘어뜨린다면, 제자리에서 바로 설 수 없을 것이
다. 나의 영혼은 너무 강하게, 너무 깊게 자신을 파헤치고
주무르고 있다. 그러니까 깊이 입은 상처가 붓고 아물지
않는다.

---

5) 티투스 리비우스 22의 5.

그러나 다행하게도 어떤 병도 나의 영혼을 뒤흔든 적은
없다. 공격을 받을 때마다 나는 전신에 무장을 하고 대항
한다. 그러니까 단번에 당하면 그만이다. 나는 제2단계의
공격에는 무방비 상태이다. 격류가 나의 둑의 어느 곳이라
도 무터뜨리기만 한다면, 나는 손을 들고 나자빠질 수밖에
없다. 에피쿠로스는 "현자(賢者)는 결코 반대의 상태로 옮
겨지는 일이 없다."[6]고 말하였다. 나는 오히려 이 말과는
반대로, 한번 진정으로 바보가 되어 버린 자는 결코 슬기
롭게 되지는 않을 것이라고 생각한다.

신은 그 사람이 입고 있는 옷에 따라서 추위를 주고, 나
에게는 내가 감내할 수 있는 힘에 따라서 여러 가지 정념
을 부여해 준다. 자연은 한편에서는 나를 벌거벗기고 한편
에서는 나를 감싸 주었다. 나에게서 힘의 무기를 빼앗아
가면서 나를 둔감(鈍感)과 부드럽고 둔한 파악력으로 무장
해 주었다.

그런데 나는 마차나 가마나 배를 오래 타는 것을 견디지
못한다—젊었을 때는 더 견딜 수 없었다—사실 시내에서나
시골에서 말보다 다른 것을 이용하기가 쉽다. 그러나 마차
보다 가마를 탄다는 것은 더욱 참을 수 없다. 같은 이유로,
물 위의 모진 동요는 공포를 느끼게 하는데, 그것은 일기
가 고를 때 느껴지는 동요보다는 견디기가 훨씬 쉽다. 노
를 저음으로써 우리들 아래에서 배가 비켜가는 듯한 가벼
운 동요에 흔들리면 나는 왠지 머리와 위가 혼란을 일으키

6) 디오게네스 라에르디오스 〈에피쿠로스론〉.

는 것 같은 기분을 느낀다. 마찬가지로 나의 아래에서 흔들거리는 가마에도 견딜 수가 없다.

돛단배나 조류에 서서히 밀려갈 때, 혹은 예인선에 끌려 갈 때의 일정한 동요는 조금도 싫지 않다. 내가 싫은 것은 단속적인 운동이다. 그리고 그것이 느린 경우에는 더욱 싫다. 나는 이렇게 말하는 이외에 달리 이 상태를 표현하기 쉽지 않다. 의사들은 나에게 이 병을 고치기 위하여 아랫배를 수건으로 세게 묶도록 하였다. 그러나 나는 한 번도 그렇게 하지 않았다. 나는 내 속에 있는 결함과의 싸움, 즉 자신이 그것을 정복하는 데 익숙한 까닭이다.

만약에 내가 전쟁에 사용된 마차의 효용에 대하여 충분히 확실한 기억을 가지고 있다면, 역사에 나타난 여러 가지의 예를 몇 시간이든 무수하게 들어 보일 것이다. 그 효용은 나라에 따라, 시대에 따라 다르지만 아주 효과적이고 필요하였던 모양이다. 그런데 우리들이 이에 대한 지식을 잃어버린 것은 이상한 일이다. 나는 다만 다음과 같이 이야기해 둔다. 즉 아주 새로운 일인데, 우리들 부친의 시대에 헝가리 사람들이 터키 군에 대하여 그것을 아주 유익하게 사용하였다는 것이다.

그들은 마차마다 한 명은 방패를 들고 한 명은 총을 쏠 군사를 태우고, 장전한 여러 개의 화승총을 세워놓고, 전체가 소형의 노예선처럼 둘레에 방패를 둘러쳐 놓았다. 그들은 이러한 전차를 3천 대나 전선에 내세우고 포격을 가한 후에 그것을 전면으로 내밀어 적들이 다음 공격을 개시하기 전에, 우선 그 일제 사격을 맛보도록 하였던 것이다.

그 효과는 적지 않았다. 때로는 그것을 적의 기병대 속으로 내밀어 적을 돌파하고 길을 열기도 하였다. 게다가 그것은 진군하는 아군의 약한 측면을 보호하거나, 급히 진영을 방비하고 강화하는 데도 도움이 되었다. 우리 시대의 국경에 사는 한 귀족은 비대하여 몸이 자유롭지 못하고 그 체중에 견딜 만한 말도 갖지 못했기 때문에, 어떤 분쟁을 해결하기 위하여 예의 전차로 국내를 두루 돌아다녔는데 매우 편하였다고 한다. 그러나 이 전차 이야기는 그만하자. 우리들 최초의 종족의 왕(메로빙거 왕조의 왕)들은 네 마리의 소가 끄는 마차를 타고 국내를 두루 돌아다녔던 것이다.

마르쿠스 안토니우스[7]는 처음으로 사자가 끄는 마차를 타고 곁에 여자 악사(樂士)를 앉히고 로마 시내를 돌아다녔다. 헬리오가발루스[8]도 제신(諸神)의 어머니 키벨레[9]라고 자칭하며 똑같은 짓을 하였다. 그리고 바커스 신을 흉내내어 범에게 마차를 끌도록 하였다. 또 때로는 그 마차를 두 마리의 사슴에게, 혹은 네 마리의 개에게, 혹은 네 사람의 나체의 처녀에게—자기도 나체가 되어—끌도록 하기까지 하였다.

황제 피르무스[10]는 매우 큰 타조에게 마차를 끌도록 하

---

7) 기원전 82~30, 로마의 정치가. 케사르의 막료의 한 사람이며 집정관.
8) 로마 황제, 재위 218~222.
9) 프리기아에서 발단하여 소아시아 전체에 걸쳐 숭배되고 있던 대지의 여신.
10) 4세기경 북아프리카 산지에 살던 바르바족의 왕.

여서, 마차가 땅 위를 달린다기보다 하늘을 나는 것 같았다. 이와 같은 기묘한 고안들을 보면, 나의 머릿속에는 다음과 같은 다른 생각이 떠오른다. 즉 이렇게 막대한 비용으로 자기를 훌륭하게 보이려고 애쓰는 군주는 유치한 마음 때문이며 자기의 힘을 충분히 알지 못하는 증거이다라는 생각 말이다. 그것이 다른 나라의 일이라면 관대하게 볼 수도 있다. 그러나 어떤 일이든 마음대로 되는 자기의 신하들에 둘러싸여 있으면, 그는 이미 그의 높은 신분에서 달할 수 있는 최고의 명예를 얻고 있는 것이다. 마찬가지로 귀족이 자기 집에 있으면서 복장에 신경을 쓰는 일은 필요없는 짓이라고 생각한다. 그의 저택, 하인들, 요리가 충분히 그의 지위를 보증해 주기 때문이다.

이소크라테스가 그의 왕에게 한 다음과 같은 충고는 나에게는 쓸데없는 것이라고 생각되지 않는다. "가구나 그릇은 호화로운 것이라도 좋다. 그것은 영원히 자손에게 물려줄 수 있기 때문이다. 그러나 곧 사용할 수 없게 되는 것, 잊어버리게 되는 사치는 모두 피하지 않으면 안 된다."[11]

나는 젊었을 때는 달리 자신을 꾸밀 것이 없었으므로 사치하기를 좋아하였다. 그리고 그것이 여간 어울리지 않았다. 세상에는 아름다운 옷이 어울리지 않는 사람도 있다. 우리들은 우리나라의 국왕들이 자기의 신변에나, 사람들에게 무엇인가를 주는 경우에나 항상 검소하였다는 놀라운 이야기를 듣고 있다. 더구나 그들은 명성에 있어서나 무훈

_____

11) 이소크라테스 〈니코클레스에게 주는 훈화(訓話)〉 6의 19.

(武勳)에 있어서나 운(運)에 있어서나 위대하였다. 데모스테네스는 경기라든가 축제의 화려함에 공금을 소비하기로 정한 국가의 법률에 한사코 반대하였다. 그는 국가의 위대함이 장비가 좋은 많은 선박이라든가 군대 속에서 나타나기를 바랐던 것이다.12)

그리고 어떤 사람은 테오프라스토스가 그 ≪부(富)에 대하여≫라는 저서 속에서 이와 반대되는 의견을 말하여, 이러한—경기와 축제에 사용되는—소비는 국가의 부유함에 대한 참다운 성과하고 주장한 것을 비난하였는데, 아주 옳은 말이다.13) 아리스토텔레스는 이러한 쾌락은 가장 비겁한 국민만을 기쁘게 하는 것이며, 그리고 그것은 한번 만족되면 잊어버리게 되는 것으로서, 분별 있고 진지한 사람이라면 누구도 소중히 여길 수는 없는 것이라고 말하고 있다.

나는 같은 소비라면 항만·성·성벽이나 장엄한 건물·사원·병원·학교·도로의 수리 따위에 쓰여지는 것이 훨씬 위엄있고 유익하고 정당하고 항구적이라고 생각한다. 이 점에서 교황 그레고리 13세는 우리들의 시대에 장려할 만한 업적을 남겼던 것이다. 우리들의 카트린느 여왕도 만약 그 자력(資力)이 그의 기호(嗜好)를 채우는 데 충분하다면 후세에 길이 그 타고난 선심과 관용성을 남길 수 있을 것이다. 운명은 정말 애석하게도 우리들의 위대한 서울 파리의 〈새로운 다리 신교[신교(新橋)]〉의 아름다운 건축

---

12) 데모스테네스 〈제3의 오륜토스론〉 35.
13) 키케로 〈의무론〉 2의 16.

을 중단시켜, 나로 하여금 죽기 전에 그 개통을 볼 수 있을 는지도 모른다는 기대를 앗아가고 말았다.

게다가 이러한 승리의 축제를 구경하는 시민들은 군주들이 펼쳐서 보여 주는 것은 다름아닌 자기들의 재물이며, 자기들의 비용으로 즐기고 있다고 생각한다. 왜냐하면 시민들은 군주들에 대하여, 마치 우리들이 하복(下僕)들에 대하여 생각하는 것처럼, 그들은 우리들이 필요로 하는 모든 것을 풍부하게 공급하도록 신경을 써야 하지만, 거기서 조금이라도 자기 몫을 가지려고 해서는 안 된다고 생각하기 때문이다.

그래서 황제 발바14)는 식사중에 악사의 연주를 듣고 즐긴 후 자기의 금고를 가지고 오도록 하여 한 줌의 화폐를 그의 손에 쥐어 주고 그것을 다시 한 번 집어 올리면서, "이것은 공금이 아냐, 내 돈이거든." 하고 말하였다.15) 그 것은 어쨌든, 대개의 경우 인민 쪽에 이유가 있다. 그리고 인민은 자기 배를 부르게 할 것을 가지고 눈만을 즐기는 수가 있다. 선심이라는 것도 군주의 손으로 하게 되면 그렇게 빛이 나지 않는다. 개인에게 훨씬 많이 그것을 행사할 자격이 있다. 왜냐하면 정확하게 말하여 국왕은 아무것도 자기의 것을 갖지 않았기 때문이다. 그리고 자기의 존재마저도 다른 사람 덕분에 있기 때문이다.

법은 재판하는 자를 위해서가 아니라 재판받는 자를 위

---

14) 로마 황제. 在位 68~69.
15) 플루타르코스 《영웅전》 '갈바 편'.

해서 제정되어 있다. 높은 사람이 있는 것은 자기 자신을 위해서가 아니라 아랫사람을 위해서이다. 의사가 있는 것은 병자를 위해서이지, 자기 자신을 위해서가 아니다. 모든 관직은 모든 기술과 마찬가지로 그 자체 이외의 목적을 갖는다. '어떤 기술도 그 자체를 목적으로 하지 않는다.'16)

따라서 젊은 왕자를 교육하는 사람들은 인색하지 않은 덕을 심는 것을 자랑으로 여기고, 무엇이든지 거부하는 것을 배워서는 안 된다고 가르치며, 사람에게 물건을 주는 것 이상으로 물건의 유효한 사용법은 없다고 생각하도록 가르치고 있지만—이것은 현대에도 가장 소중한 교육으로 보고 있는 것 같지만—그것은 그들이 군주의 이익보다는 자기의 이익을 목적으로 하고 있든지, 아니면 자기가 누구에게 이야기하고 있는가를 잘 이해하고 있지 못하는 것 중 하나인 것이다.

다른 사람의 비용으로 자기 마음대로 무엇이든 할 수 있는 사람에게 인색하지 않은 덕을 심는다는 것은 너무도 쉬운 일이다. 그리고 이 덕의 가치는 주어지는 물건의 정도에 의해서가 아니라 그것을 베푸는 사람의 자력에 의하여 평가되는 것이므로, 그것이 꽤 권력 있는 사람의 손으로 하게 되면 의미 없는 것으로 되어버린다. 그들은 선심을 쓰기 전에 낭비가가 되는 것이다. 따라서 이 덕은 왕자의 다른 덕에 비하여 칭찬할 값어치가 없는 것으로서, 폭군 디오니시우스가 말한 것처럼 전제정치 그 자체가 가질 수

---

16) 키케로 ≪선악의 한계≫ 5의 6.

있는 유일한 덕이다.17) 나는 오히려 왕자에게 옛날 어떤
농부가 이야기한 말을 가르쳐 줄 것이다.

좋은 수확을 하려면 손으로 씨를 뿌리지 않으면 안 된다. 부
대로 뿌려서는 안 된다.18)

좋은 수확을 하려는 자는 손으로 씨를 뿌리지 않으면 안
되며, 부대로 씨를 쏟아서는 안 되는 것이다—씨는 뿌려야
지 쏟아서는 안 된다—그리고 그 왕자는 신하에게 주지 않
으면 안 되는 까닭에 공정하고, 아니 더 정확하게 말하여
그들의 가치에 따라 지불하고 보상하지 않으면 안 되는 까
닭에, 공정하고 분별 있는 분배자가 아니면 안 된다고 가
르쳐 줄 것이다. 만약 군주의 선심에 사려와 절제가 없다
면 나는 오히려 그가 인색한 편이 좋다고 생각한다.

제왕의 덕은 주로 공정(公正)에 있는 것같이 생각된다.
그리고 공정의 모든 부분 중에서도 선심에 따르는 공정이
국왕의 특질을 가장 잘 나타내는 것이다. 왜냐하면 다른
모든 공정은 다른 사람의 중개에 의하여 행하는 것이지만,
이 공정만은 특히 자기의 일로 남아 있는 것이기 때문이
다. 절제가 없는 선심은 신하의 호의를 얻는 데 알맞지 않
는 방법이다. 왜냐하면 그것은 사람들의 호의를 얻기보다
는 오히려 경원받게 되기 때문이다. '당신이 처음부터 너무
지나치게 베풀면 나중에는 점점 베풀기 어렵게 된다. 당신

---

17) 플루타르코스 ≪윤리논집≫ 〈고대 제왕 및 제 황제 경구집〉.
18) 원문 그리스어. 그즈토우스 리프시우스.

이 좋아서 하고 있는 것을 앞으로 오랜 시간에 걸쳐 불가
능하게 하는 것처럼 어리석은 일이 있을까.'19)

그리고 선심에 의한 은혜가 공적을 고려치 않고 주어진
다면 그 은혜는 그것을 받는 사람에게 치욕이 된다. 그래
서 그것은 그렇게 고맙게 생각하지 않고 받아들여진다. 폭
군들 중에는 자기가 부정하게 출세시켜 준 신복(臣僕)들의
손에 의하여, 인민의 증오의 희생물이 된 자가 있다. 이러
한 신복들은 부당하게 얻은 행복의 소유를, 그것을 수여한
군주에 대하여 경멸과 증오를 나타냄으로써, 또한 그렇게
하여 일반 신하의 판단과 의견에 가담함으로써, 확실한 것
으로 할 수 있다고 생각하기 때문이다.

물건을 지나치게 베푸는 군주의 신복들은 그 요구도 지
나치게 된다. 그들은 이성에 의해서가 아니라 전례에다 자
기의 생각을 일치시킨다. 분명히 우리들의 파렴치에는 종
종 낯을 붉히지 않으면 안 될 때가 있다. 군주의 보수가 우
리들의 봉사와 같을 때는, 공정이라는 점에서 우리들은 충
분히 지불받은 것이다. 왜냐하면 자연의 채무에 의하여 우
리들은 군주에 대하여 아무런 의리도 없다고는 할 수 없기
때문이다.

만약에 군주가 우리들의 비용을 부담해 준다면, 그는 그것
으로 충분한 일을 하고 있다. 원래는 그것을 보태주는 것만으
로써 충분하다. 그 이상의 것은 은혜라고 부르는 것으로서,
이쪽에서 요구할 것이 아니다. 사실 선심(libéralité)이라는

---

19) 키케로 〈의무론〉 2의 15.

말 그 자체가 자유(liberté)라는 뜻을 포함하고 있다. 우리들의 태도에는 선심의 매듭이 없다. 이미 받은 것은 계산에 들어가지 않는다. 다만 앞으로의 선심만을 좋아하기 때문이다. 그러니까 군주는 부여하느라고 써버리면 써버릴수록 친구를 잃게 되는 것이다.

충족되면 충족될수록 점점 커지는 욕망을 군주는 어떻게 감당할 것인가. 받으려는 생각만 하는 자는 이미 받은 것을 생각하지 않는다. 배은망덕처럼 탐욕에 적합한 것은 없다. 키로스 왕의 실례는 오늘날의 왕들에게 그들의 베푸는 방법이 좋은가 나쁜가를 분별하는 시금석으로서 도움이 되는 점에서, 그리고 이 왕이 어떻게 그들보다 잘 베풀었는가를 나타내는 점에서, 여기서 말하여 나쁠 리는 없을 것이다. 현재의 왕은 그렇게 베풀고 있으니 미지의 신하로부터 돈을 빌리지 않으면 안 된다. 그래서 이름만의 호의에 지나지 않는 원조를 받게 된다.

이 키로스에게, 크로이소스20)가 그 선심에 대하여 비난하면서, 조금 그 선심의 손을 조이면 재보(財寶)가 어느 정도의 액수가 되는가를 계산해 보였다. 키로스는 자기의 선심의 옳음을 증명하려고 하였다. 그래서 자기가 특별히 점을 찍어 출세시켜 준 국내의 대제후(大諸侯)들에게 급히 사람을 보내고 각자가 될 수 있는 한의 돈을 조달하여 자기를 위급에서 구해 주도록, 그리고 미리 그 금액을 알려

---

20) 루디바의 왕. 재위 기원 전 560~546. 부자로 유명하였는데, 큐루스 왕에게 멸망당함.

주도록 명하였다. 그 모든 목록이 들어왔는데, 제후들은 이전에 키로스의 선심에서 받은 만큼의 것을 내놓아서는 부족하다고 생각하여 거기에다가 자기의 것을 가하였기 때문에, 그 총액은 크로이소스가 절약하면 이만큼 쌓인다고 계산해 보여 준 액수보다 더 많았다. 그래서 키로스가 그에게 말하였다.

"나는 다른 국왕보다 부를 좋아하지 않는 것은 아니다. 오히려 그들보다는 절약하는 사람이다. 당신은 알 것이다. 내가 얼마나 적은 것으로 이렇게 많은 친지로부터 셈할 수 없을 정도의 제보를 얻었는가를, 그리고 그들이 은혜도 애정도 느끼지 못하는 욕심꾸러기의 인간들보다 얼마나 더 충실한 경리계인가를, 그리고 또한 나의 재산을 금고 속에 간직해 두는 것이 다른 국왕들로부터 증오나 부러움이나 질투를 불러일으키는 것보다 얼마나 더 바람직한 방법인가를……."

로마의 황제들은 다음 사항을 공적인 경기나 군경의 호화로움에 대한 변명으로 삼고 있었다. 즉, 자기들의 권위는 어느 정도—적어도 표면상은—로마 시민의 의사에 좌우되는 것이지만, 이 로마 시민은 옛날부터 언제나 지나친 구경을 좋아하는 습관을 가지고 있었다는 것 말이다. 그러나 그러한 습관이 생기게 된 것은 몇몇 개인에 의해서이며, 그들은 오로지 자기의 지갑에서 사치스럽고 호화로운 과용(過用)을 하여 동포나 친지들을 기쁘게 해준 것이다. 그런데 국왕들이 그 흉내를 내게 되면서 그것은 전혀 다른 것이 되어 버렸다.

'돈을 정당한 소유주로부터 빼앗아서 다른 사람에게 옮겨 주는 것을 선심이라고 생각해서는 안 된다.'21) 필리포스 왕은 아들이 선물로서 마케도니아 사람들의 호의를 사려고 했기 때문에 편지를 보내어 다음과 같이 나무랐다. "무슨 짓인가. 너는 너의 신하로부터 왕으로서가 아니라 경리계로 대접받으려는가. 그들의 호의를 사려거든 너의 금고의 은혜로써가 아니라 너의 덕성의 은혜로써 사도록 하여라."22)

그러나 투기장이 있는 곳에다 진녹색의 가지를 늘어뜨린 커다란 나무를 많이 옮겨 심어 아름다운 조화를 이룬 울창한 숲을 꾸미고. 첫날에는 그 속에서 천 마리의 타조와 천 마리의 암사슴과 천 마리의 개와 천 마리의 숫사슴을 방출하여 그것을 시민에게 자유로히 잡아가도록 하고, 이틀째는 시민들의 눈앞에서 백 마리의 사자와 백 마리의 표범과 3백 마리의 곰을 도살시키고, 사흘째는 황제 프로부스23)가 한 것처럼 3백 조(組)의 투기사들을 죽을 때까지 싸우게 한 것은 굉장한 구경거리이다. 그리고 이 거대한 원형 극장의 외관은 여러 가지 세공과 조각으로 꾸며진 대리석 벽으로 둘러싸이고, 속에는 수많은 진귀한 장식으로 빛나고 있다.

---

21) 키케로 〈의무론〉 1의 14.
22) 키케로 〈의무론〉 2의 15.
23) 마르쿠스 아우렐리우스 프로부스. 로마 황제. 재위 276~282.

이 원형 극장의 둘레는 보석으로 장식되고, 문은 금으로 빛
나고 있다.[24]

이 거대한 공간의 사방은 밑에서부터 꼭대기까지 역시
대리석으로 만들어진 60열(列) 내지 80열의 층계 모양의
좌석이 늘어져 있고, 그 위에 주단이 깔려 있다.

> 부끄러우면 이곳으로부터 나가도 좋다. 법률이 명하는 정도
> 의 재산이 없는 자는 기사를 위한 좌석에서 떠나기 바란다.[25]

거기에는 10만 명이 마음놓고 나란히 앉아 있을 수 있
다. 그리고 경기가 행해지는 제일 아래 장소에는 첫째, 인
공적으로 열리고 동굴처럼 깊게 벌어져서, 그곳으로부터
구경거리가 될 짐승들이 토해지듯 나오도록 하는 장치가
되어 있다. 둘째, 깊은 바닷물처럼 물이 저장되어 있어서,
거기에는 많은 바다 고기들이 헤엄치고 마치 해전(海戰)을
방불케 하듯 군함도 떠 있다. 셋째, 투기사들이 격투를 벌
일 때는 다시 평평하게 말려 놓는다. 넷째, 모래 대신에 주
사(朱砂)와 소합향(蘇合香)을 뿌리고 무수한 군중을 위하
여 성대한 연회를 베풀어 그 첫날의 피날레를 장식한다.

> 우리들은 몇 번이나 보았을까? 투기장의 일부가 강하하여 거
> 기에서 입을 연 심연으로부터 야수가 튀어나오고, 그리고 그 속
> 에는 사프랑의 나무껍질을 한 황금 나무들이 울창하게 서 있는

---

24) 칼푸르니우스 〈목가(牧歌)〉 7의 47.
25) 주베날리스 3의 153.

것을, 내가 거기에서 본 것은 야수만이 아니다. 격투하는 곰과 함께 물개도 보았고 하마라고 불리는 기괴한 동물의 무리도 보았다.26)

때로는 거기에 과일나무와 수목으로 덮인 높은 산을 만들고 그 꼭대기에서 시냇물이 흐르게 하여, 마치 그것이 샘에서 솟아나와 흐르고 있는 것처럼 보이게 하였다. 그리고 때로는 거기에다 커다란 배를 띄워 놓았다. 그 배는 저절로 열리어 탁 벌어지고 그 배 속에서 4,5백 마리의 격투용 짐승을 뱉어 놓은 다음 또다시 저절로 닫혀져서 사라져 버렸다. 그리고 때로는 이 경기장의 밑바닥에서 분수가 솟아오르게 하였다. 그것은 하늘 높이 솟아올라 그 아주 높은 데로부터 관중들에게 향수의 비를 뿌리기도 하였다. 나쁜 일기의 손해를 피하기 위하여 그들은 이 넓은 광장 위에 바늘로 꿰맨 진홍의 차일이라든가 혹은 여러 가지 빛깔의 명주 천막을 쳐놓았다. 그리고 그것은 그들의 마음대로 펼치거나 걷거나 할 수 있었다.

타는 듯한 태양이 경기장에 내리쏟아지고 있어도, 헤르모게네스가 도착하면 곧 차일은 걷히고 만다.27)

맹수들이 갑자기 뛰어드는 것을 막기 위하여 시민들 앞에 둘러쳐 놓은 그물도 황금을 섞어 만들어 놓았다.

---

26) 칼푸르니우스 〈목가〉 7의 64.
27) 마르티리스 7의 29의 15.

그물도 섞어 놓은 황금으로 빛나고 있다.28)

만일 이러한 지나친 사치 속에 용서할 수 있는 어떤 것이 있다면, 그것은 연구와 새로움이 우리들을 놀라게 하는 점에 있는 것이지 그 비용에 있는 것은 아니다.

이렇듯 공허한 화려함 속에 있어서도 우리들은 그 세기가 우리들의 세기와 얼마나 다른 풍부한 재치로 차 있었던가를 알 수 있다. 그 풍부함은 그 밖의 모든 자연의 산물에 대해서도 마찬가지이다. 그러나 그렇다고 하더라도 그 시대에 자연이 있는 힘을 다하였다는 의미는 아니다. 우리들은 앞으로만 가는 것이 아니다. 오히려 방황한다. 여기로 가고 저기로 가면서 헤매어 다닌다. 되돌아가면서 걷는다. 나는 우리들의 지식이 모든 면에서 약한 것이 아닌가 걱정한다. 우리들은 앞을 보지도 않거니와 뒤를 돌아보지도 않는다. 우리들은 지식을 아주 조금밖에는 지니고 있지 않으며 조금밖에 보지 않는다. 그것은 시간적으로나 내용적으로나 좁은 것이다.

아가멤논 이전에도 많은 용자(勇者)가 살고 있었다. 다만 그들은 누구의 눈물도 짜내지 않고 이름 없이 그대로 긴 밤의 어둠 속에 파묻혀 있을 뿐이다.29)

왜 트로이 전쟁이나 트로이의 황성(荒城) 앞에서, 다른 많은

---

28) 칼푸르니우스 〈목가〉 7의 53.
29) 호라티우스 〈카르미나〉 4의 9의 25.

시인들이 다른 사건을 노래하지 않았던 것일까.30)

그리고 솔론이 이집트의 승려들로부터 들은 이야기로, 그들 나라의 생명이 길다는 것이나 다른 나라의 역사를 배우고 그것을 보존하는 방법 등에 대하여 말한 것은 이에 관한 물리칠 수 없는 증거라고 나는 본다. "만약 우리들이 모든 방면으로 무한히 전개되는 광대한 지역과 모든 시대를 볼 수 있다면, 그리고 우리들의 정신이 그 속에 들어가서 어디까지 가도 한이 없을 정도로 돌아다닌다고 한다면, 우리들은 그 무한의 광대함 속에서 무수한 사물의 형태를 볼 수 있을 것이다."31)

만약에, 과거에 대하여 우리들에게까지 전해지고 있는 것 전부가 진실이라 하더라도, 그것은 알려지고 있지 않은 사실에 비하면 무(無)에 가까울 것이다. 그리고 우리들이 살고 있는 동안에도 흐르고 있는 이 세계의 모습에 대해서는, 우리들 가운데서 가장 따지기를 좋아하는 사람의 지식이라 하더라도, 그 얼마나 비참하고 하찮은 것일까. 때때로 우연에 의하여 전형적이고 중대한 것으로 변화하는 개개의 사건에 대해서뿐만 아니라, 위대한 나라나 국민의 상태에 대한 지식까지도, 우리들이 알고 있는 정도의 백 배 이상이 우리들에게 알려져 있지 않고 있다.

우리들은 대포라든가 인쇄술의 발명을 기적이라고 외치

---

30) 루크레티우스 5의 326.
31) 키케로 〈제신(諸神)의 본성〉 1의 20.

고 있지만 세계의 다른 쪽인 중국에서는 천 년 전에 벌써 그것을 사용하고 있었다. 만약 우리들이 세계에 대하여 보지 못한 것과 같은 양의 것을 볼 수 있다면, 아마도 사물이 끊임없이 증가하고 변화하는 것을 인정하지 않을 수 없을 것이다. 자연에 있어서 유일한 것, 희유(稀有)한 것은 하나도 없다. 그것은 우리들의 지식에게나 있을 뿐이다. 이 지식이 우리들의 여러 가지 규칙의 보잘것없는 토대이며, 그리고 그것이 대개의 경우 사물에 대한 극히 잘못된 모습을 우리들에게 주는 것이다. 마치 우리들이 오늘날 우리들 자신의 무력과 노쇠로부터 끌어낸 증거에 따라서 이 세계의 조락(凋落)과 쇠퇴를 공허하게 결론짓는 것과 같다.

　이미 이처럼 우리들의 시대는 쇠약하고, 우리들의 대지는 메마르고 있다.[32]

　그와 마찬가지로 저 시인은 그의 시대의 온갖 정신이 여러 가지 예술의 신기함과 풍부한 창의성과 원기왕성함을 보고 세계의 탄생과 젊음을 공허하게 결론지었던 것이다.

　내가 생각컨대, 세계는 확실히 새롭고 세계의 본질은 젊은 것으로서 그렇게 옛날에 비롯된 것은 아니다. 그러니까 지금도 역시 여러 가지 기술이 세련되어 가고 성장하고 있는 것이다. 그리고 지금은 항해술에 많은 진보가 가해지는 중이다.[33]

---

32) 루크레티우스 2의 1150.
33) 루크레티우스 5의 330.

우리들의 세계는 최근에 다른 세계를 발견하였다. 과연 그것이 그것들의 마지막이라고 누가 보증할 것인가. 왜냐 하면 정령들도, 시빌레34)들도, 그리고 우리들도 지금까지 이 세계에 대해서는 전혀 몰랐으니까. 그것은 우리들의 세 계 못지않게 크고 튼튼하고 손발도 억세지만, 너무 새롭고 너무 어리기 때문에 아직 A·B·C를 가르쳐 주고 있다. 그곳에선 50년 전까지만 해도 문자·무게·길이·의복· 보리 종류나 포도주를 전혀 모르고 있었다. 그것은 아직 벌거벗고 어머니 무릎 위에서 어머니가 주는 것만으로 살 고 있었다.

만일 우리들이 우리들의 세계가 종말에 달했고, 저 시인 (루크레티우스를 가리킴)이 그의 세기의 젊음을 결론짓고 있는 것이 옳다고 한다면, 이 새로운 세계는 우리들이 광 명에서 나갈 때 비로소 광명 속에 나타나게 될 것이다. 한 쪽 손발은 불구가 되고 다른 쪽의 것은 원기에 찬다면 세 계는 몰락할 것이다. 나는 우리들의 병폐가 전염되어 이 신세계의 쇠망과 파멸이 크게 재촉되지 않을까. 그리고 우 리들이 여기다 우리들의 생각이나 기술을 아주 비싼 값으 로 팔지나 않을까 하고 여간 걱정스러운 게 아니다.

그것은 아직 어린 세계였다. 그러나 우리들은 우리들이 타고난 뛰어난 가치와 힘에 의하여 지도하지도 않았고, 우 리들의 규율하에 굴복시키지도 않았다. 그리고 우리들의 정의와 선에 의하여 길들이지도 않았거니와 우리들의 높은

---

34) 아폴론의 신탁을 고하는 무녀.

지체로써 정복하지도 않았다. 그들의 대답과 교섭으로 보
아, 그들은 타고난 현명함에 있어서도 적절함에 있어서도,
조금도 우리에게 뒤떨어지지 않음을 나타내고 있다. 쿠스
코35)나 멕시코의 도시가 놀라우리만큼 화려하다는 것, 그
밖에 이와 닮은 것 중에서도 왕의 정원에 모든 수목과 과
수와 식물이 자연의 정원과 같은 규모, 같은 크기, 그리고
황금으로 훌륭하게 만들어져 있다는 것, 또한 마찬가지로
왕의 거실에 그 나라의 육지와 바다에서 나오는 모든 동물
이 황금으로 만들어져 있다는 것, 그리고 또한 그들의 돌
과 깃과 무명과 물감으로 만든 세공품이 아름답다는 것은
그들이 공예에 있어서도 우리들에게 뒤떨어지지 않았음을
나타내는 것이다.

그러나 신앙심·준법 정신·선함·선심·충실·솔직 등
에 대해서 우리들은 그들만큼 이러한 덕을 가지고 있지 않
은 데에 크게 이득을 보고 있다. 그들은 이 점에 뛰어나 있
기 때문에 오히려 몸을 망치고 팔리거나 배반당하였다. 대
담함과 용기에 대해서, 또한 고통이나 기아나 죽음에 대한
강직과 불굴과 과단성에 대해서 나는 그들에게서 보는 실
례를 이쪽 세계의 우리들의 기억에 남은 고대의 가장 유명
한 실례에다 비교하는 것을 두려워하지 않는다. 왜냐하면
시험삼아 그들을 정복한 스페인 사람들에게서, 속이기 위
하여 사용한 간계나 계략을 제외하여 보면 알 테니까.

그리고 저 신세계의 국민들에게서 생각하지도 못하던 곳

---

35) 페루 남부의 도시. 고대 잉카 제국의 유적이 있다.

에 수염을 기르고 언어도 종교도 몸매도 얼굴 모양도 다른
인간들이 먼 세계로부터, 인간이 살고 있으리라 생각하지
않은 나라로부터 보이지 않은 커다란 괴물[말]을 타고 왔
을 때의 놀라움을 제외하여 보면 알 테니까 말이다. 이를
맞이한 신세계 사람들은 말뿐만이 아니라 인간이나 짐을
운반할 수 있게 길들여진 어떤 동물도 본 적이 없었던 것
이다.

　스페인 사람들은 번쩍이는 견고한 갑옷으로 몸을 감싸고,
반짝거리는 예리한 무기를 손에 들고 있었다. 이에 대하여
그들은 거울과 칼의 이상한 빛을 보고, 그것과 많은 귀중한
금은이나 진주와 교환하려고 한 사람들이었다. 우리들의 무
기인 강철을 천천히, 시간이 걸리더라도 알 만한 지식도 자
료도 갖지 않은 사람들이었다. 게다가 우리들의 대포와 총
의 섬광과 소리도 함께 생각하기 바란다. 경험이 없는데 갑
자기 그것을 들이대면, 케사르도 깜짝 놀랄 것이다.

　그런데 그들의 경우는―어떤 무명 직물을 발명한 지방은
별도로 하고―모두 벌거벗고, 무기라고는 기껏해야 활·
돌·막대기, 나무로 만든 방패밖에 없었다. 그들은 진기한
것, 미지의 것을 보고 싶은 호기심에 사로잡혀 우리들의
가짜 우정과 성실에 속아 넘어간 것이다. 정복자 쪽에 이
상과 같은 부당하게 유리한 조건이 있었다는 것을 생각하
기 바란다. 그러면 당신들은 정복자의 그만큼의 승리로부
터 일체의 원인을 제거하지 않으면 안 될 것이다.

　나는 수천의 신세계 사람들이 남자나 여자나 어린이가

다 그들의 신과 그들의 자유를 수호하기 위하여 몇 번이나
면하기 어려운 위험에 몸을 던진 저 불굴의 정열을 볼 때,
그리고 모든 어려움과 궁핍을 견뎌내고, 그렇게 수치스럽
게도 자기들을 속인 자들의 지배에 굴하기보다는 죽음을
택하고, 또한 포로가 되어 비겁한 승리자에게서 먹을 것을
얻느니보다는 차라리 굶어죽는 것이 좋다고 한 저 드높은
결심을 볼 때, 다음과 같이 예측할 수 있다. 만약 누가 그
들에 대하여 무기·경험, 사람의 수에 대등한 조건으로 공
격하였다고 한다면, 그 사람들은 우리들이 본 어느 싸움에
도 뒤떨어지지 않을 정도의 위험한 싸움을, 아니 그 이상
의 위험한 싸움을 하였을 것이라고…….

왜 이렇게 고귀한 정복이 알렉산더나 고대의 그리스 사
람이나 로마 사람의 손에 의하여 이루어지지 않았을까. 그
리고 왜 그만큼 많은 제국과 민족의 이처럼 커다란 변혁이
야만스러운 곳을 서서히 세련되게 하고 개척하는 사람들의
손에 의하여 행해지지 않았던 것일까. 그리고 또 왜 그것
이, 자연이 거기에 산출한 좋은 씨를 강화하고 조장하며,
토지의 경작과 도시의 미화에 필요한 만큼 구대륙의 기술
을 가할 뿐만 아니라, 더욱 이 신세계의 고유한 덕에 그리
스와 로마의 덕을 가하는 사람들의 손에 의하여 행해지지
않았던 것일까.

만약에 거기서 나타낸 우리들의 최초의 본보기와 행동이
신세계 사람들로 하여금 덕성에 대한 감탄과 모방의 마음
을 일으키고 그들과 우리 사이에 형제와 같은 친교 관계와

이해를 낳았다고 한다면, 그것은 전세계를 위하여 얼마나 크게 고무적인 일이었을까. 원래 대부분의 사람이 선량한 소질을 갖고, 이렇게 순진하고 이렇게 지식에 굶주리고 있던 그들의 영혼을 전세계를 위하여 이용한다는 것은 얼마나 용이한 일이었던가. 그런데 거꾸로 우리들은 그들의 무지와 무경험을 이용하여, 우리들의 삶을 본보기로 하여, 더 용이하게 배반과 사치와 인색과 그 밖에 모든 비인도와 잔인하게 그들을 휘둘려 버렸던 것이다.

누가 여태까지 상업과 교역에 대하여 이만큼의 값을 치렀는가. 진주와 후추의 거래를 위하여 이만큼 많은 도시가 약탈당하고, 이만큼 많은 국민이 멸망하고, 몇백 만이라는 사람들이 칼맛을 보고, 세계에서 가장 풍요하고 가장 아름다운 땅이 전복된 것이다. 얼마나 비열한 승리인가. 일찍이 어떤 야심, 어떤 나라의 적의(敵意), 인간 상호간을 이처럼의 적대 관계로, 이처럼 비참한 재난으로 몰고 간 일은 없었다.

어떤 스페인 사람들은 해안을 따라 광산을 찾고 있던 중, 한 기름지고 쾌적한 그리고 인구가 많은 땅에 상륙하여 그 주민들에게 예에 따라 다음과 같이 말하였다.

"우리들은 카스틸라의 왕에 의하여 파견되어 나라에서 항해하여 온 평화민(平和民)이다. 카스틸라의 왕은 지상 최대의 왕으로서, 이 지상의 신을 대표하는 교황으로부터 전 인도의 지배권이 부여되어 있다. 만약 너희들이 우리의 왕의 조공국(朝貢國)이 되기를 바란다면 여간 따뜻하게 대

우받지 않을 것이다."

그리고 그들은 식량과 어떤 약을 만들기 위한 황금을 요구하였다. 덧붙여서 유일신의 신앙과 우리들의 신앙의 진리라는 것을 가르치고, 어느 정도 위협을 섞어 가며 그것을 받아들이기를 권고하였다.

이에 대한 그들의 대답은 다음과 같은 것이었다.

"당신들이 평화민이라고 하는 데 대해서는, 만약 그렇다 하더라도 그렇게는 보지 않는다. 당신들의 왕이 물건을 요구하는 것으로 보아 여간 가난하고 어렵지 않은 것 같다. 그리고 그 왕에게 전 인도를 부여하였다고 하는 교황이란 자도, 자기의 것도 아닌 것을 제삼자에게 주고 원래의 소유자와 분쟁을 일으키게 하는 것을 보니 싸움깨나 좋아하는 사나이임에 틀림없다. 식량에 대해서는 원하는 대로 주겠다. 황금은 우리들도 거의 가지고 있지 않다. 그것은 우리들이 조금도 진귀하게 여기지 않는 것이다. 우리들의 생활에 무익한 것이기 때문이다. 우리들은 다만 행복하고 즐겁게 살기만을 바라고 있을 뿐이다. 그러나 만약에 당신들이 황금을 발견한다면 우리들의 여러신을 모시는 데 필요한 것을 제외하고 얼마든지 가지고 가도 좋다. 유일신이란 것에 대해서, 그 이야기는 마음에 들었으나 우리의 종교를 바꿀 생각은 추호도 없다. 우리들은 이렇게 오랫동안 우리의 종교를 믿고, 이렇게 이익을 받고 있으며, 우리들의 친구와 친지 이외의 권고를 받아들이는 데에도 익숙하지 못하다. 당신들의 위협에 대해서는, 상대의 성질도 힘도 알

지 못하면서 위협한다는 것은 바르지 못한 판단력의 증거
이다. 그러니까 이 땅에서부터 빨리 물러가기 바란다. 왜
냐하면 우리들은 무장한 외국인의 친절한 말이나 권고를
호의적으로 받아들이는 데 익숙하지 않기 때문이다. 우리
의 요구를 들어 주지 않는다면 당신들도 이 사람들과 마찬
가지의 꼴이 될 것이다."
라고 말하면서 그들의 주변에서 처형된 사람들의 해골들을
보였다.36)

　이상은 소위 어린이의 이야기의 일례이다. 그러나 그것
은 어쨌든 스페인 사람들은 이 땅에서도 그리고 많은 다른
땅에서도 그들이 구하는 물건을 찾을 수 없었던 곳에서는,
다른 어떤 이익이 있어도 그 이상 체류하지도 않았거니와
침해하지도 않았다. 이것은 내가 앞에서 말한 식인종들이
증언한 대로이다.

　이 신세계의 가장 위대한 두 사람의 왕, 아니 우리들의
대륙에서도 왕 중 왕이라고 할 두 사람의 왕을 마지막으로
스페인 사람들이 거기서 쫓아냈는데, 그 중의 한 사람인
페루의 왕은 전쟁에서 포로가 되어 상당히 많은 보상금을
요구받았지만, 그것을 충실히 지불하고, 그 교섭에 있어
솔직하고 대담하며 성실한 마음과 명석하고 뛰어난 판단력
을 보여 주었다.

　한편 승리자 쪽은 1백32만5천5백 근의 황금과 이에 못
지않은 양의 은, 그 밖의 물건을 빼앗고—그 이후 말에게

---

36) 고마라 ≪인도 통사(通史)≫ 3의 19.

까지도 금덩어리로 만든 편자 외에는 신기지 않을 정도였다—게다가 어떤 신의에 어긋나는 행위를 범하고서라도 이 왕의 남은 재보가 얼마나 되는가를 보고 또한 이 왕이 간직해 둔 것을 마음대로 사용하려 들었다.

그리하여 그들은 이 왕이 그 지방민을 교사(敎唆)하여 자유를 회복하려고 한다는 허위의 죄와 증거를 꾸몄다. 게다가 이 음모를 꾸민 장본인들의 그럴듯한 재판에 의하여 이 왕을 모든 사람들이 보는 앞에서 교수형에 처하였다. 그리고 처형이 있기 직전에 그에게 세례를 받게 하였기 때문에 화형만은 면해 주었다는 것이다. 실로 가공할 전대미문의 사건이 아닐 수 없다. 그러나 이 왕은 그것을 안색도 말소리도 변하지 않고, 실로 왕다운 당당한 태도로 인내했다. 그리하여 그들은 그만큼 기괴한 사실에 놀라고 공포에 떠는 민중들을 진정시키기 위하여 그의 죽음을 크게 슬퍼하는 체하고, 그를 위하여 호화로운 장례식을 치렀다.

또 한 사람의 왕인 멕시코 왕은, 자기 도시가 오랫동안 포위를 당했어도 그것을 지키고, 그때까지 어떤 군주도 국민도 보일 수 없었던 인내와 견고함을 보였는데, 불행하게도 적의 손에 사로잡혀 왕으로 대우를 받는다는 조건으로 항복하였다—그는 옥중에 있으면서도 왕의 이름에 부끄러운 짓은 조금도 보이지 않았다—스페인 사람들은 이렇게 승리한 후 도처를 샅샅이 뒤졌지만 그들이 기대한 황금은 찾을 수 없었기 때문에, 어떻게 해서든지 그 장소를 알아내려고 가둬 놓은 포로들에게 모진 고문을 가하기 시작하였다.

그러나 그들의 용기가 고문보다 강하여 무엇 하나 알아
내지 못하였기 때문에, 결국 그들은 불같이 화를 내고 자
기들이 한 약속과 포로들의 모든 권리를 짓밟고, 왕과 궁
정의 대신 한 사람을 끌어내어 서로 마주 보는 앞에서 각
각 고문을 가하였다. 이 대신은 시뻘건 숯불의 공격을 받
고 고통을 이기지 못하게 되자 마지막으로 이젠 더이상 참
을 수 없음을 사과하듯 군주에게 애처로운 시선을 던졌다.
왕은 의연하게 그를 쏘아보고 그의 비겁과 소심을 나무라
며 엄하고 똑똑한 소리로 단지 다음과 같이 말했을 뿐이다.
"자네는 내가 목욕이라도 하고 있는 줄 생각하는가? 내
가 자네보다 편하다고 생각하는가?"라고. 그 대신은 그 후
곧 고통을 이기지 못하고 그 자리에서 죽었다. 왕은 반쯤
불에 탄 채로 그곳에서 옮겨졌는데, 그것도 연민에 의해서
가 아니라—왜냐하면 약탈할 황금항아리가 숨겨졌다는 의
심스런 정보 때문에 자기들 눈앞에서 사람 하나를, 그것도
신분이나 공적에서 그렇게도 위대한 왕을 화형하는 따위의
정신을 가진 인간들이 도대체 어떤 연민 때문에 움직였겠
는가 생각하면 알기 때문에—그의 불굴의 태도가 자신들의
잔인함을 더욱더 수치스러운 것으로 만들었기 때문이다.
그후 그들은 이 왕을 교살하였다. 왕이 무기로 자실함으로
써 아주 오랜 영어(囹圄) 생활과 굴욕의 생활에서 벗어나
려고 기도하였기 때문이었다. 그리하여 그는 의연한 왕답
게 마지막을 장식하였다.

그리고 그들은 이와는 달리, 한꺼번에 4백60명을 산 채로 태워 버렸다. 그 중의 4백 명은 서민이고 60명은 지방의 귀족인데, 어느 쪽이나 전쟁 포로였다. 우리들은 이 이야기를 그들 자신의 입을 통하여 들었다. 왜냐하면 그들은 이를 인정하였을 뿐만 아니라 그것을 자랑삼아 퍼뜨렸으니까 말이다.

이것이 그들의 정의라든가 종교에 대한 열의의 증거를 나타내는 것일까. 실로 그것은 이러한 신성한 목적과는 너무나 모순된 짓이다. 만약 그들이 우리들의 신앙을 전파하는 것이 목적이었다면, 그것은 땅을 소유하는 것으로써가 아니라 인심을 소유하는 것으로써 전파해야 한다고 생각하였을 것이다. 그리고 전쟁에 의하여 할 수 없이 생기는 살육만으로 충분히 만족하였을 것이다. 하필이면 야수를 대하는 것처럼 무기와 전화(戰火)를 다하여, 오직 광산의 노동에 종사시키기 위한 노예의 수만 남겨 놓고, 나머지는 모두 죽여 버리는 짓을 하지 않아도 좋았을 것이다.

그리하여 당연한 일이지만, 이 대장(隊長)들의 가공할 행위에 분개한 카스틸라 왕의 명령에 의하여, 이 대장들의 대부분은 그들이 정복한 그 장소에서 사형을 당하고 말았다. 그리고 거의 전부가 증오와 경멸의 대상이 되었다. 신도 또한 당연한 보복으로서 이 막대한 약탈품이 운반 도중 바다에 삼켜지거나 그들 상호간의 싸움으로 인하여 잃게 되는 벌을 가하였다. 또한 그 대부분의 병사들은 승리의 성과를 조금도 즐기지 못하고 약탈한 땅에 묻혀지고 말았다.

이 수익이 검소하고 분별 있는 국왕의 손에 들어갔어도 사람들이 그의 선왕 때에 걸던 기대에 조금도 보답할 수 없었던 것은, 그리고 그들이 신세계에 상륙하였을 때 만난 풍부한 재산을 기대한 만큼 활용할 수 없었던 것은—실제로 그들은 신세계로부터 꽤 많이 빼앗아 왔지만, 그것은 그들이 기대한 것에 비하면 아무것도 아니었다—그들이 화폐의 사용을 전혀 몰랐기 때문이며, 따라서 그들의 황금이 전부 한 곳에 모여져서 단지 진열과 전시에 소용되는 데 지나지 않았기 때문이다.

그것은 마치 강대한 왕들이 조상으로부터 물려받은 그릇과 같은 것이다. 그러한 왕들은 열심히 광산을 파헤쳐 궁정과 신전을 꾸미기 위한 거대한 그릇과 조상(彫像)만 만들고 있었던 것이다. 이에 반하여 우리들의 황금은 전부 화폐로서 교역에 사용되고 있다. 우리들은 그것을 작게 잘라서 여러 가지 모양으로 바꾸고, 분산하고 유포시키고 있다. 만약에 우리들의 왕들이 그들처럼 몇 세기에 걸쳐 찾아낼 수 있었던 황금을 산더미처럼 쌓아서 그것을 움직이지 않고 간직해 두었다고 하면 어떻게 될 것인가.

멕시코 왕국의 국민은 신세계의 다른 국민보다는 어느 정도 문명과 기술이 진보되어 있었다. 거기에서 그들은 우리들과 마찬가지로 세계는 종말에 가까워졌다고 판단하고, 우리들이 그들에게 가져다 준 황폐가 증거라고 하였다. 그들은 다음과 같이 믿고 있었다. 세계의 생명은 다섯 시대, 즉 연속된 다섯 태양의 생명으로 나누어져 있는데, 그 중의 넷은 이미 그 시대를 마쳤고, 지금 그들을 비추고 있는 것은 제5의 태양이다.

제1의 태양은 세계 전체를 덮은 대홍수로 인하여 다른 모든 생물과 함께 사라졌다. 제2의 태양은 하늘이 우리들 위에 떨어져서 모든 생물을 질식시킬 때 함께 멸망하였다. 그들은, 거인들이 살고 있던 것은 이 시대라고 추측하고 있다. 그래서 스페인 사람들에게 그 해골을 보였는데, 이에 의하면 그 거인들의 신장은 20척이나 된다고 한다. 제3의 태양은 모든 것을 태워 버린 불에 의하여 사라졌다. 그로 인해 다행히 인간은 죽지 않았으나 원숭이로 바뀌어졌다─인간의 어리석은 경신(經信)은 어떤 터무니없는 것도 받아들이는 것이다─이 제4의 태양이 망한 후, 세계는 25년간 암흑 속에 갇히고, 그 열다섯번째가 되던 해에 한 남자와 여자가 만들어져서 인류를 부흥시켰다.

그로부터 10년이 지난 어느 날, 새로 만들어진 태양이 나타났다. 그래서 그날부터 그들의 달력상의 해를 셈하게 되었다. 태양이 창조된 사흘째, 옛 신들은 죽었다. 그 후 매일 새로운 신이 탄생하였다. 이 마지막 태양이 어떻게 멸망하는가에 대해서 나의 책은 아무것도 가르쳐 주고 있지 않다. 그러나 그들이 말하는 네번째의 변화의 연대는 천문학자들의 추정에 의하면 약 8년 전, 세계에 많은 큰 변화와 혁신을 일으킨 저 제천체(諸天體)의 대회합과 일치하고 있다.

이 이야기의 실마리가 된 화려함, 호화로움이란 것에 대

하여는 그리스나 로마나 이집트나 그 유용성·곤란함·고
귀함에 있어서 페루의 도로에 비교할 수 있는 어떤 도로도
가지고 있지 않다. 이 도로란 그 나라의 국왕들에 의하여
만들어진 것인데, 키토 시로부터 쿠스코 시까지—그 거리
는 약 3백 리에 이른다—일직선의 평탄한, 폭 25피트의
포장 도로이며, 양쪽에 높다란 성벽을 두르고 이에 따라
안쪽에 언제나 물이 가득한 두 줄기의 개울이 흐르고, 그
기슭은 그들이 몰리라고 부르는 아름다운 나무가 심어져
있다. 그들은 앞에 산과 바위가 있으면 그것을 허물어뜨려
서 평평하게 하고, 늪지대는 돌과 석회로 메웠다.

하룻길이 끝나는 역(驛)마다 아름다운 건물이 있고, 그
곳을 통과하는 여행자나 군대를 위하여 식량과 의복과 무
기를 갖추어 두고 있다. 나는 이 공사를 보고 이곳의 토지
사정으로는 매우 곤란했었으리라는 것을 새삼스레 느꼈다.
그들은 이 건설에 사방 10피트 이하의 돌은 전연 사용하지
않았다. 게다가 그 짐을 운반하는 데 완력으로 끄는 이외
에는 달리 방법이 없었다. 발판을 만드는 법도 몰라, 건물
이 높아짐에 따라서 그만큼 흙을 높이 쌓아올려 발판으로
삼았고, 나중에 그것을 무너뜨리는 방법밖에 몰랐다.

이야기를 우리들의 마차로 돌리기로 한다. 그들은 마차
대신에, 그리고 모든 교통수단 대신에 사람들의 어깨에 의
존하는 방법을 이용하였다. 저 페루의 마지막 왕은 사로잡
힌 날에 싸움이 한창인데도 황금으로 만든 가마에 타고 있
었는데, 그 의자 역시 황금으로 만들어져 있었다. 스페인

사람들이 그를 떨어뜨리려고—왜냐하면 그를 생포할 생각이었기 때문에—가마를 메고 있는 자를 죽이면, 같은 수의 사람이 다투어 죽은 자를 대신하여 그 가마를 메기 때문에, 그 사람들을 아무리 많이 죽여도 왕을 떨어뜨릴 수가 없었다. 그리하여 마지막에 어떤 기마병이 겨우 그를 낚아채서 땅으로 끌어내렸던 것이다.37)

[제6장]

---

37) 고마라 〈인도 통사〉 5의 6.

해 설

손 석 린

1. 몽테뉴의 생애와 사상

미셸 드 몽테뉴(Michel de Montaigne)는 1533년 2월 28일 프랑스 서남쪽에 있는 항구 보르도의 동남쪽 약 백 리 지점에서 태어났다. 부유한 상인이었던 증조부가 이 몽테뉴의 영지를 사들인 이후, 몽테뉴 일가의 사회적 지위는 점차로 높아졌다. 교양 있는 무인(武人)이었던 아버지 피에르는 일찍 프랑스와 1세의 이탈리아 원정에 가담하여 프랑스보다 앞서 있던 이탈리아의 르네상스 문화를 몸소 맛보아 소위 당시 프랑스의 신지식인이라 할 수 있는 위인이었다. 어머니 앙트와네트는 툴루즈의 유력한 상가 출신으로 포르투갈 계의 유태인 피를 받고 있다고 하여, 몽테뉴의 사상에 동양적인 요소를 이 혈통에다 결부시키는 사람도 있다.

몽테뉴의 아버지는 아들이 귀족들의 보호를 받는 천민들에게 애착을 갖도록, 그가 아주 어릴 때 이웃 마을 농민의 유모에게 맡겨 키웠다. 그리고 말을 배우기 시작하자 라틴어 공부를 시키기 위하여 불어를 전혀 모르는 독일인 학자를 가정교사로 채용, 라틴어만을 쓰게 하여, 그가 여섯 살 때는 누구나가 놀랄 정도로 정확한 라틴어를 유창하게 구사할 수 있었다.

그는 보르도의 기엔느 중학교에 들어갔으나 거의 배울 것이 없었다. 중학 과정을 마치고 그는 다시 툴루즈와 보르도에서 법학과 철학을 공부한 뒤 1544년, 즉 스물한 살 때부터 십수년간 페리고와 보르도의 고등법원 참의(參議)로서 재판관 생활을 했다. 이 경험에서 그는 법률 운영의 수많은 모순점을 발견하기도 했다.

이 시기에 중요한 일이 있었으니, 그것은 동료 에티엔느 드 라 보에티(Etienne de La Boétie, 1530~63)와의 친교이다. 보에티가 요절했기 때문에 겨우 3,4년 동안의 교유였지만 몽테뉴에게는 평생을 통하여 지극히 깊은 뜻을 가진 시기였다. 그는 다른 면에서는 지극히 냉정하고 침착하고 모든 것을 예리하게 분석, 비판하는 성격이었으나 라 보에티와의 우정 관계를 말할 때는 아주 정적(情的)이었다.

그는 라 보에티를 잃은 후 상심을 달래 보려고 2년이란 세월을 방탕하게 산다. 그리고 1565년 7월에 역시 법조가문의 프랑스와즈 드 라 샤세뉴와 결혼했다. 그들 사이에는 자녀가 여럿 있었으나 딸 레오노르만이 살아남았다.

그는 서른여섯 살에 아버지를 잃고 그 다음 해, 아버지가 희망했던 라틴어 판 레이몽 스봉(Raymond Sebond)의 ≪자연 신학≫을 프랑스어로 번역하여 파리에서 출판하였다.

1570년 그는 고등법원의 판사직을 친구에게 양도하고
파리에 나와 라 보에티의 유고(遺稿)를 출판하고 난 뒤,
'71년에 다시 고향으로 돌아와 본격적인 서재 생활로 들어
갔다. 대부분의 시간을 그의 성탑(몽테뉴 관) 3층에 있는
서재에 틀어박혀 독서와 명상에 잠기곤 했다. 그러는 중에
도덕적인 관념이 정립되어 자기의 사상을 전개시키게 되었
던 것이다. 그는 단 한 명의 진실한 친구였던 라 보에티와
의 담화에서, 고대 스토아 학파를 지지하는 마음이 일어나
고통을 억제하는 극기 생활을 찬양하며, 카토를 이상적인
영웅으로 받들고, 자살 찬미론을 쓰며, 특히 죽음에 대해
관심을 쏟는다. 그러나 이런 것은 일시적인 일이었다. 원
래 노력과 고행을 좋아하지 않고 안일을 즐기는 성품으로
서, 특히 플루타르코스의 《영웅전》을 읽은 뒤엔 도덕에
손을 대어 볼 생각이 났다.

1574년 그는 은둔생활을 청산하고 제4차 내란의 왕군에
참전하여 바 포아투로 가보기도 하고, 드 몽팡시에 공작의
명을 받아 보르도로 파견되기도 한다. 그러나 그 후 다시 은
둔처로 돌아와 회의주의에 잠겨 장편의 논문인 《레이몽 스
봉의 변호》의 주요한 부분을 논술한다. 그 당시 그의 사색
은 다소 회의주의적이었지만 행동을 포기한 것은 아니었다.

그러는 동안 그는 《수상록》을 집필하며, 1580년 이
《수상록》의 첫번째 두 권을 보르도에서 출판한다. 그러
나 고질의 지병인 방광결석증과 류머티즘에 시달리게 되는
데, 이 병은 그의 집안의 유전병으로 알려져 있다. 그는 의

사의 치료를 불신하여 자연 요법인 탕치(湯治)를 택하기로
하고 몇 개월 동안 피레네 산중의 온천장을 돌아다니기도
했다. 그러나 별 효험을 보지 못하자, 마침내 유명한 온천
장을 순회하기로 결심하고 1년 반에 걸쳐 남부 독일, 스위
스, 이탈리아 등지로 여행길을 떠난다.

여행 중 보르도 시장으로 선출되어 1585년까지 그 직에
머무르며, 종교전쟁이라는 내란에 의해 파생된 수많은 난
국을 잘 대처해 나갔다. '85년에는 다시 자기 서재에 들어
가 《명상록》제3권을 집필하고, 앞서 출판한 두 권에 대
해서도 많은 부분에서 가필(加筆)을 하여 '88년 파리에서
출판하였다. 그 후 앙리 4세의 부름을 받았으나 사양하고,
'92년 조용한 생활 속에 그의 59세의 생애를 마쳤다.

몽테뉴의 주저(主著)인 《수상록》은 당시 널리 읽혀져,
심지어는 셰익스피어까지도 애독했다고 한다. 이것은 일종
의 고백록이라고도 할 수 있으며 동시에 그 시대에 대한
비평이며, 나아가서는 인생의 내면을 파헤치는 철학이기도
하다.

우선 그는 이 《수상록》에서 자기 자신의 생활을 해
부·분석하며 점화(點畵)적인 정밀도로 그것을 묘사한다.
자신의 일체의 생활·독서·지력을 해부한 뒤에 그는 인간
그 자체의 해부에 들어선다. 한 개인 속에서 사람은 인간
전체를 인식한다는 것이 그의 생각이다. '각 개인은 인간의
생활 조건의 전 형식을 가지고 있다.' 그런 까닭으로 그는
자기 자신의 해부로부터 시작하여 인간성 그 자체를 해부

하기에 이른다. 그리하여 인간이 생존하는 사회에는 법칙
도 습관도 때와 장소에 따라 변화하지 않을 수 없는 것이
다. 관능이 우리를 속이고 이성이 우리를 그릇되게 한다.
'인간의 생명, 사물의 생명은 머물러 있을 수 없다. 우리
자신, 우리의 판단, 모든 생물은 끊임없이 유전(流轉)한
다.' 인간은 이 변화 유전의 사상(事象) 속에서 과연 무엇
을 아는가, 무엇을 확인할 수 있는가.(Que sçis-je?) 이
것은 일반적으로 사람들이 반성해 보아야 할 일이며, 또한
그 당시 문예부흥기를 맞이하여 고대의 문예, 근대의 과학
등, 모든 것이 제기되고 의식을 통과하기는 했지만, 과연
인간이 무엇을 뚜렷이 알고 있단 말인가, 라는 전체적 비
평이기도 하며 일종의 비판론이기도 하다. 소위 이것이 몽
테뉴의 회의주의라고 하는 것이다.

　여기서 우리의 의식을 분석해 보면, 적어도 두 가지 확
실한 것이 있다. 그것은 괴로움과 즐거움(쾌락)이라는 의
식이다. 그 가장 단순한 괴로움과 즐거움의 요소를 찾아내
기 위해 모든 조건을 제거해 보자. 정열·야심·탐욕·사
회의 모든 생활 태도, 종교적·정치적 투쟁, 또는 조국애,
처자식에 대한 애정 등을 인정은 하지만 구속받지는 않는
다. '사람은 각오는 해야 하지만, 그 속에 몸을 던져서는
안 된다.' 전혀 구속받지 않는 상태에 의식을 두어 본다.
그럴 경우, 엄숙히 스며드는 하나의 고통이 있다. 그것은
'죽음'이다. 죽음이란 확실히 그 누구에게도 공통된 고통이
다. 그러나 그는 소크라테스나 세네카의 죽음을 상기하면,

무관심이라고 할 수는 없지만, 그 죽음에 압도되는 것만은
면할 수 있었다. 더욱이 죽음을 생각하면 생명이라는 것이
존귀해진다. 그러므로 삶의 적은 죽음이 아니고, 죽음은
오히려 생을 즐거운 것으로 만들어 준다. 고통이 즐거움으
로 바뀐다. 그러면 고통은 죽음 이외의 무엇이란 말인가.
그것은 어리석음이다. 심뇌(心惱)이다.' 어리석음은 사물을
난잡하게 한다. 착잡한 무지가 사람을 괴롭힌다. 난잡하다
는 것은 언제나 좋지 못한 것이며, 반면에 좋다는 것은 언
제나 밝은 것이다. 악인은 언제나 착잡한 심리의 소유자이
다. 단순한 생활, 자연이라 불리는 우리의 어머니가 우리
에게 부여한 기능과 선택에 따라 도를 넘지 말고 몸을 내
던지지 않는 생활을 하면 기쁨이 스스로 그 속에서 생겨난
다. 이것이 소위 몽테뉴의 '실행적 쾌락주의'라는 것이며,
앞서 기술한 바 '회의주의'와 대조가 되는 것이다.

2. 몽테뉴의 ≪수상록≫에 대하여

몽테뉴의 ≪수상록≫이란 원제 ≪Essais≫의 우리말 로
서, 한국 불어 불문학회편 ≪최신 불한사전≫을 들춰 보면
①시험·시도·맛보기 ② 첫 시도·시작·시론·수필·논
평 등으로 풀이되어 있다. 여기서 보듯, 그 낱말의 제일의
뜻이 시험 또는 시도이듯 분명히 그 무엇인가를 시도하여
확인한다는 뜻일 것이다.
≪에세이≫는 당시 아직 문학의 한 양식이 되어 있지 않

았기 때문에 아마도 무척 신선한 맛을 풍기는 제목이었을
것이며, 저자 또한 자신의 판단·방법·경험 등을 적어나
가며 음미해 본다는 기분으로 이러한 제목을 명명했으리라
짐작된다.

　3권 107장으로 세분된 이 책의 내용은 실로 잡다하며,
더욱이 한 장 안에서도 논조가 비약하는 수가 많고, 심하
면 외도(外道)하는 듯한 인상까지 주니, 그가 말하려는 바
가 무엇인지 실로 포착하기 곤란한 경우가 많다. 그러나
우리는 적어도 그의 ≪수상록≫에 나타나 있는 내용을 다
음의 세 가지 시기로 이해하려는 경향이 많다. 즉,

　1. 스토아주의 시대(1572~1573):≪수상록≫ 집필 초
기에 씌어진 장은 모두 짧으며, 거기서 몽테뉴는 무엇인가
주제에 대하여, 독서 중 흔히 부딪친 격언이나 속담을 여
기저기서 인용하고, 때로는 자기가 보고 들은 이상한 이야
기 따위를 첨가하여 지극히 짧고 간단한 소감을 이야기로
엮어 나가는 것이다. 말하자면 독서 여담이라든가 괴담집
(怪談集)이라 할 수도 있을 것 같다. 프랑스 역사상 가장
어두웠던 이 시대에 몽테뉴가 당시 유행하던 스토아 철학
에 몸을 던진 결과라 볼 수 있으며, ≪수상록≫ 초반의 절
반을 이루는 이 당시의 것에는 고대의 위인이나 영웅을 귀
감으로 삼아 죽음을 사념하고, 고통이나 곤란·실의에도
굴하지 않는 마음의 자세를 말하고 있다. 그러나 어딘지
흡족하지 못한 느낌을 우리들 마음 한구석에 남겨 준다는
것이 흠이다.

2. 회의주의 시대(1575~1577):이 시기의 대표적 작품은 ≪수상록≫ 전체에서 가장 긴 제2권 제12장 〈레이몽 스봉의 변호〉─본 번역본에서 편의상 이 부분은 싣지 못함을 유감으로 생각함─이다. 이미 자신이 번역한 스봉의 기독교 변증(辨證)을 공박한 자들에 대하여, 어떠한 합리적 입장에서 반대하는가라고 역습을 가하여 그들의 방자함을 꾸짖고, 그들로 하여금 인간의 허무와 미소함을 느끼게 하기에 힘을 기울였다. 다른 장과는 달리 질서정연하고 당당한 논조이며 인간의 무가치, 예로부터 내려오는 각종 학설의 상호 모순, 인간의 인식 능력의 근본적인 결함 등을 예리하게 비판한다. 이 1장이야말로 프랑스 사상사(思想史)에 있어서 매우 중요한 위치를 차지하며, 7,8세기를 통하여 그는 고대 회의론자의 재생이라고까지 일컬어졌다.

3. 자기 완성 시대(1578~1592):전술한 바 회의주의 시대를 거친 몽테뉴는 이제 절대적인 진리나 지나친 관념 체계에 사로잡히지 않고, 자기의 생활과 독서를 통해 얻은 경험에 대해 스스로 판단을 내리며, 자신이 납득할 수 있는 일만을 이야기한다. 주어진 인생을 자연의 섭리에 따라 평온한 마음으로 살아간다는 것이 최대의 관심사였으며, 참다운 뜻의 에피쿠로스적인 지혜를 설파해 나간다. 몽테뉴가 가장 즐겨 이야기한 것은 '자기 자신'인데, 그것을 단지 요설(饒舌)에 그치지 않게 한 것은 '각자는 인간적인 조건의 전 형체를 짊어지고 있다.'라는 자각 때문이다. ≪수상록≫ 초판 속에도 〈아동 교육〉의 1장을 위시하여 이 시

기의 것이 약간 있으며, 다음에 가필한 것과 제3권 전부가
이 시기에 속하는 것들이다.

 이와 같은 단계를 거쳐 이루어진 ≪수상록≫은 허식이
없고 생생한 문장으로 독자의 마음을 끌었으며, 프랑스 모
럴리스트 문학의 원조가 되었을 뿐만 아니라, 바다 건너
저 화려한 영국 수필 문학의 근간이 되기도 하였다.

옮긴이 약력

성균관대학교 불문과 졸업
서울대학교 대학원 수료
프랑스 릴 대학 수료
이화여자대학교 불문과 교수 역임

역   서
폴 모랑 ≪구라파 야화(夜話)≫
앙리 파르디스 ≪광명≫
앙드레 지드 ≪새로운 양식≫

몽테뉴 수상록   〈서문문고 015〉

초판 발행 / 1972년 4월 1일
개정판 1쇄 / 1996년 9월 30일
개정판 2쇄 / 2003년 3월 30일
글쓴이 / 몽 테 뉴
옮긴이 / 손 석 린
펴낸이 / 최 석 로
펴낸곳 / 서 문 당
주소 / 서울시 마포구 성산동 54-18호
전화 / 322—4916~8 팩스 / 322—9154
창업일자 / 1968. 12. 24
등록일자 / 2001. 1. 10
등록번호 / 제10-2093
SeoMoonDang Publishing Co. 2001

ISBN 89-7243-215-6   * 잘못된 책은 바꾸어 드립니다

서문문고 목록

001~303
◆ 번호 1의 단위는 국학
◆ 번호 홀수는 명저
◆ 번호 짝수는 문학